谢六逸全集 六

谢六逸 著
刘泽海 主编

贵州出版集团
贵州人民出版社

西洋小说发达史

农民文学 ABC

神话学 ABC

《西洋小说发达史》

谢六逸编,上海:商务印书馆,收入"文学研究会丛书",1923年5月初版;1924年3月再版;1933年三版。

《谢六逸全集》以上海商务印书馆1923年5月版为底本。

《农民文学ABC》

谢六逸著,上海:世界书局,收入"ABC丛书",1928年8月初版;1929年2月再版。

《谢六逸全集》以上海世界书局1928年8月版为底本。

《神话学ABC》

谢六逸著,上海:世界书局,1928年7月版;1929年3月再版。

《谢六逸全集》以上海世界书局1928年7月版为底本。

目 录

西洋小说发达史

- 003　编　例
- 005　第一章　绪言
- 015　第二章　小说发达之经过
- 024　第三章　罗曼主义时代
- 030　　第一节　罗曼主义在法国
- 035　　第二节　罗曼主义在英国
- 036　　第三节　罗曼主义在德国
- 038　　第四节　罗曼主义在俄国
- 040　　第五节　罗曼主义在斯干底那维亚半岛
- 040　　第六节　罗曼主义在南欧各国
- 042　第四章　自然主义时代(上)
- 053　第五章　自然主义时代(中)
- 053　　第一节　自然派之先驱

064	第六章　自然主义时代(下)
064	第一节　自然主义在法国
073	第二节　自然主义在德国
075	第三节　自然主义在俄国
082	第四节　自然主义在英美
084	第七章　自然主义以后
093	第一节　新罗曼主义在法国
099	第二节　新罗曼主义在俄国
100	第三节　新罗曼主义在英国
100	第四节　新罗曼主义在南欧
102	第八章　结　论

农民文学ABC

105	代　序
106	例　言
107	第一章　绪论
107	第一节　农民文学的意义
108	第二节　农民文学运动
112	第三节　农民诗
114	第四节　农民剧
119	第二章　俄国的农民文学
119	第一节　概说
122	第二节　前期农民文学

125		第三节　后期农民文学
136	第三章	爱尔兰的农民文学
136		第一节　爱尔兰的农民生活
139		第二节　爱尔兰的农民作家
142	第四章	波兰与北欧的农民文学
142		第一节　波兰与农民文学
143		第二节　农民小说家雷芒特
144		第三节　北欧的农民文学
145		第四节　北欧的三大农民作家
150	第五章	法国的农民文学
150		第一节　田园作家乔治·桑特
153		第二节　自然主义时代到大战以前
158		第三节　大战以后与现代的农民文学
165	第六章	日本的农民文学
165		第一节　农民文学作家长冢节
166		第二节　最近的农民文学
168	附　记	

神话学ABC

171	序
173	第一章　绪论
173	第一节　神话学的意义

175	第二节	神话学的进步
181	第三节	最近的神话学说
187	第四节	神话学与民俗学、土俗学之关系
191	第二章	本　论
191	第一节	神话的起源
198	第二节	神话的成长
203	第三节	神话的特质
207	第三章	方法论
207	第一节	序说
208	第二节	材料搜集法
211	第三节	神话分类法
217	第四节	比较研究法
221	第四章	神话之比较的研究
221	第一节	自然神话
226	第二节	人文神话
232	第三节	洪水神话
236	第四节	英雄神话
242	第五节	结论
243	参考书目	
245	人名索引	

西洋小说发达史

编　例

　　这本小册子的目的,只在供给一点西洋小说演进的知识,所以不曾将历来的西洋小说家及其作品叙述无遗。书中说及的,不过是各国小说界中比较重要的人物而已。

　　像本书题名的这类书籍,是没有专书可译的。此书编次,系照日人中村星湖氏讲义(原书不过万言)。内容注重各种文艺思潮的解释,书中所谓某种主义,并非各作家在当时自立门户,不过是批评家的客观的判断,但却便宜了叙述文艺思潮的人,乐得把许多情调相似的作家,归拢在一处,所以本书的叙述法,是以文艺思潮为经,各作家为纬。

　　文学上的译名,在现在还未统一,书中所有译名、译音,均取常触我们眼帘的,以便阅者。

　　小说史的编纂,在目前尚为创举。一人的力量似乎不能把历来各家的传记、作品,以及各时代批评家的著书完全过目,所以书中述及各作家作品时,除编者曾经阅过的,比较上说得详细一点外,其余不过匆匆提及便罢,这层只有向阅者道歉。

1922 年 12 月 1 日

编者志

第一章　绪言

我们研究西洋小说的发达，必得先清理他的脉络；正如探寻一湾流水，先要知道来源，然后能了解去路。加之西洋小说的潮流，有一贯的脉络，随着时代思想的变迁而递演的，不知"因"便不能明"变"，但是西洋小说发达的因缘在哪里呢？——这就是此节里所述的事。

试一披阅欧洲文明史，则见欧洲15世纪时代精神所产生的文艺复兴运动大放光芒，这个大革新运动就是西洋近代文明的大泉源，是对于中古黑暗时代的反动，对于古代文明的反动。这黑暗时代的来源是怎样呢？原来欧洲古代文明有二大思潮：一为萌芽于古代希腊，结实并凋谢于罗马的文明要素——希腊思潮；一为基督教的精神所寄的希伯来思潮。前者以现实生活为第一义，重人类本性，以自主为尊。后者则以"神"比"人"为尊，"未来"比"现世"为尊，"灵性"较"本能"为尊，"超自然"比"自然"为尊，以"利他献身"比"自主自我"为更要。此二大思潮的起伏、消长，遂织成10世纪以前欧洲文明的经纬，使之复杂而有力，为酿成各民族固有特质的文明要素，并间接影响到15世纪的文艺复兴运动、18世纪的古典主义、19世纪的罗曼主义,以至于写实主义、自然主义,皆为与此二大思潮有关的反动。所以敢说无此二大思潮,则西洋无文艺可言,又离此而谈欧洲文艺,则如杀豹而弃其皮一般的。

希腊思潮在距今二千六七百年的时候,已经酿造华丽的文明了。他们尊血族、重私德、卑外人,组织小都会的国家,以独立自主的自由主义及重本能尊肉体的自然主义为立足点,爱美而尚智,喜调和,勉力行,理想是中庸的,无过与不及。这大概是曾经研究过古代希腊文明的人,所已知的了。这种思潮在纪元前429年雅典大政治家赫尔库尔斯时代算最全盛时代了,其后乃和雅典的衰颓共衰。代希腊以兴的罗马帝国文明,便把希腊文明里的文艺之美、中庸之德、哲学之精拔除,而加上拉丁民族固有的残忍精神,为利己心及功利心所成的混血儿。因为这种当然的结果,遂把国体先组成帝国,成了只顾罗马的利益之极端利己主义的国家,只图上级市民安乐而以小民为奴隶的政体,并行武断的政治。果然,当时的富源尽被罗马所吸收,至有"非罗马人则非人"之夸。无论国家、国民,皆成了唯我独尊的倾向,即把现世的名利看得极重,于是有所谓斗狮、斗牛的兽性的娱乐。艺术方面如演剧、跳舞、绘画等,也卑俗淫靡。以上所述,请一阅勒其的《欧洲道德史》,德拉巴尔的《文明史》,居朋的《罗马史》,伯雷的《罗马帝政史》,便可知其时思潮的影响是如何的利害。更一参照法拉的《黑暗与光明》,显克微支的《何往》,便可以作为旁证的。

以上所说,是证明希腊思潮所产出的现世快乐主义及肉欲主义。

但是一种思潮达于极端,便会生出反动来,当时对于这种恶劣的时代精神所起的反动,便是希伯来思潮——基督教的福音了。基督教的精神就是以排斥文明及现世快乐主义为第一声,初期基督教徒对于神的命与默示,并不稍加怀疑,摒斥人智判断及申诉理由,力呼人罪固有,以人类的艰难困苦为宿命,力戒自我,希望来世。鼓吹节欲、慈悲、忍辱、献身诸德,推奖清贫、逊顺、独栖,以同胞主义为立足点。凡此要素,都是对于希腊思潮所遗传的文明的反动。乃以博爱代帝国主义,以爱他代利己,以平等代差别,以神意代人智,以信仰代理由,直无一不和希腊思潮相反,这种精神界的大革命,都是历历可征的事。

基督教的精神与异教的精神——希腊思潮——相轧轹者数百年,颇占优位。其教化所及的,渐减去本性生活及享乐现世。而轻肉重灵的趣向,更加显著;嗣后西罗马帝国瓦解,克尔特、条顿诸族割据,战云四起,成了乱世的局面。此时所恃的道德标准,便是极横暴的罗马法皇,诸僧侣皆愚民掠财,教会的方针也取"民可使由之,不可使知之"的意义。除圣书外无所谓学,自此希伯来思潮,完全脱离真像,较之耶稣所宣传实践者相差万里,当时民众的可怜,是我们所想象不到的!虽然,仅是宗教的横暴,尚不打紧,无奈又加上了诸侯的压迫,战乱既不绝,生命财产当难保全,而所谓思想自由、学业自由,直是没有梦到。除少数僧侣独占于知识阶级外,余皆愚昧无比。本来希伯来思潮是为救济希腊思潮重肉轻灵的弊病的,而不料结果亦仅如是。历史家都呼这个时期曰"黑暗时代"。

从纪元后五六年渐渐减去光辉以至于十二三世纪之末，希腊文明的遗产，遂荡然无存，几乎退步到原始的时代。但是，到了这样极端的时候，便又不得不起反动——不得不起文艺复兴运动了。

这两种思潮间的艺术，除雕刻而外，不过颂歌及史诗，散文只有神话 Mythos 和传说 Sagas。但是这两者也就是后来小说发达的泉源，我们要研究西洋小说史，自不能忽视这神话和传说。以下先把神话说一说。

大凡一种民族，他的文化发展的初期，必定是"神话作家（Mythos maker）"。这句话想来研究文学的人，无不承认。当讲到神话之丰富而又有美的组织，恐怕除希腊人而外，没有第二个民族比得上。神话关系于宗教、文艺、思想、生活之巨大，又恐怕只有希腊独步。

希腊之组织的活泼的神话，是希腊民族想象的产物，因为培养得很好，于是能茂盛发达，遂具有充分的永久的价值。希腊人的想象，本来是唯一的，这种想象便是希腊文化的主要特色。我们试读他们的韵文，研究柏拉图的哲学，便不能不惊佩。这不是因为他们的作品是科学的、论理的、实际的，却是因为他们的想象力之巨大。想象自由，于是才有大艺术家产生。不过神话和别的作品有异，别的艺术品多是一个人所创作出来的，而希腊的神话乃是全体民族的创作，纯任精神的自由，不受什么限制。我们所以惊叹神话的原因，就是因为这种作物是不受任何拘束的希腊民族特性的表现，也就是不可不研究神话的所以然的缘故了。

原始民族的抽象作用的能力还不发达，遂把天然的物理的过程，根基于人格的意志去思考他,又以自己的经验,去揣测日月星辰、河川池沼、山岳岩石;以为这些都是活的东西。所以叙述这类东西的时候,便使之成为人样的行为及说话,而这种行为及说话却又必定是超于人类能力以上的,非人间所有的。希腊人所成的神话,便是从此种状态发生的。譬如他们说太阳(Helios)是驾驭天空的二轮马车的御者;又说在地上支持穹苍者,永不知疲劳的巨人 Atlas。他们尽把全世界的东西想象成生物。这种天然的说明,就是无限神话的泉源,虽然现在的人看去是不合理的、荒唐无稽的,但在纯粹神话的时候,却是信以为真。这也难怪其然,因为神话的本性,是不为实际经验所拘束的想象之产物,他们把世界中人类以上的东西作为伴侣,用素朴的想象表现出来,虽然怎样的荒唐无稽,但是无碍的。

神话和寓言(Fable)很相异。寓言乃是一种想象的事象的说话,是一个人发现了或种真理,而要将它教训他人的一种表现方式。寓言的这种方式,也许是不能证明真理而又想教训他人而作的,又是为比直接教训的印象深些而作的。总之,目的不外是娱乐或教训他人。神话则有几点不同:第一,神话不是一个人的制作,是成于多数人之手;第二,神话并无别种目的;第三,神话在能保持自己生命的时候,的确是被信以为真实的。因此有人不赞成把神话划入文学的范围以内。

以上略略说明了神话的本义,再把希腊神话的内容说一下。

神话的第一义,便是惊异世界是由什么地方来的。他们的解答不外两种方法:第一,世界是由外部的或种力造成的;第二,是潜伏在内面的或种力自然而然成就的。第一即是世界创造说,第二是世界开辟说。他们所说的创造,以为世界以外有如人类意志的工作的力量;他们所说的开辟,便是自然发生的,即是一对男女(如亚当与夏娃)产生儿子,渐次子又生孙,孙又生子,以至于新世界。我们试读《旧约》第一章《创世纪》,便可推测了。希腊人竟把天然的元素及势力(Energy)——天、地、日、月、星、辰、昼、夜,都看为拟人的存在物,因此他们主开辟说,不主创造说,因此他们的神,就是在自身、家族之中。

希腊最早的神话之一部分,要算神与梯旦族〔按,梯旦(Titan)为天(Uranus)与地(Gaia)的子女〕所争斗的故事,就是宇宙的争斗。在波斯有 Ahura 和 Ahriman 的争斗故事。此外有亚尔卡加人的人类起源传说三则。1. 人类是由地或湖水、树木而生的传说。希腊抒情诗人比打洛司歌曰:"神与人为一族,二者共由一母以受生命的气息。"地(Gaia)为人类及诸神之母。人类也和树木由地上发生出来一样,所以是由地生出来的,是土地之子。雅典人是阿梯加土的子,自夸为蛇(Cecrops)的后裔,波也俄加人的祖先,则出于湖,俄梯塞系自檞树降生,因有檞树人种 Dryopes 之名。2. 由诸神生出人类的传说。荷麦洛司说,塞司为诸神及人类之父,王族则为塞司的系统,诸神与尼姆菲婚,其后裔乃为人。3. 是创造人类的故事:在柏拉图时,说人类由火与土所造,是由黏土造成的。这种思想在赫胥俄德司的《班特拉故事》中可以发现。其时,希腊一般人都信诸神造成人类,如陶匠制作土偶一般。这些神话,不外是关于人类起源所提出来的疑问,他们的答解,多以为由神所造的。

古希腊人以为掌文艺之神名叫嫘斯(Muses, Mousa),此神为天神塞司之子,为天神予人间的赐物,后来他们把一切艺术品藏在嫘斯博物馆 Mouseion(中即嫘斯庙殿),便是因此。在初嫘斯只掌音乐,不过为神圣的歌谣者,后渐与叙事诗而外的文学新形式相发达,于是嫘斯所掌的范围乃增大。嫘斯之数凡九,令将其名及司宰范围暨神手中所持之表象意义的物,列表于下。

神名	名字的意义	所司	手所持之物
Clio	赞赏	叙事诗与历史	书卷
Melpomene	歌谣	悲剧	悲剧之假面
Thalia	生的欢喜	喜剧与牧歌	粗衣及杖
Terpsichore	跳舞的快活	跳舞与唱歌	长衣及七弦琴
Exato	怜	恋爱之歌	薄衣及小七弦琴
Calliope	声音之美	雄辩与挽歌	书牒及尖笔
Euterpe	魅力	音乐与抒情诗	笛
Polymnia	赞歌	赞歌与知识	坐岩上而冥想
Urania	诸天	星学	天球仪

以上诸神,皆是卷上黑发,结着黄金纽的美少女,将各种艺术拟人化了。此外还有代人间生活的 Ares、Hephaestus 等神,恕不及一一详述了。至于幽冥界的神话还有二种:一是描写活人访冥界的事,二是描写人对于神失敬的时候,神谴责人类灵魂的处罚。关于这类的,有一段故事,说音乐的神(Orpheus)以音乐征服守护"死"的残酷之

力,很是有名。

关于神话的详细研究,非本篇所能尽。我们估量神话的价值,不特惊叹它是后来文艺的祖宗,一切都发源于此,并且可以看出古希腊人的精神事业是怎样的伟大,他们的主知的倾向与感觉的直观相集合,才产生最大的艺术品,凡是真美都具备于此了。我们又可以看他们是怎样的肯定人生,怎样的尊重现实生活,他们的外部生活充满努力与活动,内部生活感激而奋斗,依着不断的创造与教养,一刻一刻地展开新生命,为实现自己的活动。因为实现自己的奋斗,因此唤起个人的能力,使用于实地,他们的生活,充满着享乐与创造的愉快!

罗马文艺受希腊影响很大,已如前述。然罗马剧曲、诗歌、散文,比希腊都逊色了。唯希腊尚美,罗马重朴,这是很大的异点。不幸罗马法皇专权,利用假面的基督教,摧残希腊文化,正如春花正茂,被狂风吹得凋落无存一样,浸没于历史家所谓的"黑暗时代"里面。看看"黑暗时代"达了极端,有几个哲学家乘着君士但丁堡陷落的时候,跑到西方,以意大利为根据,把封锁于东方小区域内的希腊文化宝库启开,颁布于民众,这便是"新生时代(Renaissance)"来了。

"新生时代"的译名很可以包括一切,Renaissance 的字意即是 Revival of Learning(学艺复兴),本文以专言文艺,且袭用"文艺复兴运动"的旧名。这次运动可以呼为欧洲各民族全体人心的复活,即他们的智力上、道德上、宗教上、学艺上的国民之醒觉。屈服于多年僧侣教权之下的心灵,在此运动之前,都全已失掉自由,更加上王侯贵族的专横,行为的自由也被剥夺,那时西洋的民众,全在昏睡状态之中。直至此时，民众精神始为此新机运所感化，创始学艺、社会、宗教、政治的大革新。我们不可忽略这次运动，便是因为它是欧洲诸民族脱离纷乱黑暗，渐移至秩序光明的变迁时期，便可说是古代文明与近代文明的分水岭。详言之，即是希腊罗马思潮与希伯来思潮和拉顿族的本性风俗混融，以引掖近世思潮的时代。此次运动是人间大醒觉的序幕，试看陆续揭开的第二幕法国革命，第三幕19世纪的变动，第四幕20世纪的事业，他们的影响是怎样的伟大呵。

这个时期他们很做了些个人本位的学问，脱离以前灵肉的专横之弊，可以说他们是 Humanist。倘若要举出代表此时的文学家，约有六人，即意大利的 Ariovistus、荷兰的 Erasmus、德意志的 Luther、法兰西的 Rabelais、意大利的 Dante，其后英吉利的 Shakespere 等，他们能够代表"文艺复兴运动"的精神。此时文学家的共通色彩，便是经过黑暗沉郁之后，脱去重灵的倾向，倾向于肉的生活，注目于现世，并不厌世悲观，以乐天快活代之，抛去一切枯禅生活及训诫而主自立自信，进取向上。约言之，个人主义的倾向，已经渐次勃兴了。

由17世纪末至18世纪，文艺的倾向又一变而为重因袭及习惯，重循从不重怀疑，由个人本位移至团体本位、国家本位，从前"新生时代"的个人自由，便又汩没了。因此文学乃以模仿传统为归依。散文、诗、歌都成了歌功颂德的东西。此时要算法兰西的宫廷文学最出色了。文学家呼此时的文艺曰古典主义（Classicism）。这派文学家绝不知道"平凡"是什么？一味仿古、斗巧。明明是描写一个女子，他们偏要写成一位女神；明明说是一只"长靴"便可了事的，而他们偏要写为"裹着脚的柔革（The Shining leather that encased the limb）"，只消简单明了地说一句"月儿升了"也可以的，但他们却要扭扭捏捏地说道："婵娥举起伊的银角了（Cythia is litting her silver horn）。"又如说"失火"就可以的，但却要说什么"祝融为虐"。竟以用古典为美，以古旧的东西为美，因至相率成伪、雕凿呆板、陈腐无生气，这真是文学的堕落时期呢！

在以上所述的诸时代，没有现在所呼的"小说（Novel）"这件东西，但是非完全艺术品的故事及轶事（Tales）却也很多。即此故事及轶事，因为记述的工具尚不完备，也不过是口头的讲谈，在现在可以供我们的参考研究的，反不及诗歌；这也是诗歌比一切文艺发生得很早的缘故。这个时候的雏形小说，后来都称为"罗曼司"。

第二章　小说发达之经过

　　小说一语在西洋的名称很有几种。大要是 Story、Fiction、Novel，就中以 Novel 为最普通些，"罗曼司"Romance 也常为一般人呼用，所以文学中常把"小说的……"写为"罗曼的……Romantic"，成了一种习惯。严格说来，"罗曼司"一语，是特指欧洲中世纪时用罗马语缀成的小说体之歌谣及少数散文体故事的总称。在罗马帝国全盛时代，当作日常语言文字的拉丁语，及西罗马帝国衰替后，四方侵入的蛮族的异样的语言混淆而成的中世语，即混淆过的拉丁语及罗马语等几种语言所做作的东西，统称为"罗曼司"。日本文学博士坪内逍遥说："所谓罗曼司者，是指第 12 世纪到十三四世纪间的武侠的冒险谈，荒唐无稽的妖怪谈，其附属品则系薄幸数奇的恋爱谈。当时的俗歌童谣等类，其后也看成'罗曼司'文学的一部，其实呼为离开拉丁文学的，最近于峨斯民族的性质、本能、嗜好、习惯、传说、需要等所自然作成的东西之总称，比较好些。"（见所著《近世文学思潮源流》五五叶）

　　西洋上古时代，中世纪的"罗曼司"的性质，比较"小说"一语，更是诗的。其时以罗马为中心而外,法兰西、德意志、英吉利诸邦都渐渐发现——努力发现本国的语言、文艺上的主要现象,不外如《武士道曲》(*Chanson de Geste*)一类叙事诗的发达。又或当诸侯由战场归来,许多人集会的时候,虽有手中执着竖琴及提琴,赞美诸侯帝王武士的勇武之流行的"行吟诗人",但一切如上节所述,只有许多故事,比起"小说"一语来,相差还远。但是中世纪的"罗曼司",确为今日"小说"起源的近因。所以探讨今日所说的小说,有述及罗马时代的必要,更重言申明:便是那个时期,没有如现在有内容、有形式的"小说",不过只有故事——可歌的、韵语的——罢了。唯其有此,于是由那些"武侠的冒险谈、荒唐无稽的妖怪谈、薄幸的恋爱谈"——中世纪的故事,渐次发达,以至于今日所称的"散文之王"——小说。以下且说初期小说的发达。

法国近代批评家洛尼(F. Loliée)在他的名著《比较文学史》里面,有评论及介绍 19 世纪初叶西洋的罗曼运动之一节,说得好!

司各德(W. Scott)系与拜伦(Byron)同时代的作家,颇得一般人的欢迎,其长在能绘画似的描写过去的风俗。质言之,司各德的小说《瓦浮勒》(*Waverly*),为英吉利小说的基础,是不用说的,且为法兰西小说的基础,同时又为革新"历史小说"的作品。司氏以前的历史小说,缺乏戏曲的、绘画的要素。就他对于色彩的趣味及人生的热情之点说来,很给予法国的徐尼(Agustin Thierry)和巴南特(Barante)不少的影响。这种影响布于欧罗巴全洲，即在意大利的玛若利（Manzoni），德国的浮克（Fouque），法国的嚣俄（Victor Hugo）、大仲马（A. Dumas）、德维尼（De Vigny）、玛利麦（Mérimée）、巴尔沙克（Balzac）诸人之上，显示出来。

仅由英吉利的文学史上看，司各德已为中世纪情调及英格兰流行歌、民谣的新兴味（包括诗及散文）之通译者，《瓦浮勒》一作，接着乔叟（Chaucer）、沙士比亚的步武。更就欧罗巴全体上看，其影响之大，亦不愧为近代小说的一大柱石。《英吉利文学概论》（*Introduction to English Literature*）的著者班可斯特（Bancoast）说得好："司各德以本色著作。彼非强韧、无深刻地穿凿那些事，不为各样动机的分析；他不以所谓卓越的文明及进步的思想所成的可厌的情绪解剖（近代小说家的气习）为得意。他以为人生是善的，又以为由实行可以得到快乐。他崇拜男子们的名誉心、求爱心、任侠心，以及女子间的美、贞淑、温和。"更由"人间的"艺术家之态度说起来，虽然可以把他属于罗曼主义的前期，但后来写实主义的巴尔沙克等辈，谁能不受他的影响呢！小说的发达，自罗曼主义才可以称为近代，那么如前引洛尼所述的"司各德为近代小说的基础"一语，是为不谬了。

但在司各德以前，有小说这种东西出现过不曾呢？有人说由中世纪的"罗曼司"以降，便直到司各德的小说，其实也未尽然。即或由狭义的小说史看起来，文艺复兴运动后，在西班牙有塞尔凡底斯（Cervantes，1547—1616），他的名著《唐葵阿谛》（*Don Quichotte*）继续当时意大利文艺复兴之后，在产生华美的艺术的西班牙文坛中，洵为杰作。我们讲西洋小说的发达，这时的西班牙诸作家的事业，是不可忘记的呢！〔曾影响了法国的小说家，如孟特麦尔（Montemayer）①、比达（Pelaz De Pita）、比卡斯尼斯克（Picaresque）等传奇小说家。〕塞氏这部小说，和普通的"罗曼司"，很异趣的。

唐葵阿谛是西班牙鲁莽武士之名，著者所苦心描绘的主人为阿拉伯人，他用全部想象力笼罩为基督徒捕房；出征所受的痛苦、嫉妒、揶揄等苦运的生涯，简直可以称为有味的哲学之叙事诗。把勇壮、怯懦、平凡、奇异都熔冶于一炉里面，是人民的风俗、信仰、愚昧的可惊异的镜子，同时又为空想与实生活、愉快的游戏、秘密的艰苦的锅炉，到现在还保持着世界的生命。原著者的本意在排斥当时滥调的"罗曼司"，更以排斥武勇谈、武士小说等为尤甚——洛尼曾经作如是批评。换言之，塞尔凡底斯已经和中世纪盛行的荒唐不稽的妖怪谈、武侠谈等类非马非牛的东西分离开了。

塞尔凡底斯在西班牙终了他的薄幸生涯的时候，正当17世纪初叶，他便是此时小说史上的明星了。到18世纪，英吉利有司梯尔（Richard Steele，1672—1729）、安迪生（Joseph Addison，1672—1719）等文章家出现，他们的文章是"小说（Novel）"的先驱，颇有一述的价值。原来英吉利在此数人之前，没有以著述为业的著述家及剧曲作家；自女皇安时代起，世间的新要求，才向着一般读物，于是文学家、著作家的地位，乃生重大的变动，在安朝代时，英吉利大都会地

---

① 孟特麦尔（Montemayer）为西班牙诗人。

方——尤以伦敦为甚——成了社交的知识的活动中心，咖啡店很多，政治家、文学家、社交界的人们，都在这里集会，饮咖啡，吸雪茄，高谈新事件新现象，这样接触起来，遂不能不使人们的心活敏些，觉得对于新事物都有感兴了。史家谓1715年，此种咖啡店的数目，足有二千家。因而知识普及哪，俱乐部咖啡店的生活哪，直接和定期刊行物——新闻、杂志文学——的兴起相一致。加以米尔顿（Milton）等人的努力，1695年获了出版自由。此种种原因，哪一样不助长新闻杂志的勃兴呢？

1704年，以杰作《鲁滨孙飘流记》成为近代小说创始者之一员的迭浮（Daniel Defoe，1661—1731）创办一种每周出二三次的新闻，名曰《评论》。他以一个人的力量，为政治、文学、风俗、道德诸论，其后又接着出现了好几种新闻杂志，这种定期刊行物实为都市生活中新事件的要求，在俱乐部及咖啡店里的传说，不难即刻被杂志或新闻的文章家得着，嵌入那富于机智、简洁、典雅的文学形式里去了。

这个时候的文章，是用丰富的矜炫学问的文字组织而成的浓厚的、庄重的东西，既不失之真实，复不失之深刻。织成一种机敏、滑稽，如火花飞舞一般的新散文。这些新杂闻及新闻的创始者，便是前述的司梯尔及其友安迪生。（详细地论述他们，此地却来不及了。）要之，他们不失为一种社会改良家，在新闻杂志的论文上，以丰富稳健的方法，讽刺当时英国的风俗习惯。其后有尼佳特孙（Richardson）、菲尔丁（Fielding）等继出，承续司梯尔、安迪生等论文家在定期刊行物里独创的家庭小说体。

日本厨川白村在《近代文学十讲》里论近代小说之由来，有几句话说得好："本来在18世纪的时候，说及文学，是以诗歌、戏曲为中心，小说反居于食客仆从的地位，发展是很幼稚的。近世小说，自英吉利的尼佳特孙、菲尔丁开始，以至于19世纪浪漫派的头目司各德、许俄，似乎才大大的得势。"所以说近代小说的开始，自菲尔丁、尼佳特孙诸人，想来为文艺史家所允许的呵！然而，却不可逸漏了《鲁滨孙飘流记》的作者迭浮。

以上想把西洋小说最近期发达的痕迹显示出来，这都是还要详说的，虽不免有重复之嫌，但为易于了解计，详说一些，想来也是好的。下文，先引英吉利的小说史。一则为便一般读者，二则西洋的近代小说起源于英吉利这一事，是毋庸异议的。

英国小说史 18世纪的欧洲，文艺史上乃古典主义时代。17世纪末至18世纪初的英国，已如前述，有了无数的咖啡店，定期刊行物也极盛地流布，已非理想的、热情的、浪漫的时代。论文发达，常识普及；又因为要使目前的事物确切的了解，有一种特别的"故事"，其发展为现在英国所没有的。当时因为迭浮、尼佳特孙、菲尔丁等一致努力于文学的新形式——即家庭小说、风俗小说的兴起；于是精密观察目前日常生活的一刹那、种种相，把它忠实地描写，把当时那些没有得到高尚情绪、神秘、不可见的感觉的忙迫知识蹶而弃了。但是为18世纪对于文学里最新奇，重大的贡献之一的"小说"，还不能遽然称为此时的全新的创造品，不过因为以前时势的变迁，将一种新形式，赋予从前所有的文学罢了。至少，小说的某部分，是由古代"罗曼司""短故事"传来的——如前述——恰好和易利沙伯的剧曲一般：虽然怎样的有异，终归是由古代传下来的。倘要说这点，又有叙述以前英国"故事"类发达经过的紧要了。

爱故事的心，可以说是英人的天性，深广地普遍于全国，英国小孩在没有离开母亲的乳房或摇篮之前，已经爱听故事了。这也不尽英人为然，凡是人在孩提时，都爱谈故事，或者被人家教着谈。古代的故事，多用韵语做的，希腊的《伊利亚》(Yiliad)、《俄底西》(Odessey)及英国原有的《漂唔夫》(Beowulf)便是。这种叙事诗，是"小说"的先驱，除韵语的长故事、神话之外，还有无数的民间传说。

继续古代传说的中世纪"罗曼司"，在喏曼的征服时代，传入英吉利，由法语转为英语。有许多故事，移植成英吉利的散文，其后渐渐地变化成"小说"了。玛洛尼的《亚宿的死》(Malory's Marted'Arthur)出后，"罗曼司"的形式又为之一变。新生时代后的易利沙伯时代的故事，一般都具有诗的、空想的、牧歌的或武士风的性质。到17世纪时的"罗曼司"，不是向着真实与朴质的，与人生相隔还很远，虚伪的、异常的武勇谈充满其中。直到法国的"罗曼司"移植于英，便很受欢迎——他们或读原书，或读译本。但这类故事文学，却不能认为有何等的创意及进步。

到查理士二世王政复古之后(1660年)，由于时势的要求，平易的、实用的散文勃兴起来了；其结果为巧于描写性格，文体甚简洁，能把日常生活锐利地表现出来，有上述特色的故事，也不知不觉地萌芽了。朋琼孙(Ben Johnson)、俄浮尔伯雷(Sir Thomas Overbury)等，便是这种故事的有名作家。他们的主要点在人物性格的描写，但是与其说他们描写个性，不如说是描写已过的类型，而这种类型及阶级的一般特色，也不过只把生活、服装、风俗的特异点无力地并列着显示而已。

前述的安迪生、司梯尔在新闻杂志上所揭橥的论文，不是当时生活的类型及各种性质的罗列，乃是将他们日常周围所动着的、说着的话的男女所作成的模型描写出来，更进一步到现在所谓的性格小说，实际上所谓"18 世纪论文家"的论文里，已经含有近代小说所应备的一切要素了。不过这些要素没有保持统一，算是缺点。倘若那些要素，整然地组织起来，情节与人物都能联络，那就即或把他们和其后古德司密（Goldsmith）的《瓦克非而牧师传》(Vicar of Wakefield) 并肩而立，也许是没有愧色的。

此时"故事"作者的技术，已到新的发达之域，其后更为长足的进步。大名鼎鼎的迭浮，实为近代小说家的先驱，他起初是一新闻记者，和安迪生等人一般，他的性质谦逊而轻佻，作品是很奔放的。所著《鲁滨孙飘流记》有口皆碑，不用多说了。此作出时，他已经六十岁（1719 年）了。南朴批评他的作品说："比较任何小说家及罗曼司家的作品，更有自然性。"司梯芬（Leslie Stephen）说："他有说虚伪的可惊之才。"法国小说家亚尔方索旦特也说："除了沙士比亚、迭浮而外，没有能把英国人性格的理想显示我们的。鲁滨孙即是一实在的英人代表——这是就他的冒险心、旅行热、爱海洋、宗教心、商业的及实行的本能说的。"因此迭浮是英国 Journalism 兴起的重要分子，足称近代小说之建设者。

迭浮和尼佳特孙、菲尔丁具有近代小说之明确的形态,已经在前面说过了。他们都能有写实的倾向,尼佳特孙、菲尔丁常以"第三人称"作小说,以代自传体及书翰体,拜伦称他们二人是"散文的荷马(Homer)"。

在18世纪到19世纪间,英国文坛起了罗曼主义运动。除了拜伦及湖畔诗人等一派尚显示华丽行动之外,能影响于欧洲小说界的,便是前述的诗人兼小说家司各德了。批评家常谓从司各德起始为近代小说之源,或又谓自尼佳特孙、菲尔丁开始,这是可以注意的事。其实司各德的小说,还是受了瓦尔波儿(Horace Walpole, 1717—1797)1764年所出的《俄特南妥堡》(The Castle of Otranto)之影响,故不失历史的罗曼的小说之风格。至于尼佳特孙等人已经近于写实了。不过二者于作风、艺术上,都能注意自然、精确二点。至于由发达的径路上看起来,说司各德是尼佳特孙的继起者,是无妨碍的。

第三章 罗曼主义时代

要我们很明晰地替罗曼主义下一个定义,这是不容易的事。白吉教授(Professor C. H. Page)说:"我们不特没有为罗曼主义下定义的责任;倘若为之,是要否认而且损害它的。"不容易的原因,在于罗曼派内容的复杂;依据日本研究罗曼派最有心得的坪内逍遥的分析,仅就不自觉的 Light 罗曼主义,和自觉反抗的 Serious 二类看去,已经觉得繁缛了。因为这个缘故,只得将罗曼主义一语诠释一番,明其大概而已。

据比亚斯的《十八十九世纪罗曼主义史》书中所说,罗曼主义有下述诸意:第一,Romanticism 是中古主义的意思,这种解释,很是宽泛,因为这主义是对希腊罗马的古文艺之反动。希腊罗马的文艺(即古典主义)使个人屈服于标准及法则,忠实于型范,主均齐、单纯、限制、规律;以智巧制作的艺术为可贵。这样一来,只知有智巧,黜弃感情了,形式上虽能工整,内容却受戕贼。又因要不失法则与标准,遂从事模仿,乃无创造与个性的表现,更乏活泼生气了。其时不特艺术是如此，生活方面，也受了不少的束缚。物穷必反，遂有罗曼派的勃兴，一扫古典派的格律，倾向本能，注重个人。法国批评家普鲁奈梯尔（Brunetière）在《法国文学小史》里说："破坏古典主义主要效果之一，便是解放个人，使个人反于本来面目及自由，正如古代诡辩学派之言，以'个人'做万物的尺度。"这点便是中古时代精神的唯一特色。第二，Romanticism是俗的文学，古典派要高雅入格，引经据典，罗曼派则破格卑野、狂妄无稽，如哥德以古典派为健全，罗曼派为疾病，其中颇寓贬义。第三，Romanticism是新式的美；这所谓新，是古典派陈套的对照，他们突破了古典的因袭与法格；好新奇，希望自由创始，喜做破天荒的事业，成一种刷新的现象。法国文学家司但达尔说罗曼主义主改进、自由、创意，是未来的精神。古典派主保守、据典、模仿，是过去的精神。因为放纵的结果，多偏于神幻的美，弃了古典的规律的美（Order in beauty），加上新奇（Strangeness added to beauty）。就这点说，古典派尚近平易，罗曼派则主奇异神秘，为不经见之美，这便是自我无拘束的放纵之故。第四，是主观的倾向，古典派的作品带有冷淡沉静的色彩，乐天安命；罗曼派则狂热激昂，憬憧不安。古典作品截然明了，罗曼作品为暗示缥缈。又如白吉教授所述，古典的艺术是最高，因为他的结束主于完全（Classic art is highest, for its end is perfection）。至于罗曼派，因为无规律，故粗糙之中兼有烂漫。古典如雕像，罗曼如油绘。

纯文艺上的罗曼运动，先起于英国。英国在中古时代经历政治革命，有比较的自由制度。其后久苦专制政治的法兰西，渴望社会上、政治上的自由，又受了英国自由思想的鼓吹，憬慕政治社会教育革新的著作物，遂渐带罗曼的色彩，与英国前后相辉映。但是起初并非纯文艺的罗曼运动，却富于政治社会的气味，乃实生活上（人生观上）的罗曼运动；文艺上罗曼运动的出现，较迟于英国。德国的罗曼运动次于英国：一面摄取英国的纯文艺的罗曼主义，一面又摄取法国的政治、社会、教育的革命思想——即人生观上的罗曼主义。我们由史潮的意义看来，这罗曼主义的反抗的精神与革新的运动，可以分为二类：一是纯文艺的，一是人生观的。换言之，前者关于趣味嗜好，在当时比较是闲问题，态度是安闲的；后者乃是临眉的问题，态度严格而激切；这便是坪内逍遥所述的不自觉的 Light，罗曼主义和自觉反抗的 Serious 罗曼主义了。

最初起于英国的，便是不自觉的（纯文艺的）罗曼主义。英国的这运动，起首不过几位艺术娱乐派（Dilettanteism）的人，见着当时文坛的单调，文学的专制，古典派的陈腐，而崛起反拨；其结果乃成为文学界的大革新运动，足称功丰业伟。这自觉的罗曼主义的共同色彩是好奇，同一好奇，又分（甲）憬慕新美的，及（乙）喜悦珍异的风景风俗事迹二种。因为这点区别，其后罗曼主义的发展遂不一致，由此可见罗曼主义之复杂了。因为十七八世纪的风俗趣味过于单调，人们都仰慕能使心襟爽快的事物，然又不能达到目的，乃生苦闷，只要有非日常普遍的见闻，不免趋之若鹜，俨若渴者得泉。此时决无政治的意味，仅如我们认定旧文学的失时，而代之以新文学的一般，这便是不自觉的罗曼主义的起源。前述的甲项，详细地考察，其中又分三派：1. 自然的（Natural），2. 异常的（Extraordinary），3. 超自然的（Supernatural）。那喜欢自然的爱好风景的作家，把这些吸收在小说或诗里，一变古典的沉静的整齐的雕凿，做得如写生画的模样（Picturesque）。譬如《四季吟》的作者汤蒙生（Thomson，1700—1748），可以说是这派的先驱；古德斯密（Goldsmith）的《瓦克非尔牧师传》，行文优美，逼近天真（As it is），为后来自然主义的嚆矢：这是第一派。第二是异常的。他们不以平凡为满足，以异于寻常怪诞不经的题材，激烈地感动读者，因此这类作品多为不足信、恐怖、淫靡。又因为漠视现在的人生，遂生第三派的超自然。描写妖怪、神秘，如瓦尔波儿的《俄特南妥堡》（Castle of Otranto），可算这两派的代表。总括起来，统不外"惊异的复活"（Renaissance of wonder）。其次是喜悦珍异风景、风俗、事迹的一派，或好悦远国的珍异、古时代的珍异。前者尽力地罗掘南北欧或东方的奇迹，他们的态度是万国如一观（Cosmopolitanism）；后者景仰贵族、骑士，态度是崇拜中世（Glorification of the middle ages）。例如英国司各德的小说，拜伦的《却尔特哈龙德游记》，法国却妥卜尼南的《北美游记》，虽然是描写见闻，仍多虚幻。

自觉反抗的罗曼主义，也有数种的区别：一是立脚于感情上，努力发挥反抗的精神；二是专由智见上鼓吹这精神，换言之，即感情本位和智见本位。感情本位中，又分消极的与积极的。积极派有侵略的性质，想把现社会的各种恶风扫荡，指摘其时诸制度的缺陷，督促革新，颇带实际家的倾向。消极派则反是，为退让的、女性的，对于恶浊的社会，只有退让，避身于世外的桃源，憎恶现实生活（Aversion to

Reality），自觉地爱好自然（Conscious love of Nature），耽于空漠的理想，其时洛弗尼斯的寓言《青花》（Blueflower）、英国诗人济兹等的作品，都是这思想之结晶。至于智见本位的作品，则系反对古典的形式，在文法上及修辞上，破格、废语、造语、方言等，是他们所常用的。朦胧晦涩、野蔓芜杂，是他们的文体。构思题材，常取空渺的理想，赞叹未曾见过的风俗及烦恼、情欲（独以恋爱为最甚）、肉体的快乐等。就中有一派主张艺术绝对自由〔艺术至尊（Art for art's sake）〕，崇拜天才，以为空想是绝对的自由，这特权为天才所独享，侮蔑一切科学、经验、历史、法律等，因此延引后来自然主义的个人主义，当时迪克（Tieck）的《洛维尔》（W. Lovell）、司勒格儿（Schleger）的《鲁星德》（Lucinde）、洛弗尼斯的 Heinrich Von Ofterdingen 诸作，都是这种精神的表现。

　　罗曼主义的运动，影响很是广大。新生时代是解放人类，这运动却是解放个人。坪内逍遥说："罗曼运动是反拨社会压迫的个人自觉，以在文艺上、理论上、私德上发挥出来为主的，其影响很广，直接或间接地涉及政治、社会、宗教、道德各方面，是炽燃于欧洲18世纪末到19世纪前半的革新运动。"这革新运动，便是当时人们的思想感情的变动。思想感情的发泄，在文艺上表现是最恰当的，所以在文艺上的运动，比较理论上、社会上更为明显，其实也可说是包含在文艺里面的了。至今留下这样丰厚的资料，给我们研究。

　　在19世纪初叶，这运动就是一种流行病，初起于英，盛传于法，继染于德。它的发达的途径，据布兰兑斯的《十九世纪文学之主潮》

里面所述，可以分为几组：第一是始于卢骚所鼓吹的法国文学反动。第二是德国的半加特力教的罗曼派的反动之扩大。第三是由麦斯特尼（Joseph de Maistre）和严格正教徒时代的拉门纳司（Lamennais）等，以及正统派僧侣头目的拉玛丁（Lamartine）及许俄（Hugo）等的反动。第四便是英国的拜伦及其他诗人，就中尤以拜伦为最厉害。其时为自由解放起了格尼细亚战争，狂飙吹遍欧洲，拜伦党于格尼细亚，为英雄之死，遂使大陆的人，深深地留着印象。第五是在法兰西六月革命的前几年，法国作家的几个巨臂，起了反抗的变动，他们造成法国的罗曼派，如拉门拉司、拉玛丁、许俄、缪塞（Musset）、撒特（George Sand）等人的新自由运动便是。这运动由法兰西渡到德意志，在德的自由思想也获胜利了。第六是青年德意志派诸作家，布兰兑斯在原书中讲这一派，格外详明。这派为自由解放的格尼细亚战争及六月革命所激荡，和法兰西的诸作家一样地将拜伦的伟大亡灵看作自由运动的指导者。当时有海勒（Heine）、波尼（Borne）、古兹哥（Gutzkow）、路格（Ruge）、傅尔巴哈（Feuerbach）等人，他们和同时代的法国作家，准备而且影响了1848年的大动作。1848年就是法兰西起二月革命的那年呢！

这时的第一位小说家是法兰西的卢骚（J. J. Rousseau，1712—1778），竟可说他尽毕生之力破坏而且排斥古典主义。关于文艺、教育、政治、社会方面的古典思想，都被他攻击了。因此个别地叙述罗曼派小说的发达，是要先从法兰西入手的。

第一节　罗曼主义在法国

洛尼在《比较文学史》里说："法国的罗曼主义运动，为迅速的进步，在初的形式和 Romantic 有异，这 Romance 的名称及概念，是由德国来的。……中世纪的艺术及诗的起源，可以说是迪克(Tieck)和司勒格儿兄弟(Two schlegles)所起的运动；这艺术及诗的起源，根基于民俗惯用的 Romance 一语，遂名此运动为罗曼主义。他们和哥德(Goethe)、失勒维拉德星等所代表的主张，有不同的地方。因为司台尔夫人(Mme. De Staël)、却妥卜尼南(Chateaubriand)的介绍，引导自奈曼帝以来用希腊、拉丁文学的模范；以自己的艺术为最高的法国，能够爱好自国的艺术，使他们能够鉴赏。……说到罗曼主义，有种种意义，所用到的地方，永久是一个残留着的名字，因此，定义自然不能一定。"又普鲁奈梯尔(Brunetière)著《法国文学小史》(*Manuel de l'histoire de la littérature*)称卢骚是罗曼主义之父，故先从卢骚说起。

卢骚以1712年生于瑞士的遮尼地方，生即亡母，父造时计为业，卢氏因不愿继父业，逃至意大利因瓦伦斯夫人的庇护得免饥渴。他起初作文论人类不平等的起源，其后陆续发表《忏悔录》(*Confessions*)、《爱弥儿》(*Emile*)、《新的希洛斯》(*La Nouvelle Héloise*)诸小说。《忏悔录》共十二卷，是他的自叙传，自幼时起，直说到耄年。书中的材料极是丰富，他一生的行为，无论善恶耻辱，都无遗漏地描写出来。在这部杰作里面他舍弃后世所谓的天才之尊严，为必然的要求所驱使,将充满着缺点的一个纤弱的人的烦闷,赤裸裸地立在他人面前。他虽然这样地暴露其弱点,但于他的天才的尊严,是全无损伤的。他描写自己窃盗、恶作剧、愤怒、与女性乱交、卖恩、斗口、骄傲、攻击。因此我们可以观察到卢骚是最善良的人,倘若不是这样,他决不把自己的罪恶,忏悔于世人。一般恶人,尽把自己的罪恶,带入墓里,或者掩饰过去,比较起来,卢骚的个性之强韧,实足令后人景仰不已。他于描写的艺术一点,在此书的开始,曾说:"我非不似我曾见过的人,但我敢相信我不似生存着的任何人。"因之后人又称他是一个"非社会及反社会的自我者(An unsocial and anti-social Egotist)"。实际上他所非的社会,所反的社会,只是当时的万恶的社会。他在《冥想录》的第一章说:"我一人以外无兄弟、无邻人、无朋友、无社会,地上只有我一人孤零零的。我被由世间社交的最可爱的人间所排斥了。"他只是憎恶现社会,所以他才有《忏悔录》的著作;然而他是爱人的,是极爱人的,不然,他如何做得出《民约论》的大文和《爱弥儿》的小说呢?

《爱弥儿》已为人所熟知的了。这是一本教育小说,描写爱弥儿自幼至长所受的教育,都以自然为法,生时不加襁褓,五岁出外攻读,与自然接近,嬉戏大气日光中。一切诈虞虚伪的事物,不使他见闻,十二岁时稍涉事故,略习工作。授《鲁滨孙飘流记》,俾知自立,十五岁教以仁爱诸德,读 *Plutarkhos*、*Thukydides* 诸作,与哲人相亲,十八岁使悟信仰,兼以美育,期成一个完人。书中所述,都是出于理想,并非出于经验,现在的教育学说,能日愈改善的缘故,这小说实有极大的功绩。

《新的希洛斯》仿效英人尼佳特孙的作风，系用书翰体作的。书中英雄是圣布尼欧（Saint-Preux）和杰尼（Julie），杰尼与圣布尼欧有了恋爱，父亲将伊许于俄尔玛（Wolmar）受尽艰辛，圣布尼欧因失望远出，返后仍得遇杰尼。此书是描写人间的本性，发于自然，又写出社会理想的冲突，是一部理想的家庭小说。

继卢骚而起的，为圣皮尔（Saint-Pierre，1731—1814），以研究"自然"享盛名，杰作《保罗与维吉尼》（*Paul et Virginie*），描写爱情，美丽悲壮，此作里所取的异国情调，有很深的兴趣。

后此的大作家，便是却妥卜尼南（F. De Chateaubriand，1768—1848），他的《阿达拿》（*Atala*）、《尼勒》（*René*）二书，布兰兑斯批评是移民文学初期有数的作品。前者叙一荒地中野人的恋爱，为圣皮尔的《保罗与维吉尼》后最受人欢迎的读物。后者则描写自己胸怀，极哀怨怆楚，写尼勒至美洲求幸福，历遍困难，终竟死于内乱，却氏作风，不外基督教、自然美、个人三者，受卢骚的影响很大。

在却妥卜尼南的这时代，文艺史家划分一期，曰移民文学。据布兰兑斯所述，因18世纪法国革命的骚扰，接着有拿破仑的暴政，法国的文学家，有退避田舍的，有逃遁到外国去的，他们的精神，终归是要求自由与反抗。移到美洲的有却妥卜尼南，移住瑞士的有塞拉古尔（Senancour，1770—1846），赴德的有司台尔夫人（Mme. de Staël，1766—1817），这些都是领袖人物，也是卢骚的继续者。塞拉古尔有说部名《俄布曼》（*Oberman*），追随却妥卜尼南的《尼勒》，哥德的《维色尔》(Werther)的脉络,为表现患了"世纪病"的厌世思潮的心理小说。司台尔夫人本名叫 Germaine Necker,父亲曾任法国首相,嫁 De Staël-Holstein 男爵,极景慕卢骚,崇拜自由,拿破仑忌之,放逐外国,夫人遂到德国,1813 年著有《德国论》,为政府禁止刊行。所著《迪尔芬》(Delphine)小说,用书翰体作,模拟卢骚的《新的希洛斯》,取材于当时的妇人问题。布兰兑斯论司台尔夫人说:"移民文学自觉其目的及倾向之后,有一组被司台尔夫人支配。伊的著作,聚集了放逐者有价作品的精粹,当时的那一组人的行动、著作,常生矛盾,有返于过去,或追进未来的倾向,但伊的努力不是反抗的、革命的,乃是改进的。伊的第一灵感,是由卢骚得来的,此点和他人一样。伊曾感叹革命之过度,爱个人的政治的自由,比其他为甚。又和国家的专制主义及社会的伪善挑战,也和国家的尊严与宗教的偏执挑战。将伊自己所鉴赏的邻邦的特质、文学,授之国人。又用自己的手,打破了因战胜自满的法兰西的堡垒。"

此时不特文学家,一般人民全苦于残暴的战争及拿破仑的暴力。在未革命时,人民本期待前途的曙光与快乐,谁知革命以后,恰得与预想相反的结果。因为那在马上席卷欧洲的拿翁出世,遂使他们没有顾及文学与艺术的余裕了。故司台尔夫人的评论与小说、却妥卜尼南的创作等所引导的罗曼运动,不免受了挫折。直到拿破仑式微以后,薄尔奔王朝再兴,才有诗人缪塞(Alfred de Musset, 1810—1857)、高梯尔(Théophile Gautier, 1811—1872)、拉玛丁,小说家许俄等人的罗曼运动,达于全盛。缪塞、高梯尔、拉玛丁诸人,虽有小说一二种，文艺史家多列入诗人，本文略去。

许俄（Victor Hugo,1802—1885）不特是大小说家，又是诗人、戏剧家、思想家、政治家。他的戏曲《赫纳尼》（Hernani）上台排演的1830年，便是罗曼主义在法兰西胜利的时候。他的小说，继续司各德的脉络，代表作品有《巴黎圣母寺》（Notre-Dame de Paris）、《哀史》（Les Misérables）、《海上劳动者》（Les Travailleurs）。《巴黎圣母寺》为历史小说，取材于路易十九世，书中的人物都是戏剧的，圣母寺院的描写也极精致，颇享盛名。《哀史》中以描写巴尔琼的生涯为主，卷帙甚多，意在怜惜无告者，同情于反抗，是一部完全的社会小说。他早年所作的《死囚末日记》，也为世人所知，极富于人道主义。又他成为罗曼派的泰斗，也由于诗歌、戏曲的成功，他在《克洛姆维尔》（Cromwell）剧本的序言中，广布了革命的言辞，将文学的革命家兴奋了。至于许氏对于罗曼主义的观察，他曾说这主义是文学上的自由主义；文学上的自由，是政治上自由的产儿。又说："新时代的人便是新艺术。路易十四五朝的文学，很能适应当时的王政。"由此可以想见他对于罗曼主义的尽力。本来18世纪的法兰西，为古典主义及教法主义所盘踞，直到许俄，方起教权的反抗运动，终得胜利。

次于许俄的，有亚历山大仲马（Alexander Dumas,1803—1870）。他的历史小说很有名望，亦为司各德的私淑，共著小说一千数百册，就中《三个火枪手》（Les trois mousquetaires）与《克尼斯妥伯爵》（Le comte de Monte Cristo）尤脍炙人口，欧美儿童，多用为读物。

第二节　罗曼主义在英国

罗曼主义在英吉利没有成为强大的运动，最初只有考贝（W. Cowper）等二三诗人，忌恶18世纪技巧的空虚的文辞，扬声反抗，他们的反抗也可以说是德国维南特、哥德等所起的反抗之回声。英国的罗曼派，是以诗人的活动为主，湖畔诗人拜伦等，在当时文坛上颇有势力。他们的努力，在打破文辞之技巧及惯习，以要求精神的社会的解放，但这是诗什方面，至于小说，还在酝酿中，没有出现。及到司各德出，小说界才发出罗曼派的光芒（参看第二章）。司氏的影响普遍于欧洲诸国的作家，形式上虽不一致，但是他们的精神是相通的。其后立佳特孙一派兴起，才有忠实的描写日常生活的小说，慢慢地发达起来。当时有所谓论文的小说家古得文（W. Godwin, 1756—1836）、国民风俗的小说家爱及华司（Maria Edgeworth, 1767—1849），又有描写中流阶级日常生活的奥司登（Jane Austen, 1775—1817）。奥氏虽生于罗曼派的时代，但他的著作，颇倾向于写实，与司各德的作风相异，有 *Sense and sensibility* 等小说六种。

司各德的继起者又有波尔华（Edward Lytton Bulwer, 1803—1873），他的生涯为政治家，也以文学为世所重。他的作风，比司各德更是通俗些，但为矜夸与虚构所充满；直到晚年，才带有写实的趣味。同波氏同时代的政治家如迪司拉尼（Disraeli, 1804—1881）等也作小说，但不过是政治家的余技，将小说代政治论罢了。当时有几个政治家，都将他们政治社会的意见，寓于其中，成了一种倾向小说。

英国的罗曼派小说家在这几人之后，便是迭更司、撒克勒等几个有写实倾向的作家了。

（英国的罗曼派在前章里曾经说及几个作家，此章因免去重复，故不再提及了。）

第三节　罗曼主义在德国

罗曼主义的名称是由德国发轫的，创始者为司勒格儿兄弟，兄名弗利德尼克（Friedrich Schlegel，1767—1845），他和迪克于1798年在Jena地方刊行杂志，宣传主义，可算德国罗曼派的巨擘。他是一个批评家、翻译家、东洋研究家、哲学家，又为国民思想之鼓吹者。与法国的司台尔夫人很亲善。他和迪克——他的弟弟所合办的文学杂志名叫《阿典勒姆》，当作罗曼派运动的机关。他们的共同目标是"重视理性的法则与进行，还到空想的境界，与原始的人性，这些是诗歌的根原""诗人的自由，并不受任何法则的束缚"。他们的理想受了费希特的唯心哲学、徐林的主客观合一的哲学之影响。这理想与诗歌、宗教合在一堆，眷恋祖国的过去，因此他们赞美德国中世的国民生活。

德国第一次罗曼运动到1804年衰颓以后，1806年有赫特尔堡（Heèdelberg）地方的第二次运动；但均以诗人为中心，小说家不过数人。哥德的《少年维特尔之悲哀》、司勒格尔·弗利德尼克的弟弟奥格司特（August. S., 1767—1845）著的《路星德》（Lucinde），可以代表这时期。此外诗人迪克、戏剧家克尼斯特（H. Von Kleist, 1777—1817）诸人，也作小说。

1880年诗人阿林（Arium）等移到伯林，又为第三次的罗曼运动，名伯林罗曼派，士林景从。自此三十年后，又有少年德国派之起，这派的根本精神虽同罗曼派，但不以文学为生，仅把文字当作宣传的工具。当时德国政变，首相梅特涅行压迫的政治，禁止一切自由运动，国民的一腔闷郁，有如弦上的箭，临机待发，恰好有哲学家赫智儿出，提倡万物联合的超越哲学，继费希特之后，鼓吹自由思想，革新之机已在酝酿中，又受1830年法国许俄等罗曼运动及七月革命的影响，文学史上，起了破坏与怀疑的运动，这便是"少年德意志派"的运动了。这运动曾影响到政治、宗教、道德各方面，他们的领袖人物，以诗人为多，小说家仅有古兹哥一人而已。

古兹哥（Karl Gutzkow, 1811—1878）是这派中最年幼的一个，和劳伯（H. Lauble, 1806—1884）二人，为此派的健将。格氏有 *Wally die Zweifierm* 说部，攻难宗教道德，所著多含主旨，成倾向小说之宗。劳伯初作小说，后专作戏剧，四十岁时，所作多写实倾向，有《心的武士》（*Die Ritter Von Geist*）、《罗马之魔术家》（*Der zauberer Von Rome*）、《荷哼希瓦可》（*Hohenchwongan*）、《伯司达洛希》（*Die Söhne Petalozzis*）等作。

此时德国有"乡村小说"的新现象发生，这种小说虽然不是后兴的"乡土艺术"般的写实；但题材也是取自村落田野间，把田舍人的生活细腻地描写出来了。哥特希尔夫(J. Gotthelf,1797—1854)所描写的司尔地方,阿尔巴哈(Berthold Auerbach,1812—1882)的《黑林地方故事》,南克(Rank)的《波耶米亚地方故事》,玛牙的《尼衣司地方故事》等,都是这类的小说。

司梯夫特(A. Stifter,1800—1868)也是此派的先驱,他的文字极轻快,描写自然景色,将人生与自然的关系,显示出来。所作如《晚夏》(Nachsommer)、《彩石》(Bunte Steine)等,都是诗的、抒情的,为后来描写自然的模范。他描写环境也很密致,也是写实派的先驱。

第四节　罗曼主义在俄国

说到俄国的罗曼派了。洛尼在《比较文学史》里说:"近代智的生命之警钟,且最后醒觉的,是俄国。俄国由野蛮时代入于近代文学之列(由产生有名的《伊鄂侵入之歌》古英雄诗的时代)到用'有音乐谐调的俄语的'生命,产生壮丽而丰富的作品之间,有很广的一条沟渠。作成这沟渠的时候,俄国是睡眠的,一觉醒来,二三日后,这沟渠便充满了。"这沟渠的时代便是罗曼派的活动。到19世纪,代表斯拉夫民族的俄罗斯,才登上欧洲的文艺舞台,一幕一幕地揭开来。

俄国在18世纪,纯在模仿时代,事事模仿西欧,彼得大帝以后的"国是",便是输入西方文明,直到加萨林女皇时,见西欧自由思想之侵入,是可惊的事,一变旧政,取抑止的政策,发挥斯拉夫精神。但是国民仍以德、法为师,思想、艺术,皆取自法国——也取自他国——19

世纪初叶,仍旧是取法他国的文艺。

俄国罗曼派的第一人是司可夫斯基(W. Zhkovske,1783—1852),他把拜仑、司各德、徐勒、哥德等介绍到本国,后为宫廷诗人,其次有卡拉琼(N. Karamjin,1766—1826),他的创作力使罗曼派思潮普及,比较移植外国文学的更有力些,他们以热情的、感伤的、神秘的运命观为主。在著作里可以见到。

继司可夫斯基的普希金(A. Puchkin,1799—1837),他的运动比卡拉琼更来得积极些,他受了卢骚、拜仑等的影响,他的诗是要求解放与自由。小说不及他的诗。以《甲必丹之女》(*Kapitan Skya Dochikg*)为最有名。因为他的爱国心,遂有建设国民文学的意志,为近代俄国文学的根干。法国批评家维吉耶说:"普希金的青年时代,和拜仑、拉玛丁一样,是一篇的诗,是实现而且飞翔于世纪曙光里的(唯一人的)青年之梦。"所以他是一个价值最高的纯美派诗人。他又自由使用俄国民间语言,将细微的印象很巧妙地写出,他的杰作的生命,在俄人则视如经典,在世界也持着永久的生命。

娄蒙夺夫(M. Lermontoff,1814—1841)也在这个时代,他的《现代英雄》(*Gero Nashevo Vrjemeni*)一书是人人所知的。书中叙高加索的军官伯宿林(Petshorin)初与回女 Bela 恋爱,弃之,后因事与同僚决斗,被杀。描写当时俄国的一般贵介子弟,不能尽力于社会,多为伯宿林之类,放荡自贱。此书已近写实,开后来俄国写实派之端。

第五节　罗曼主义在斯干底那维亚半岛

罗曼主义的波动也及于斯干底那维亚半岛。其时瑞典因为统治者的竞争，国民对于国家前途忧悒，思想起了变化，19世纪初德国罗曼派输入后，古典派的形式便推翻了。罗曼派的空想的、感情的要素，在瑞典成了纯粹的文学，为他国所不及的，是很有趣的事。其故在瑞典自然的奇幻，很适宜于养成罗曼的风格。在先本有德国派、法国派之争，及到泰衣纳（Tegner）、林格（Lyng）、苟尔（Geür）等人出，先排除法国的文学势力，继脱离德国的感化，将自国固有的传统思想及传说，做了新文学的根基。当时他们有两个文学团体：一是1803年维卜沙那大学学生发起的晓星派，一是泰衣纳主宰的鄂梯克社，但都是诗人。阿尔姆维斯特（Ludwig Almqvist，1793—1866）出，才有了唯一有名的小说家，他完成自国的罗曼运动的事业，并为到写实派的过渡，他的生涯和作品都很奇幻的，他也作问题小说。

丹麦自青年的雄辩哲学家司梯芬（H. Steffens）1802年由德返国，在可朋哈肯讲演德国的罗曼派作风后，才开始运动，在初也只是几个诗人。其后安兑生（H. C. Anderson，1805—1878）出，为罗曼派小说树一帜，他的《童话集》，恋爱小说《即兴诗人》，是很著名的。

第六节　罗曼主义在南欧各国

意大利的罗曼派是受德国的影响。小说家有玛若尼（A. Manzoni,1785—1873)所著诗歌小说很多,1823年作《约婚夫妇》三卷,以司各德为法,书为历史小说体,叙17世纪初西班牙取米兰故事,描写村姑路西亚与洛伦若订婚,贵胄洛迪哥欲夺之,使牧师勿为二人结婚,于是他们逃去。这本书的主旨,据作者自叙,系隐示道理与势力的争斗,凡人应当守理,与患难相抗,尽人事,听天命。因为他的爱国思想与信教心,才有这著作。继其后以小说名者有玛耶尼(G. Mayyini,1805—1872),初学政治,也提倡历史小说,描古代光荣,使人景慕。此外还有 T. Grossi、M. Azeglio、S. Pelléce 等小说家。

西班牙因有塞夫特拉(A. De Saavedra,1791—1865)出亡到英、法,受拜仑、却妥卜尼南的感化,始有罗曼主义的输入,就中以受法兰西的影响为多,这是地理上的关系。后有依司卜洛希达(J. De Espronceda,1810—1842)等罗曼诗人。小说家有比可尔(G. A. Becoeer,1866—1870),所著《碧眼》(*Los Ojosuerdes*)一篇,为英法所移译,此外别无可叙的了。

第四章　自然主义时代(上)

19世纪中叶,自然科学勃兴后,文学受着科学精神的影响,脱离罗曼派的色彩,起了自然主义(Naturalism)的反动。这自然主义一语,并不仅为文学上才独有的名词,哲学、伦理学、教育学上也有自然主义。譬如哲学上的自然主义,就是唯物论与证实论一派,在以前没有受过科学精神影响的哲学,尽由精神的、灵的方面去说明宇宙万物,漠视经验与观察,努力于思辨。直到孔德的证实哲学出世,摒斥空想虚论,以自己的直接的观察和经验做基础,证明世界万有的法则;于是从前重心灵研究的哲学,才变为重物质的研究了。这种唯物的哲学,实验的、物质的研究,可以称为当时的时代精神。孔德的证实哲学出现以后,又有达尔文的进化论公世,将生物进化的理法,由自然淘汰,优胜劣败的事实去解释他,此种学说和孔德的证实哲学并肩而驰,撼动了欧洲的思想界,所以当时的学者对于宇宙万物的观察,无不以物质的、生物学的做立足点。这样的科学精神,达到极盛的时期,便是1840年到1870年,史家称为科学万能主义时代。

当时的文学反映时代精神，比较哲学等更是显著。罗曼派已经成了强弩之末，日趋消灭。从前憬慕华美高深的空想，现则斥为幻影，以现实为贵。罗曼派主热情，态度是主观的——由作者脑中，任意制造华美的事实，注意精神方面，所求者为美，偏重技巧，倡艺术独立，内容多写惊心骇目的事件。自然派则不然，他们的态度是客观的，注意物质方面，是与人生接触的艺术。因为近代物质文明日增，生存的竞争激烈，时为现实的苦恼所压迫，遂不能超越人生，遨游于现实外的天地，因此影响于文艺，使文艺和目前的生存问题，生密接的关系。既不能忘却现实的苦恼，遂埋首于苦恼里面，吟味解析，以明彻真象为止。其次又反对罗曼派的奇异妄诞，而倡平凡。罗曼派所描写的不外是英雄豪杰、王公贵人。至于平民的日常生活，不易入于他们的书里。自然派则描写平凡无奇的日常生活诸象，内容是很浅近的，极与读者相近；不外是读者日常所亲的人物，或每日亲身经验的事实。我们读自然派的作品，可以在里面寻着自己的影子，并且可以沁密地感触人生味，这一点要算自然主义的第一特征。这平凡的特征的由来，完全是近代生活的关系，因为王公贵族的时代过去，平民的时代来了。科学既倡，机械勃兴，文明一天比一天演进，平民的力量，和以前所谓英雄豪杰是在一水平面之上，想以一个英雄或豪杰来支配群众的事，在现代渐不可能了；乃是集聚许多力量均齐的平凡人，以支配一切，将一切平凡化，可惊异的人物是不能存在的。在这样平凡化时代的文学，自不能依旧讴颂武士贵人，是当然的趋势。其次，又因为取科学的客观态度，由唯物观的立足点观察一切。经过他们的冷锐的眼光，世上就不致有神秘异幻的事物。我们读罗曼派的作品，见他们崇拜英雄，将英雄看为半神的，看为超人力的，与普通的人生全然没有接触。但由现代人的眼光看去，所谓英雄也是一个平凡的人，不过他们的精力比较平凡的人略强，其实"质"上并无差异，仅有"量"的差别而已。罗曼派本着他们的崇拜中古的心理，遂将同为平凡的英雄化为奇异的、不可侵犯的，以眩人目。在这一点，大受自然派的鞭挞，罗曼派所描写的英雄美人，在自然派的作家，不过仅为平凡的男女，我们试读托尔斯泰的《战争与平和》，见他所描写的拿破仑，仍旧是一个平凡的人，并不如罗曼派的铺张扬厉。约言之：罗曼派将平凡的事物，化为非平凡，一到自然派，无论平凡的与非平凡的，都将他们化为平凡了。现将二者的主要的区别，列表于次。

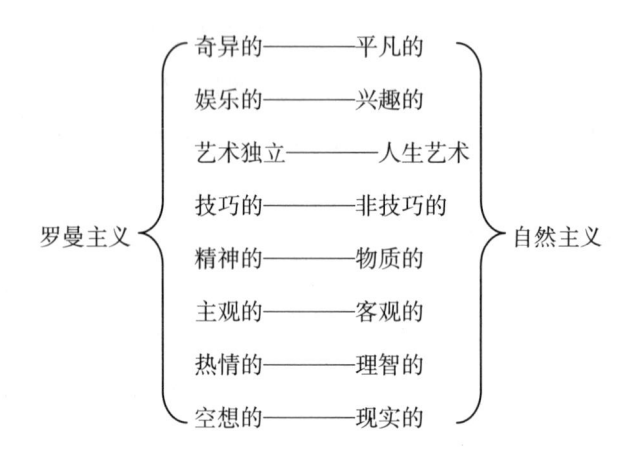

$$
\text{罗曼主义}\begin{cases}\text{奇异的} —— \text{平凡的}\\ \text{娱乐的} —— \text{兴趣的}\\ \text{艺术独立} —— \text{人生艺术}\\ \text{技巧的} —— \text{非技巧的}\\ \text{精神的} —— \text{物质的}\\ \text{主观的} —— \text{客观的}\\ \text{热情的} —— \text{理智的}\\ \text{空想的} —— \text{现实的}\end{cases}\text{自然主义}
$$

以上略叙自然主义与罗曼主义的比较，其次再看自然主义一语的解释是怎样？我们试翻阅《英语大辞典》，此语有几种解释：1. 元来固有的、生来的、本质的意思；不是由后来所得的，或附加上去的，是生而具有的。即是立于技巧、习惯、因袭以外的意味。2. 肉的、物质的、客观的。3.依据自然理法起来的。4.现实的、常轨的,即奇怪变异的反对。以上是一种解释。又"自然"一字的解释是:1.呼客观的世界为自然。2.呼与心的世界、精神的世界相反对的物质界为自然。3.呼与理想相反对的现实为自然。4.呼不加人为的、赤裸裸的事象为自然,而与技巧相待。5.呼事物的天性,天然固有的性质为自然。6.对于平常的事,也称为自然。借这几种解释,自然主义的意义已可了然。在近代文艺史上,此语有两种意味:第一是卢骚首倡"(返)于自然"的自然主义,第二是加于左拉所倡的文艺运动的名称。这两者的根本上虽然相同,但在表现上稍稍差异;卢骚的是一般人生观上的自然主义,左拉的范围比较窄狭,仅仅是艺术上的自然主义。所以卢骚的自然主义,影响及于一般社会思想,左拉的自然主义则惹起艺术方面的革命。左拉将科学的研究法,运用于文学的创作,他以研究物质的态度来研究人生,著有《实验小说》(*Le Roman Experimental*,1880)、《自然派小说》(*Les Romanciers Naturalistes*,1881)两种论文,他以为人间绝不是灵的,或精神的,不过是一个机械,以纯粹的唯物观为出发点,曾谓"路傍的石子和人间的头脑,都同样的支配于定命论(*Déterminisme*)",人的情、智的活动,可以适用精密的科学方法考究出真象,因此主张文学家也和科学家一样地坐在实验室中,检查分析物质的性质,将所得的结果,照原形写出,便成文学。他的说法,完全以文学附丽于科学精神上,他的人生观是机械的。他受当时法国心理学家克洛特·伯纳(Claude Bernard)的影响颇深,遂使他由生理方面观察人生,用科学的态度作小说,这种方法,在文学史上称为左拉主义(Zolai'sme)。

但由现代人的眼光看去,他的创作的态度是很不妥当的,因为人生不仅是物质的,也是精神的,而且科学的实验方法,未见能直接适用于人生。譬如酸素与水素化合乃成为水,固然可以由科学的实验显明地看出,然而人生绝不是有一定的性质的物体,人人的境遇,绝不能常生同一的现象或结果,何况人生是不能放在试验管里化验的呢?所以他的主张——左拉主义——有许多缺点,大受批评家普鲁勒梯尔的攻击。但是他在文艺上的功绩,却是很伟大的,因为自然派的运动到左氏才露头角,其时虽有卢骚为先驱,巴尔沙克(Balzac)、弗劳贝(Flaubert)、渥斯华斯(Wordsworth)等续出,可惜他们没有脱尽罗曼派的风格,不如左拉一般的胆量,直接将科学的研究法,运用于创作。现在我们应该记着的,就是:左拉主义是以纯客观的态度(科学的态度)观察、解剖人间的事象,把现实的真象,照原有的描写出来。

由于自然派作家的观察事物方法及描写方法,可以看出量的差别。如左拉一般取纯客观态度的,名本来自然主义;加入主观的,名印象的自然主义。凡是自然派的作品,都不出这两派。

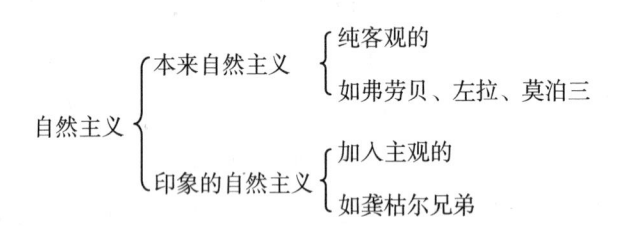

自然主义 { 本来自然主义 { 纯客观的 / 如弗劳贝、左拉、莫泊三 } 印象的自然主义 { 加入主观的 / 如龚枯尔兄弟 }

英国的批评家巴林(Hon. Maurice Baring)说:"印象派自然主义,由自然所受的印象,以表现自己的人格为手段。本来自然主义,则以绝对的得着客观的现实为目的。"由这几句话,可以见二者的区别。

印象派的起源,是受了印象派绘画的影响;绘画方面的印象派发生得较早些,16世纪前半的梯旦等人的绘画,已经在萌芽了。印象一语,有主观的意味。即是印在心理的象,印象派所描写的,没有客观的存在,所描绘的是印入心里的事物。首先对于某件事物,仔细地观察,当下并不描写,直到由感觉完全纳入心里,才照样写出,这便是印象派的方法。本来自然主义是注重物的本形,即客观的事象,不是描写印于心里的事物,所写的是映在镜里的事物。弗劳贝曾说:"艺术与作者,全无共通。"批评家苔痕(Taine)也说:"以自然的再现为意,便汩没作者的个性。"但我们仔细一想,假若艺术与作者,果如弗劳贝所说,全无共通,那么,我们描写的时候,无论谁人描写出来的,都是相同的了。但是文学,是与科学的记载,当然有别的,科学因为完全根据客观,所以他们得的结果能够一致的。倘若文学的描写不加入一点主观,则其结果就不免雷同了。因为这个缘故,本来自然主义就生出破绽,印象派便是弥补这破绽的,以作者的情调为主,加上印象所得的,逼真地再现出来,使外物的印感和自己的情趣同时现出。这一派在德国名叫彻底的自然主义,首倡的人是何尔兹,哈卜特曼的《日出之前》,可以说是在德国的实验。至于二者的区别,很难截然地划分,不过以参加主观的程度为标准而已。我们读一篇自然派作品的时候,由这一点去下观察,便可以分别是属于哪一派。

这两派的态度虽有差异,但是他们的目的,即描写"真实"之点,是相同的。自然派所有的特色,他们都具备得有。这特色是什么呢?第一是科学化,自然派的发生,全是受了科学精神的影响,在前面已经说过。科学化即是将科学里唯一的客观态度,应用于文学,作品里不格外加添作者的喜、怒、哀、乐的主观的色彩,尽观察所得的照原像描写出来,他们的职分仅止于此。他们的描写方法是根据心理学、生理学的,先由心理学的立足点,观察分析;其次又因为人是一个生物,人的思想、行为,不能被生理状态支配着,常生变化,所以又把生理学的知识,用到做作上去。其次,不仅描写处于常态的心理与生理就算完事,也注意到病的现象,因为近代人的生活的苦恼,社会里的种种病态层出不穷,正是文学家的好材料。遂将人间的病态仔细地解剖,因此又于心理学、生理学之外,应用病理学。当时的作品,曾有医药小说(Medical Novel)之名,如左拉的《罗康玛喀儿丛书》,莫泊三的作品的大部分,都是描写病理的。再其次,因为受了进化论的影响,更描写病态的遗传,家族进化的历史。左拉的《罗康玛喀儿丛书》第一卷《罗康家之运命》,就先写由祖先的恶德所遗传下来的病态;西班牙的耶琪加利(Echegaray)作的《唐琼之子》(*Son of Don Juan*),和易卜生的《群鬼》一般,是一折描绘父的遗毒传于其子的悲剧。又如挪威的般生所著的小说《克尔特族的遗传》(*The Heritage of Kurts*)等,都是描写遗传性的。以上所述,不外是自然派作家取科学的态度的明证。

第二是真实的描写,人生事件繁多,无论善的、丑的,都可以供文学家的题材,但须以真实为主。自然派既主真实,对于人生的黑暗、物质生活的罪恶、败德、性欲等,无不大胆地、逼真地描绘出来。从前的罗曼派只知道美的、灵的,只知凭空臆造,到自然派兴,便一扫此弊,他们的人生观是唯物的,以为人不过与犬、猫同样的动物,肉的生活、兽的生活，在所难免的。自然派的职志，则在将这些黑暗的、丑的写出，如近代小说家，多描写下层社会，莫泊三的杰作《美男》《女之一生》，大胆地描写兽欲，俄国阿尔志跋绥夫的《莎宁》，则以性欲为题材的小说。有许多人以为这兽性、性欲的描写，与风俗有关，遂用力攻击，如左拉的作品，英吉利曾禁止输入。龚枯尔兄弟和弗劳贝，都因为描写真实的黑暗，时被法庭召唤。在日本如莫泊三的《美男》是禁止出版的，莫氏的几种短篇小说集，也被官厅抹杀了若干字句，这不过是一般无识者的杞忧，其实他们虽然赤裸裸地描写黑暗卑污，其中却寓有沉痛而悲哀的调子，倘若社会里没有这样真实的事件，纵然他们具有唯物的人生观，也未见得能够描写得露骨的。

第三是人生的。从前一般人将文学看为消遣品，看为弈棋、玩具一类的东西，同时文学家也避去现实的人生。要在自己的艺术里，建造出别的世界，造出象牙之塔，以为悠游的场所。到了自然派，他们就不是这样随便，力倡文艺是实现人生，以现实的生活为对象。因为自然派，文艺才和人生有密接的关系。他们的人生观，是看我们生活的意味是怎样？将这点描写出来，使读者解决。是对于人生，对于生活，深思苦虑的艺术，绝不是供人娱乐的、消遣的，是为人生才有文艺的。譬如社会里的男女，曾经怎样的贫困、饮酒、贪色？怎样的堕落？都由他们的人生观、冷静的科学的态度刻画出来了，左拉所作的《酒店》，便是好例。同时他们又有改良社会的潜伏意志。我们在德国哈卜特曼的《日出之前》《织匠》的剧曲里面，可以看出作者有改良社会的意思。此外更有描写解放个人、解放妇女的作品，与实社会结不解之缘,如俄国近代诸家的小说,大都为个人社会而与权力挑战。有屠格涅夫的《猎人日记》,然后农奴解放的事实,得以促进。又如托尔斯泰、高尔该诸作家,也用他们的笔向万恶的政府挑战,虽被罚或被放逐,仍不停止,可见他们的作品,是为人生的,决不是闭于象牙之塔里面,供人娱乐的了。

自然派既是人生的艺术,所以他们描写的是人生的断片。在日常生活的事物之中,显示人生的意味来。一篇小说的内容,不外是我们耳朵常听着,眼睛常看见的,而且首尾不必完全,不如罗曼派的小说,有起头有团圆,千篇一律。他们由极复杂的实生活,切出一横断片,以示读者,这一断片,并不是臆造的,是极确实的;是人生的缩图,是活的,有血有肉的。这断片的描写,是我的事实,你的事实,现在的人所有的事实,不是罗曼派的描写英雄豪杰、佳人才子,只重特殊,不顾普遍。在这一点上,就有人说自然派的作品太平凡了,难免浅淡无味,而且结构也不完全,但这种说法是错了。我们须知自然派的作品,不是供人娱乐的,不是在茶余酒后的消遣品。在作者方面,也并不存心引起读者的愉快,只是因为人生里有某种现象,自然派作家的人生观及态度,非将他描写出来不可,别人对于描写出来的结果的批评是怎样?完全系于读者的鉴赏程度,作者决不干与的。而且这派的作品,完全是人生的产物,我们在其中可以看出若干的人生意味,有许多事件是现代人的切肤问题。从前的罗曼派,完全根据他们的热情、空想,写出惊心眩目的事。英雄战士是怎样勇武?青年男女是怎样的风流?书里虽然是很热闹,然一叩其题材之来源,则多是重述古事，或是缥缈无稽，虽然足供一时的消遣，而与现实的人生是完全无关系的，只要读一次之后，便同嚼蜡一样，没有供我们吟味的了。自然派的作品，纯是近代的产物，是近代人的生活的结晶，我们需要这样作品，也是自然的倾向。唯其是描写得很平凡，我们在平凡之中，却可以看出非凡的存在。譬如一篇小说里所描绘的人物，各有他们自己的个性与环境，决不像罗曼派的一千人同一面孔，别的姑且不论，只就自然派描写个性及环境二点，其兴趣已经高出罗曼派若干倍了。

描写个性与环境，便是自然派的艺术的特色。个性是类型的对称。从前的文学家，往往在心里先存一个概念，用这概念以临事物，换言之，他们不凭感觉与观察，只凭思想与揣测；不重观察一事一物的个性，只重由作者心中产出的模型。模型既是由心中产出，所以是相类似的。自然派的作家摒斥这态度，力主观察各人自己的特性，弗劳贝曾说世上没有相同的两粒沙、两匹蝇。又教授他的弟子，也以描写个性为重。此派作家，以直接经验为基础，将个体具象地写出，使别人一见，便觉有与他相异的特点。如罗曼派巨擘司各德所著的小说，书中的勇士美人，其性格大抵相似，反之，如屠格涅夫的《猎人日记》、托尔斯泰的《战争与平和》，其中所表现的人物不下十百，都各有特殊之点，所以屠氏、托氏的作品是活泼的，司考特的作品是呆板的。其次是描写环境，所谓环境，即是作者的周围，如莫泊三的作品中所表现的，便是法国诺尔玛德地方的环境；般生作品中所表现的，便是挪威的环境，这种环境又称为地方色(Local Color)，即描写地方的色彩之意。这也是自然派的特色,为罗曼派的作品所无的。

由于以上的叙述,我们可以知道自然主义的要略了。至于自然派作品的代表,可以说全赖小说。在这个时期中,亦以小说最为发达——尤以短篇小说为甚。所以讲到小说发达的径路,自然主义时期,要算占最重要的部分了。

有几个文艺史家,在罗曼主义与自然主义之间,另画出一部分的作家,称为写实主义时代(Realism),作为到自然主义时代的过桥。也有将写实主义并在自然主义内讲的。其实自然主义与写实主义,在实质上并没有什么区别,所谓写实主义,不过是与理想主义对待的名称,起初用于美学上,后来才用于文艺,其范围比较自然主义窄狭些,我以为在自然主义里面,已足包括写实主义,所以本书只述自然主义。

第五章　自然主义时代(中)

第一节　自然派之先驱[①]

罗曼派衰微的原因,就是科学的勃兴,在前面已经说过了。由18世纪末期到19世纪前期,罗曼派的热情的、空想的倾向,与客观的现实发生冲突,于是当时的人心流入二途,一是消极的,囿于绝望的悲哀或厌世观;一是积极的,努力研究客观的现实,遂产生自然主义的文学。不过自然主义是罗曼主义的反动吗?抑是罗曼主义的绵延呢?历来的文艺史家对于这问题的解答颇不一致。主张前说的,以为十七八世纪时受古典主义的桎梏已久,才生出罗曼派的热情豪放,一反古典的标准法则,故罗曼派对于古典派,当然是反动而非绵延。同样自然派也是罗曼派的反动,为什么呢?因为浪漫派妄诞无稽,与现实生活相差很远,与人生没接触,所以才有自然派的描写真实,注

---

①底本此部分即仅有一节,特此说明。

重客观，取而代之。所以自然派是罗曼派的反动，不是绵延。主后说的，以罗曼派是个人的解放运动；又可以说是创造新生活的自觉运动，由罗曼派到自然派，不过是由热情的破坏运动到知识的现实研究罢了。换言之，浪漫派是对于古典的、形式的生活之个人解放运动；自然派乃是由解放自我再进一步，去观察、批评现实，创造真、善、美的世界，因此，由罗曼派到自然派，不过是由罗曼派的别径，走入自然派的康庄大道而已。足见自然派是罗曼派的绵延。这两说都各有理由，足为我们研究或批评的资料。

根据这两种主张，以及自然派发达的经过，可以证明由罗曼主义到自然主义，并没有截然的断痕，质言之，就是不能明指从某年起才有自然派的作品出现。试看罗曼派的伟人卢骚，同时又是自然派的先锋，便可明了。原来罗曼派在1800年左右，势力没有全衰的时候，就有许多文学家的作品，带着自然派的色彩了。有人称他们为罗曼的自然主义，就是自然派的先驱。

法国路易·菲立时代（即第二帝政时代，由1838年到1848年），罗曼的文艺盛极而衰，有小说家巴尔沙克（H. De Balzac, 1799—1850）出。巴氏初学法律，以趣味不投，改治文学，三十岁时（即1830年）即从事著作，二十年间发表许多短篇小说。又立意做成二十五卷的长篇小说——《人生喜剧》（*La Comédi Humaine*），把人间的生活照实地描写出来。可惜巴氏因病逝世，没有完成。现在这部杰构，被人称为很好的风俗史，因为从前所谓历史，不过是干枯乏味的记事，没有一个文学家将某时代的风俗活画出来。巴氏此作，把社会的情欲、罪恶、道德等，都收在里面。1830年到1840年间，有杰作"EugènieGrandet"《老父葛利》(*La Peré Goriot*)出，都是人生的批评。不过他的作品里面的实在人物很少，多为作者的想象之化身，还没有脱掉罗曼派的风格。批评家圣·伯夫说："巴尔沙克还不能说是一个生理学者、解剖家；他依据想象，比根据科学的事实为多。"推广这句话的意义，便是他没有冷静而严密的经验与观察，仅仅依凭想象，将事物美化而已。所以他的描写是类型，不是个性。在这一点，他和真正的自然派作家（例如莫泊三及俄国的一般作家）大异其趣。巴氏生时，全没有人注意他，到死后才负盛名，后来法国的小说家，没有一个不受他的影响。在那罗曼空气弥漫之中，他能先树自然派作品的旗帜，我们不能不佩服他的勇气呢！

次于巴尔沙克的，有女小说家乔治·沙特（G. Sand）。伊的真姓名为阿曼的奴·杜宾（Armandine L. A. Dupin，1804—1876），是一个寡妇，曾与诗人缪塞、音乐家约彭恋爱。伊的杰作有《女与男》(*Elle et Lui*)、《鲁克里西亚·弗洛连》(*Lucrezia Floriani*)、《印度》(*Indien*)等，都是对于从前的传统的反抗，是实生活的产物。伊的周围多为新的男女，所以作品里充满着男女交友的新影。如《女与男》的书中主人，便是以缪塞为模型，《鲁克里西亚·弗洛连》则以约彭为模型，不外是直接与生活有关的人物。作品的内容也很丰富，文笔极其轻妙。

普洛司勒·麦利梅（Prosper Mérimée，1803—1870）由罗曼派倾向自然，兼带着讽刺的色彩，他以短篇小说见长。所著《克拉·喀司耳的戏院》(*Le Théatre de Clara Gazul*)、《可龙巴》(*Colomba*)、《玛司·法耳可尼》(Mases Falcone)、《失败》(La Double Méprise)、《洛基》(Lokis)等,是很有名的。普氏之后有哥梯(T·Gautier,1811—1872),他是一个美文家。1835年以《毛宾小姐》(Mademoiselle de Maupin)公世,取材颇广。此外,缪塞(Alfred de Musset,1810—1857)的自叙传《世纪儿的忏悔》(Comfession d'un Enfant du Scièle),也带有自然的色彩。

近代小说的发源地——英国,自1830年到1860年间,起了经济的恐慌,打破从来的僧侣制度,社会阶级间起了战争,因为产业发达的结果,中流社会的经济上的势力强大了,他方面劳动社会陷入极端的贫困。其时有大小说家却尔斯·迭更司(Charles Dickens,1812—1870)出,继司各德之后,描写社会的贫困,是最有势力的作家。迭更司幼时家贫,既长,曾为报馆访事。他的父亲是一个海军的会计员,后被免职,因事入狱。他的早年的生活,受尽酸苦,故所作多为描写无告的贫民生涯。他二十岁左右便作小说,1838年作的《比克维新闻》(Pickwick Papers)出世,始享盛名。1843年到1848年间作《圣诞节故事》(Christmas Tales)。1859年作《大韦·考贝菲尔》(David Copperfield),书中主人,就是他自己。叙少年大韦,生前丧父,只有温霭的慈母养育他。某日到兄的家里去游,和侄女耶米尼嬉戏,数日归后,见他的母亲已经和一个残酷的男子结婚了,使他受着酷待。遂逃出,流落十余年,后终成为大文学家。迭氏痛恨上流社会,与贫乏的下级社会同情。因为他自幼就在辛苦中度日,所以书中描写的事实,很是悲惨,自1831年起,他做了三年的通信记者,生活极忙,1833三年12月,出《波司的写生》(Boz's Sketches)。此后陆续发表《俄尼浮·

推斯》(*Oliver Twist*,1838)、《尼古拉斯·尼克耳白》(*Nicholas Nicklby*,1839)、《古董铺》(*The Old Curiosity Shop*,1840)、《二城故事》(*a Tale of Two Cities*)、《伊德文·杜洛的秘密》(*The Mystery of Edwin Drood*)诸杰作,声名日隆,称为英伦第一小说家。当时的英国人,对于司各德派的"罗曼司",已经厌倦,到迭更司的作品出现,虽然没有脱离罗曼的骨格,但却有写实之风。表现在他的著作里的轻笑、悲哀、同情等,都是英人的气质。他的描写,无论是人物或是景色,是极精细的,富于机智。不过他有点浮夸的弊病。他和巴尔沙克一般,因为同情下流社会过甚,不免愚弄上流社会。因为他是一个理想家,是一种的社会改良家,所以有这种倾向。他的作品的流布是极广的,欧洲和美国的文坛也受他的影响不少,我国在早就有他的小说的译本,在学校里也把他的小说当作读物。

在英国和迭更司比肩的,有萨克莱(W. M. Thackeray,1811—1863),他生于印度的加耳各达,年比迭更司长,但出现于文坛较迭更司晚些。因为他生于印度,关于印度的知识很富,曾经收集许多印度的人物,作《虚荣市》(*Vanity Fair*,1847)。他的生活,和迭更司恰好相反,他是一个富家儿。1828年,在英国剑桥大学读书,受着良好的教育,得与但尼孙、弗司格兰德等儒相友,1830年曾至德国访贵推,归后投资于"National Standard"新闻,遭失败,又办杂志,丧其资财。后为巴黎通信员,1837年返伦敦,始入纯粹作家的生活。1840年作《巴黎杂记》(*Paris Sketch-Book*),隐着沈痛的悲哀,锐利的讽刺。越七年,《虚荣市》乃出,其中为讽刺、滑稽、调侃所充溢,当时批评家赫·

瓦特(Hay Ward)称赞他，作品遂为全国人所欢迎。其后又有《彭特尼斯》(Pendennis,1852)、《亨利·依斯蒙》(Henry Esmond,1852)、《纽康传》(The Newcomes,1855)[等]四大作公世。1851年曾至美国讲演《18世纪英国滑稽作家》(The English Humorists of the Eighteenth Century)，晚年曾为《康希尔杂志》主笔。把他的作品和迭更司的比较，是件有趣的事，因为他曾经插足于上流社会，他对于这种生活的描写，比较迭更司的真实得多，而且对于贫富，并无褊袒，所以他比较迭更司更是一个纯粹的写实家。

后于萨克莱，而有新鲜之风的，为却而司·金斯勒(Charles Kingsley,1819—1875)，他的杰作有《维斯特华·荷》(Westward Ho,1855)，原书描写海洋的风景，非常的秀丽。《水的婴孩》(Water Babies,1863)为寓言体，意含讽刺，文笔活泼，为当时的人所乐诵。

这个时代英国还有几个女小说家，很可注意的。即布洛特姊妹(Bronte Sisters)三人：却洛特(Charlotte Bronte,1816—1855)居长，有妹爱米尼·琼(Emily Jane,1818—1848)、阿勒(Anue,1820—1849)。伊们的父亲是一个贫穷的牧师，生于约克细尼亚湿地，姊妹三人皆富创作力，可谓奇特。却洛特的处女作为《教授》(The Professor)一书，《琼·爱儿》(Jane Eyre,1847)尤为佳构。伊的两个妹妹的天才都赶不上伊，三人皆因遗传病的缘故，度过孤独生活，二妹皆夭折，独却洛特活到四十岁。其次有伊利沙伯·加司克而(Elizabeth Gaskell,1810—1865)，所作小说，多描写工场生活的艰难。

自乔治·爱略特(George Eliot,1819—1880)出，英国文坛更添了一朵艳丽的花。时人将伊比拟法国的乔治·沙特（见前），而伊描写个性之忠实，更超过沙特。伊的本名为玛丽·安·伊文司（Mary Ann Evans）。爱略特是伊假借的名字。幼甚贫，倾心基督教义，1846年（二十七岁时）翻译司徒拉斯（Strauss）的《基督传》（Lebens Jesu）。曾为《惠斯明司特评论》助理编辑。1854年，与有妻的乔治·纽斯同栖；所有学识，得自纽斯的帮助很多；初作小说，也是纽斯所怂恿的。伊的小说，可以分为三期：属于第一期的作品，情味丰富，生气泼辣。属于第二期的，是心理的、理知的、解剖的作品，材料精确，调查据实，只是缺乏生气。属于第三期的，则哲理的、抽象的弊病，达于极端。第一期的作品有《亚当·比德》（Adam Bede）、《弗洛司的水车》（Mill on the Floss）、《塞拉斯·玛勒耳》（Silas Maner）等，从1857年到1861年的作品都归于这一期，是很有精彩的时代。第二期为1863年，只有《罗莫拉》（Romala）一长篇历史小说。第三期包括1866年到1880年，有《菲尼克斯·何尔特》（Felix Holt）、《米德耳玛其》（Middlemarch）、《达勒耳·迭洛达》（Daniel Deronda）等作。伊的小说的作风心理的倾向很著，在英国文学史上划一新纪元。洛尼批评伊说："这等作家，皆群起描写（显明的）一般社会的悲惨状态——尤以写出工场生活的悲境为甚——以动读者的心，例如被强迫而行的怠业，同盟罢工，儿童的过度的劳动，妇人的堕落，人们对于同胞的嫉妒和嫌恶，以及其他大都会劳动者的悲境等，都是这类作家所选择的题目。尤以在乔治·爱略特的著作里，其记述、对话、小叙等，都是描写一切人间行动。没有做到精细的心理观察，其所描写或叙述，皆倾向良心的研究方面，因此，描写便失掉由现实的光景而来的活气。"洛尼的批评，大概是指伊第二期的作品，此时因为伊耽于史迹的调查，所作遂缺少生气。但是伊描写的逼真，实是后来自然主义的先导。

俄国自然派小说之发达，为他国所不及的。菲耳勃（W. L. Phelps）说："英国文学的光荣在于诗，俄国的光荣则在散文的小说。"所以论到自然派小说，俄国却占最要紧的地位。俄国的文明，虽较他国迟暮，但文学的发达是很早的。自从彼得大帝改革政治后，西欧文明与文学陆续输入；当时的文人也极力模仿西欧，并将拜伦、徐勒、哥德、司各德等罗曼派的作品介绍于国人，树立国民文学，成了罗曼派的局面，已见前述。至于自然派文学之兴盛，实创于郭果尔（Nikolas Gogol,1809—1852）之手。郭氏是小俄的乌格兰尼亚人，秉他的父亲的文学天才的遗传，二十岁时（1829年）便取材于田园生活，做了许多小说，如《底堪卡附近农场之夜》（*Nights on a farm near Dikanka*），是很有名的。《两个伊凡的争论》（*How Ivan Ivanowitch quarrelled with Ivan Nikiforytch*），为滑稽故事中的杰作。历史小说《达拉司•普尔巴》（*Taras Bulba*），描写哥萨克人的生活，可惜罗曼的色彩过重，对于后来的影响很微。1838年《死灵魂》（*Dead Souls*）出后，更轰动一世。这本小说是纯粹的写实，在俄国的文学史里最放光彩，后来的俄国大小说家屠格涅夫、托尔斯泰、陀思妥以夫司基等无不受他的影响。克洛泡特金在《俄国文学论》里述《死灵魂》的情节说："《死灵魂》的结构和《检查官》（郭氏的喜剧）同样，得普希金的暗示，当俄罗斯盛行农奴制度的时代，任何贵族的野心，总是想至少要保有二百个农奴

(Serf)。农奴可以如奴隶般的出售，也可以零星买入。有一个贫穷的贵族契起可夫，想了一个高明的计策：当时俄国的户口调查，每十年或二十年举行一次。此时农奴所有者，应该按照农奴的数目，不管生的死的，都得纳税。契起可夫想起了一个取利的方法，把死了的农奴（即死灵魂）用廉价买了来……在南方的草原买些低廉地土，由纸上把这些死灵魂运到那里，并且注册，俨若真在那里殖民一般，然后将这新土地在帝国地土银行抵押，这样做去，便成富翁了。"这便是《死灵魂》的大概。书中所描写的契起可夫，是当时俄人的模型，是照实描写当时的俄人，所以是很好的自然派作品。只是略有滑稽的风味，和法国莫泊三等人的作品有别。这就是北欧国民性和西欧、南欧国民性相异之点，因之俄国早年的自然派和法国的是不相同的。

助长俄国自然派小说的，有批评家比林司基（Visarion Belinsky, 1810—1848）。文艺史家称1840年为"郭果尔时代"，又名"比林司基时代"，可见比林司基在文学上是很有势力的。那个时候俄国的知识阶级分为两派：一是保守派，以本国的民族及历史为本位；一是进步派，以西欧的文明为标准，以促进国势。比林司基便是进步派的首领。洛尼曾说："郭果尔把从来俄人所不知的思想色彩，和艺术的规范从新显示，同时比林司基显示近代批评的规约，又宣言以艺术描写实生活。"这话我们很可注意的。

美国尚为英国殖民地的时候，他的文学，还是模仿的、传习的，到了1770年以来——即独立战争后——才有真正的文学出现。这新兴国文学的始祖，当推彭甲敏·弗南克令（Benjamin Franklin, 1706—

1790），他的《自叙传》(Autobiography)和力说通俗道德的《贫尼查的日历》(Poor Richard's Alman)，是最好的散文，文章极其真挚明晰，但不是真正的小说。到了华盛顿·欧文（Washington Irving, 1783—1859）的《见闻杂记》(Sketch Book)出世，才略有写实的趣味，而罗曼的风格仍重。其后可贝（James Fenimore Cooper, 1789—1851）的男性的、冒险的小说出世，也略有写实的风味，他的作品如《侦探》(The spy, 1821)、《先驱者》(The Pioneers, 1823)、《领港者》(The Pilot, 1824)等，都是描写森林生活、海洋生活的。

阿兰·波（Edgar Allan Poe, 1809—1849）在初期的美国文学史上也是很重要的，他的诗不用说是后来的先导，他的小说的文体，影响于西欧，短篇小说可以说是由他创始的。他的父母都是优人。父死后为他人的养子，曾在瓦吉尼亚大学读书，纵饮赌博，潦倒浮浪。他的小说分为二种，一种是用科学的绵密推理力，解决侦探事件，例如《麦根街之杀人者》(The Murders in the Rue Morgue)、《金甲虫》(The Golden Bug)等是；一种是神秘的、冥想的，如《威廉威尔逊》(William Wilson)、《奥雪儿家之衰》(The Fall of the house of Usher)等是。此时又有写实兼罗曼派的小说家何桑（Nathaniel Hawthorne, 1804—1864），他的代表作品有《奇书》(Wonder Book)、《红文字》(Scarlet letter)、《大理石的牧神》(Marble Faun)等。

1852年，女小说家司吐活夫人（Harriet Beecher Stowe, 1812—1895）作《汤姆叔父的小屋》(Uncle Tom's Cabin)，这是一本研究社会实况的好小说，又是根据基督教的博爱心，反抗美国南部诸州黑奴制度的问题小说。原书主旨,在描出黑奴的悲惨事实,加以希望的颜色和温和的想象,使社会感觉苦痛。后来黑奴之得解放,这本小说有绝大的功劳。此时英国也有迭更司在那里作社会的小说,俄国也有解放农奴的议论。洛尼在《比较文学史》里说:"司吐活夫人的《汤姆叔父的小舍(屋)》是新旧世界废除奴隶制度的动机。"由此便可以知道这本杰作的价值了。

德国的文学受了科学精神的影响,也渐倾向于写实。"少年德意志派"(Junge Deutschland)的殿军古兹哥(参看第三章)晚年所作的小说,曾为自然主义所动。阿尔巴哈(B. Auer-bach)之作也,倾向社会,描写村落的生活。到格司达夫·弗勒打格(Gustav Freytag, 1816—1895)出,则自然派的声势更甚,他的杰作《梭耳与哈彭》(Soll and Haben),是一篇描写德国人民劳动状态的小说。书中鼓励德人,暗示着未来的希望,销数十余万,为当时最流行的读物。1864年,又作《失掉的手书》(Die verlorence Handschrift)公世,描写知识阶级,夹叙商人及农民的生活。弗氏的《德国风俗史》(Bider aux dendeutschen Vergangenheit),也是极有名的。此外,格勒(Gottfried Keller, 1819—1889)的村落小说《未熟的赫尼其》(Der Grüne Heinrich),芳达勒(Theodor Foutane, 1819—1898)的《暴风雨之前》(Verdem Strum)等,陆续出世。路特(Fritz Reuter, 1810—1874)以北德意志的方言作小说,为乡土小说的先驱,他们都助长德国的自然主义运动。

第六章 自然主义时代(下)

第一节 自然主义在法国

法国是自然主义的发源地,19世纪的法国文坛,全被小说占领,其首领便是弗劳贝(Gustave Flaubert,1821—1880),他著的《波勿莱夫人》(*Mme. Bovary*)一书,费了六年工夫,1850年开始,到1856年才脱稿,其时浪漫派作家许俄、哥梯等还握着文艺界的霸权;而弗氏独能排斥华丽的空想与热烈的感情,甚至道德上的理想也摒去无余,毅然作出忠实的人生缩图使西欧各国的文坛蒙其影响,他实为全欧自然派文学的第一人。

弗氏生于法国鲁昂,父业兽医。十九岁时旅行巴黎,和文人缔交,乃专治文学。后曾漫游西班牙,父死后奉母返故乡,住在塞因河畔的克尔瓦塞,努力创作,此后三十年间,除遨游希腊、小亚细亚、埃及等地外,均岑寂度日。杰作《波勿莱夫人》曾发表于《巴黎评论》,

政府以为是败坏风俗，判为犯罪。末卷公世的时候，更惹起读书人的毁誉褒贬，喧嚣甚久。原书主旨，全反罗曼派的夸张粉饰，将人生的日常生活状况，照实描绘出来，极为深刻细腻。书中主人，为富于虚荣心之女子耶玛，嫁乡医生波勿莱。伊的结婚生活，和结婚前的理想完全相反，居恒闷闷不乐，结果遂与洛德而夫、勒昂二人发生秘密关系，后为二人所弃，遂服毒自杀。书中以耶玛为中心，描出法兰西中流阶级的生活，为自然派的第一部小说。1857年，又作《莎兰坡》（*Salambo*,1857—1862），描写第一次比俄利战争后加尔达人的乱事，其中所搜的材料至为丰富，写风俗习惯、土地情况等处，读者俨若置身非洲。盖弗氏执笔之前，即埋首研究历史，读破万卷，才能有此。但与《波勿莱夫人》一书比较，则略有罗曼的趣味。1862年，更作《情感教育》（*L'Education Sentimentale*,1862—1869），自叙他的青年时代，与前二者共为弗氏三大杰作。此外尚有长篇小说《圣安东尼之诱惑》（*La Tentation de St. Antoine*）与三种短篇小说。《鲍瓦尔与白鸠昔》（*Bouvard et Pécuchot*）一作，尚未做完，1880年5月8日，遂以中风卒。弗氏于小说之外，著有两篇戏曲，即《候补者》（*Le Candidat*,1874）、《心之馆》（*Le Château des Coeurs*,1879）。他的小说，可以分为两类：如《波勿莱夫人》与《情感教育》，为近代小说，此外则为历史小说，两种的题材虽有不同，但都没却作者的主观，将由各方面观察所得的事象表现出来。他的态度是科学的，所以是客观的自然派作家。他写给乔治·莎特的信里曾说："伟大的艺术，应该是科学的。"他的弟子莫泊三在《小说论》中，也述弗氏之言，谓世上没有相同的二粒沙、二匹蝇、两只手、两个鼻。又说："倘若你见着坐在店里的杂货商人,吸淡巴菰的阉人,或是见着一驾合乘马车的时候,你由他们的态度、容貌,描出他们的性格,给我一读,必须使我觉得和旁的杂货商人、阉人有异。至于合乘马车的马,可以一语形容之,也应该和前后同行的几十驾马车完全不同。"据此可以看出弗氏观察的方法,是极科学的、正确的。他的创作的态度,虽则是他的天才使然,但在他的生活状态上也有关系。他曾继承遗产,生活甚裕,不致因为求生的缘故,感染实社会的龌龊,所以能立于旁观的地方,仔细观察,在他的作品里,没有一点是空想的。即以《沙兰坡》而论,虽是历史小说,所写并非现世。而他的想象,全是他的燃犀的观察之结果,他因为要实地踏勘加尔达人的事迹,他曾经旅行那个地方。他的描写的精密,并非无因的了。弗氏颇嫌恶近代的文明生活,对于世俗觉得不可救药,因而愤慨,作品里常带有讥讽的色彩,在《波勿莱夫人》与《情感教育》里可以看出,至于未著完的《鲍瓦尔与白鸠昔》,则本为讥讽世俗所作,是发挥他的厌世观的。弗氏的生活是极忍耐刻苦,他服膺"才能即忍耐"(Talents long patience)一语,每日工作十小时,二十年间继续不断,而所成只有四种长篇,三种短篇(即"*Un Coeur Simple*""*La Légende St. Julien*""*Herodias*")他的创作是怎样的苦心,可不待烦言了。

与弗劳贝并肩者为龚枯尔兄弟。兄爱德孟(Edmond de Goncourt,1822—1896)生于南细,弟徐而司(Jules de Goncourt,1830—1870)生于巴黎。其父为拿破仑部下之骑兵官,幼孤,育于女婢洛斯,既长,耽研法兰西美术史及社会史。两人一生均为艺术的生活,除兄弟相爱而外,不娶妻,不别爱,所有著作,均署二人之名。我们在文学史上,见兄弟二人并称的原因,便是为此。1851年12月,他们的处女作《1800——年代》(*En*,18—)公世,虽为一二批评家所激赏,但于读书界没有什么影响。到1860年由精细的观察与细密的研究,创作《文学家》(*Les Hommes de letters*)出版,始显露特质。此后《梭尔·菲洛麦》(*Soeur Philomene*,1861)、《鲁勒·毛勃林》(*René Mauperin*,1864)、《乔米尼·拉塞妥克》(*Germine Lacerteux*,1865)、《玛勒·梭罗门》(*Manette Salomon*,1867)、《马丹乔维司》(*Madame Gervaisis*,1869)等杰构陆续发表,颇为当时艺术家称赏。唯一般人对于他们,仍有非难,其故在他们的作风,别辟一径,不合时尚。其次便是他们曾以历史家知名,而所作则为近代的,与群众的期待相左。此外还有一个原因,就是出版他们小说的书肆,时时发生倒闭等挫折,也给群众以打击。有这几个原因,他们的作品在当时没有得着什么佳评。因此他们时常忧闷,到《马丹乔维司》出版后,徐而司便得神经衰弱症,爱德孟亦罹心疾。徐而司以1870年6月20日死去,爱德孟悲哀无伦,自此以后,遂于日记中诅咒文学,曾谓倘若不引乃弟入于此道,当不致早死,悲悼逾于言表。未几,普法战争起,爱德孟闭居巴黎,著《18世纪之美术》(1873)。到法国战败后,国内文明渐有转机,国人始认识他们的精密的描写与新作风,诸作亦多再版。他得此机会,又从事小说,1878年作《小爱丽莎》(*La fille Ellisa*),描写下层社会,翌年作《塞喀洛兄弟》(*Les Frères Zemganuo*,1879),盖为悼弟之作,抒其胸中的悲哀,1882年以女优的华美女活为题材,作《拉·芳司丁》(*La Faustin*),1885年作《爱儿》(*Chérie*),系法兰西少女心理的分析。1896

年，作《18世纪之日本美术》，为研究日本德川时代的浮世绘之作，1896年，逝于夏蒙勃洛塞别庄。

研究法国小说的人，看过弗劳贝的《波勿莱夫人》，应该看龚氏兄弟的《乔米尼·拉塞妥克》。这本小说可以代表他们的作风，此书描写一侍女的恋爱生活，乔米尼·拉塞妥克就是侍女的姓名。左拉曾称此书在文学中划别一时代，龚氏在序文里也说："世人嗜虚伪的小说，然此册乃真的小说。"著者依据精细的科学的解剖，写出侍女的肉的生活，读者阅过一次，则作者对于人生之批评，印入脑海，将永久不忘。在作品中也可以将龚氏的印象的自然主义色彩看出，因为他们不重绝对客观的描写，乃以由事象所得之主观印象为重。注重事实，申言印象便是事实的再现。那本书中所描写的侍女的生活，均为断片，且多重复处，每回不过五页三页乃至不及一页，因此我们可以知道一回是今日写的，次回则系一二月后的事实，再次或又为一周间后的事件，或为解剖心理，或描写景色，又或以对话终篇，看去俨若残简。但是，其中却有一贯的脉络，读者倘于读毕一节之后，不再续读，另跳一节读之，不觉前后的结构有绝离之感，而生活之流，也似于此中断，这便是作中所写的事象，乃与作者的主观共存而流动的缘故。

龚氏的描写方法，极为精细。他们的印象描写，并不单描写外面。至于外部的观察，人物的动作、态度、音调等，不用说是致密不过的；而描写心理之深刻，亦无伦比。试看他们小说里的主人公，多为忧郁的人或病人，便可以知道。例如《乔米尼·拉塞妥克》里的主人乔米尼是备尝忧闷、苦痛的，《鲁勒·毛勃林》的主人鲁勒是病衰弱的,《马丹乔维司》的乔维司是罹肺病的,都是很好的心理描写。他们所以能够绘出病的心理状态者,就是因为他们兄弟二人都是多病,痛苦由亲身体验而来,所以描写能够逼真。

左拉(Émile Zola)继龚古尔兄弟而出,私淑弗劳贝,倡绝对客观的自然主义(左拉主义)。左氏以1840年4月2日生于法国塞因甲克,其父为土木工程师。左氏八岁即丧父,家计不丰,及长,学于马赛大学,未几弃学,入某书店糊口,因此引起文学兴趣,初作文章,继缀一二短篇故事,投稿于《巴黎杂志》及其他新闻,不为人知。1867年起稿《罗康玛喀尔丛书》(Les Rougon Maquart, 1867—1891)。1871年第一卷《罗康家之运命》出版后,始轰动一时,至1892年,共成二十卷,像这样大规模的小说,实为空前之举。左氏未成此书之前,出入于图书馆、博物馆,访问朝野之人,未尝少息。1888年,法总统锡以名誉勋章,足见其工作之动人。继作《三都故事》(三都者:即鲁底斯(Lourdes)、罗马、巴黎),起稿于1894年,脱稿于1898年。书中主人,为僧侣标尔·弗洛曼,他是一个科学家的次子,倾向宗教,其兄则治科学,以此意见不合,遂离居。在第一卷《鲁底斯》中,他漫游他的信仰之泉源地——南方鲁底斯,度其生活于信仰中,与宗教生活不离。但是他的心终究不以此为满足,不意中与一少女有情感,这是足以使他的事业挫折的事,于是他的心中异常烦闷,结果仍是宗教心战胜,舍弃恋爱。第二卷《罗马》,叙他怀着不满之念,抑郁到了罗马,不幸在罗马所见的僧侣生活,却是罪恶的渊薮。这样的宗教中心地,依然不能使他的信仰心受着刺激或鼓舞,他的心中,只有怀疑而已。第三卷《巴黎》,述他失望之余,遄归故乡。(此卷,为全书最有力的部分。)其时他见着一个患病患贫的老工人的生活,要想设法救他,回肠荡气。他想把他送入劳动贫民院,遂和贫民院的干事周旋。当时这种贫民院之设,是富豪们不欲坐拥巨万,而对于社会的一种表示,使自己的慈善心,彰昭人目,然处理其事者,却是耽游乐淫逸的贵族与富豪。当他访贫民院中干事的时候,溢着满腔的热血,殊不知跑到那里一问,什么规则与责任等,纠缠不清,直到黄昏时分,仍无结果,而那老工人早已死去了。以致他的努力,概归泡影。这部书的大略情形是如此。此外如贫民窟的悲惨生活,富豪的堕落生活,新闻记者的恶德,政治家的腐败,都描绘得极精细。其根本义则在写出近代文明的大问题——宗教与科学的矛盾,在他自己,以为科学才是唯一的福音。书中弗洛曼感觉社会的堕落与不义,要设法救治,但终非宗教之力所能及。原书结尾又叙弗洛曼之兄(科学家)因无政府党的炸弹事件被连坐,避居家中,与弗谈社会改造的理想,弗洛曼终为乃兄之科学主义所动,立觉唯有科学,可以救济腐败的社会。由于此作,足见左拉对于科学的崇仰了。

此后《劳动》(Travail,1900)、《真理》(Verite,1902)、《多产》(Feconidite,1899)、《正义》(Justice,1902)出版,是为《四福音书》。就中《真理》一篇,乃为辩护都勒菲司事件而作的。因1898年,法国有都勒菲司大尉卖国疑狱发生,轰动全欧,左拉知此事的真相,知都勒菲司大尉受冤,想替他申雪,遂作《真理》,竟触政府之怒,亡命国外,其后都之冤果白,左得返国。1902年9月29日之晨,他在巴黎的居宅里面,因为煤气泄漏,被窒息死了。

总计左拉的作品,都是描写社会的黑暗面、指摘罪恶的。他是现实生活的摘发者,是内面的描写家。他努力发挥他的左拉主义,与前述的弗劳贝及后述的莫泊三相异。弗、莫二氏虽同系描写现实,但是描写个人生活,左氏则描写社会生活。又虽同为指摘内面生活的,前者多写个人心理,后者多写一般社会心理。在这一点上,左拉写个人心理,不及弗、莫二人,看他描写《三都故事》里面弗洛曼的苦闷心理,便可以知道。可是他的整理复杂事件的笔法,又为弗、莫二人所不及。他的规模之宏大,又不是莫泊三之人生断片,乃是显示人生的全局的。

左拉改造社会的心极为热烈,往往显露救济社会的愤慨,因此描写时不免有几分理想在里面,此点颇受批评家的非难。西蒙司(A. Symons)曾曰:"左拉在人里看出兽性,他见一切形相都是兽性;他所见者仅仅兽性而已。他终不能公平地观察人生,所以可以说终没有看出人生,他的自然主义,不过是一偏狭的理想主义。"也有人批评他的理想是使作品有力的,于他的作品的价值,没有什么妨害,姑存二说于此。

与左拉同年代的作家为亚尔芳司·陶特(Alphonse Daudet, 1870—1897)。他 17 岁时即有诗集《恋爱》(*Les Amourouses*)公世。代表作为短篇集《咖啡店》、自记自叙幼年时代的《小东西》(*La Petit chose*)、《流窜之群王》(*Les Rois en Exile*)、《沙孚》(*Sapho*)、《月曜闲话》(*Les Contes du Lundi*)、《巴黎三十年》(*Trente aus de Paris*)等。他

虽是自然派作家,他的天性却带有罗曼的滑稽、谐谑的气质。例如1872年所作的"*Tartarin de Tarascon*"便是描写田舍间的滑稽事件,而使阅者发笑的。至于《杰克》(*Jack*,1873),《青年弗洛门与老年尼司勒耳》(*Fromont Jeune et Risler ainé*,1877),其作风颇似英国的迭更司与萨克莱。此外如"*L'Immortel*,1888,"则为讽刺小说。

法兰西自然派的三大作家,已经将弗劳贝、左拉说过,其余一人就是短篇小说之王莫泊三(Guy de Maupassant,1850—1893)了。莫氏生于法国的都依尔薛阿尔克,幼时受母亲的教养,常游于海岸,文学兴趣因得培养。及长,曾为海军部官吏,因为他的浪漫的性质,不合于规则的生活,不久便舍弃了。后来他描写官吏生活极深刻之故,便是胎息于此。他的母亲未出嫁之前,即与弗劳贝相识,其舅亦弗之友,因此莫泊三至巴黎时,常出入弗氏之门,聆其言论。1880年,当他三十一岁时,搜集所作诗二十篇,署曰《诗集》(*Des Vers*)付刊,政府以为是紊乱风俗,禁止出版。其后得弗劳贝的指导与激励,遂作小说。1880年至1890年间,综计出短篇集十六册,长篇六册,旅行记三册,极博社会的欢迎。长篇中如《女之一生》(*Une Vie*,1883)、《皮尔与琼》(*Pierre et Jean*,1888)、《男友》(*Bel Ami*,1887)、《人心》(*Notre Coeur*,1890)、《强如死》(*Fort Comme la mort*,1887)等,均为杰构。短篇中如《肉块》(*Bouls de Suif*)、《菲菲姑娘》(*Mademoiselle Fifi*)、《遗产》(*L'heritage*)、《家庭》(*En Famille*)等,亦脍炙人口。此外还有描写漫游赛因河时的《蝇》(*Mouche*)、《保耳之情人》(*La Femme de Paul*)、《远足》(*Une Partie de Compagne*),描写神经错乱的《谁知》

(*Qui Siut 2*)、《何尔拉》(*Le Horla*),以及旅行记《水上》(*Sur L'Eau*)诸作。他到晚年,患了神经病,医治无效,于1893年7月6日逝去,年仅四十三。

在近代自然派小说界中,莫氏算是名实相称的,他不囿于哲学、科学或其他的知识,只以自己之严肃的主观,观察人生的实相,以自己的眼观察人生的姿态,以自己的耳听人生之声,以自己的触觉触人之体。他除却描写自然的人生以外,并不加添什么。他是描写性欲最厉害的一人,他是为性欲而描写性欲,并不迎合时好,他观察性欲也和观察水火草木等物一般,不加私念,必出以诚。读者看他所写的性欲,只观其事实之存在即止,并不会引起旁的恶劣之感,反由此可以看出性欲而出的人生波澜,而深自反省,绝不是黑幕派的小说家所能借口的呵!

第二节　自然主义在德国

自然主义的微菌由法国传染至德,最初附着于戏曲,小说方面甚少出产。其故在德国的批评家,颇不满意自然主义,不如法国的苔痕、圣伯夫等人肯帮作家的忙。彻底自然主义作家霍普德曼(Gerhart Hauptmann,1862)的《日出之前》上演于伯林的勒星剧场的时候,观客便嚣喧不已,霎时拍手的声音,靴子踏地板的声音,吹口笛的声音,口里唏唏的声音,闹做一团。当时去看的人都是有文学兴味的绅士,为何这样的无道德呢?便是因为他们不赞成这派的作品。自此以后,德国的新闻对于自然派有了许多评论,有说霍普德曼是丑的戏剧家、诗的无政府主义者、背德的戏剧家的,也有称赞他是艺术的改革家、诗的救济者的。一时的批评虽不见佳,但他却引起德国的自然派作风了。

德国唯一的自然派小说家就是何尔兹(Arno Holz),他本来是"狂飙勃起"运动里的少年文人,他起初只作韵文,后来研究左拉的论文,始作小说,他的处女作为《黄金时代》,受左拉的影响很重,但是他不赞成左拉之说,是倾向于印象的。

戏曲家苏德曼(Hermann Sudermann,1858),作有长篇小说《忧愁夫人》(*Frau Sorge*,1871),为写照自身的贫苦而作。书中主人为保罗,其家世沉沦,财产悉为债主取去,保罗在贫苦中生长,父为无赖的狂人,不事生产,母亲亦无教育子女的能力,一家的运命全担于温柔的保罗肩上,他忧心积虑至二十余年,稍得家产,一夜忽为大火烧去,其母气死。后保罗仍苦斗,得恢复其产,且多丰裕,不料父亲病狂,竟放火烧屋,一切又化为灰烬。保罗此时,忽心灵一转,多年忧愁反消去了,卒与爱人结婚。这本小说虽然不是苏氏的杰作,但能引起读者感到他的深刻的阅历。1819年出短篇小说集《同胞》,系集《清静的磨房里的闲谈》(*Geschichte eines Stillen Müble*)及《欲望》(*Wunsh*)二篇所成。前者叙少年兄弟同恋一女郎事,显示人间情欲及道义的纠葛。后者写一少女于其姐有病时,与其姐夫结婚,因结婚的热望,反愿其姐速死,其姐卒自杀。这二篇是很好的问题小说,描写人心里的兽性痕迹。1889年又作长篇小说《猫桥》(*Der Katensteg*),书中主人为波尔司拉夫,是一贵家子,曾任军官。其父与法国通,教法人以绕德军背地的间道,为乡人所不齿,时加迫害,波尔司拉夫因为他的父亲的缘故,也受着迫害与耻辱,全书都是描写可怖的迫害的。此外苏氏还有短篇小说《却南德的婚礼》(*Jolanthes Hochzeit*,1892),也是极有兴味的。

第三节　自然主义在俄国

俄国自一千八百四十年以降,是在黑暗时代之中,到1855年克尼米亚战争失败后,国民才有精神的自觉,知道痛恶官僚的压迫,思起反抗,于是思想界文艺界才入改革时代。

此时出了大文豪屠格涅夫(Ivan Turgenev,1818—1883)。他的杰作是《猎人日记》,共二十五篇,其中描写农民的生活,极受一般人民的欢迎。他的六大杰作是世人所熟知的,便是《路丁》(*Rudin*)、《贵族的隐居》(*Nobleman's Retreat*)、《前夜》(*On the Eve*)、《父与子》(*Father and Son*)、《烟》(*Smoke*)、《荒地》(*Virgin Soul*)。《路丁》中描写一个意志力薄弱的人,与《父与子》同为全欧的人所注目。此外还有他的自叙传《初恋》(*First Love*),及《旷野之尼亚王》(*A Lear of the Steppes*)、《奇异故事》(*A Strange Story*)、《普林与巴普林》(*Punin and Bapuin*)、《阿霞》(*Acia*)、《春潮》(*Torrents of Spring*)、《浮士德》(*Faust*)、《富有者之日记》(*The diary of a Superfluous Man*)等短篇。他和别的文学家不同,所有作品,无一篇不是杰作,别的文学家有杰作,有非杰作,屠氏则不然。他的创作力的丰富,实为古今文学家中所罕有的。他的一种作品里的人物,各具各的个性,所取的题材,也是许多琐屑的事件,这二点在《猎人日记》里面尤其明显,所以他的艺术的方法亦为他人所不及;并且他将人间的尊、卑、高、低等情绪都自由操纵,他自己则巍立其上,观察一切、理解一切,无论人间也好,自然也好,在他那平静而透彻的眼光之下,是不能够包藏着一点秘密的;他这种天赋的才能,是别人绝不能学得的。晚年所作的《克拉·米尼琪》(*Clara Militch*)、《夸爱之歌》(*The Song of Triumphant Love*)、《梦》(*The Dream*)、《幻影》(*Phantoms*),便是描写活动于人间精神里的幻想的秘密。

我们仔细看他的小说里所写的人物,共有三种:一是农奴,二是有知识而无职业的人,三是妇人。尤以知识阶级是他的题材的中心,他所写的知识阶级,是当时俄国的砥柱,能使新思想在民众间发酵的人物;是肩着俄国运命的人,如前举的六大杰作,都是写这种阶级的。其中虚无主义的消长,新旧思想的冲突,都由小说里的人物性格,活现于读者的眼前。由他的小说,我们可以看出俄罗斯社会的倾向与思想的变迁,所以他的小说的力量,是极伟大的。

稍后于屠格涅夫的,为陀司妥也夫斯基(Feodor Dostoievsky, 1821—1881),他16岁时,曾在陆军工科学校读书,卒业后在军队服务一年,便决心入文学的生活。他的处女作是《贫人》(*Poor Folk*, 1845),此作惊动了诗人尼克拉梭夫,叹为郭果尔之再现,此时他不过25岁。此作的内容颇近单纯,描写劳动者的可哀的生活,书中为博大的同情心所充满。他曾参加社会主义团体——傅立叶党,非难专制主义,被政府监禁八个月,几至杀身,幸得特赦,放逐至西伯利亚,四年后得人力挽旋,免充苦役,1859年始得回圣彼得堡,于是努力创作。《被辱的人》(The down trodden and offended,1861)、《死人之家》(A house of the dead,1861)、《罪与罚》(Crime and Punishment,1866)、《卡拉玛索夫兄弟》(The Brothers Karamazoff,1879—1880)、《白痴》(The Idiot,1868)、《恶魔》(The Devil,1871)等,遂如泉水之涌出。这些小说中的人物及事件,都是黑暗面的,不外是犯人、癫狂者、自杀者、犯法者等,即是被社会蹂躏的、侮辱的人们。他所以描写这类人的缘故,便是因他本身曾经过悲惨的生活和他的人生观使然。批评家瓦尔可斯基曾说:"他的全著作虽写人间悲惨落魄的状态,但其灵魂之本来的清洁,是不消失的。"又说:"他描写社会的、肉体的、道德的堕落人物,使读者不禁起恶感;然而他在泥水般的恶浊里面,尚不忘有一滴透明水晶的潜伏,他如慈善家一般搭救癫狂者;他为被社会迫害的、侮辱的人,显示人间灵魂的森严与清净,而给这些人以慰藉。"瓦氏的这种评语最能说明陀氏对于被侮辱虐待的描写态度。换言之,陀氏不外是赞美被侮辱虐待的人们的灵魂的清洁而已。此外还有一件可注意的,就是他的小说的影响之广大。俄国的青年,是极端信仰他的。他死去之后,国人皆叹为"正人虽逝,而正义长存"。至于欧洲各国,亦无不蒙其影响,德国的哲学家尼采、瑞典的司屈恩堡、比利时的梅特林克等人,受他的影响更巨。

与屠格涅夫、陀司妥也夫斯基鼎足而三的,便是大名鼎鼎的托尔斯泰。他的小说是风靡西欧各国及东方的，几于妇孺皆知。是世界的文豪之一。他出身贵族，他的环境恰好和陀思妥也夫斯基相反，度过极平和的生活。幼学于卡寨大学，1851年与其兄尼古拉斯赴高加索入军队生活，1854年克尼米亚战争起后，托氏曾参加塞巴司妥波尔包围之战，亲身受血战生活的经验。他的早年生活，可以在他的《幼年》《童年》《青年》三部自叙传里看出。1859年作《三个死》《家庭之幸福》，同六十五年至六十九年作《战争与平和》，1873—1876年作《婀娜·卡勒尼那》(Anna Karenina)，1890年作《忏悔》(My Confession)。就中《战争与平和》尤为杰构，亦为欧洲近代最大的出产品。托氏起稿此作时，于历史的研究、人物的摹写、景色的描绘，费尽苦心。初发表于俄国文学杂志《俄国公报》，文学家、军人、学者、官僚、农工商人，以及妇孺，读之若狂。原书主旨，在写1812年拿破仑侵入俄国事，旁及防战、败退、大将的刚毅、将士的愤激、国民的兴奋、人民间的敦笃友爱等，其结构之完密、叙事之精致，无出其右者。1889年出《克洛志尔·梭拉达》(Kreutzer Sonata)，1890年出《复活》(Resurection)，短篇杰作尤多，《高加索》与《塞巴司妥波尔》诸篇，可以代表，此外还有许多寓言。

托氏初期的作品，都是观察、批评、描写本身的。《幼年》《童年》《青年》便是描写他的幼年时代、童年时代、少年时代的作品。《哥萨克》是描写他的从军时代的。《塞巴司妥波尔》是描写他的临阵生活。他绝不隐蔽自己的弱点，不粉饰自己的行为，一切都是照实写出的；不特写出而已，且对于自己下严正的批判，用反语自讥自讽，他的忠于真实,亦为感动读者的一大原因。他描写历史上的人物,也有特别的笔法,虽是描写已过的人物,却仍历历如在眼前,这样的特色,我们可以在《战争与平和》里看出。托氏作品的缺点,就是重视宗教,这是他的人生观使然。同时人道主义的思想,全充溢在他的作品里,因此各国的民众受他的感化很多。

俄国的柴霍夫(Anton Tchechoff, 1860—1904),可与法国的莫泊三比抗,为俄国的唯一短篇作者。他描写的不是一人的全生涯,只是横断的一片。作品精粹,亦为别的作家所不及。他能够把极复杂的人生诸相,缩入几页的文字里,使阅者永残脑际。在初作的小说,不过三四页,颇富于活泼的诙谐,后渐描写心理、社会、人生的问题。他观察人生的态度是由滑稽到严肃,由严肃到忧郁,由忧郁到厌世,恒使阅者感到苦痛。他的小说里的主人,都是平庸的人,取材的范围,亦不出读者日常经验的琐事,所以有人称他是"伟大的日常生活记者"。他又善于描写孩子的心理。作品中如《家里》(*At home*)、《逃走》(*Run away*)、《事件》(*An Event*)、《贪眠者》(*Sleepyhead*)、《牡蛎》(*Oysters*)、《希洛琪卡》(*Zinotchka*)等,都是兴味极深的作品。至于描写神经病者,尤称能手。能将神经病者的世界,由凄惨的魔力,透彻读者的肺腑,《六号病室》(*Ward No. 6*)便是最好的代表。此外的短篇如《黑衣僧》(*The black monk*)、《途上》(*On the way*)、《接吻》(*Kiss*)等,是最有名的。

柴氏的文章清淡若水,描写时若不费力,但印象他人,实永久不灭。他的作品虽然短小,但都是经过充分的选择的,所以虽读五六次，其兴趣仍津津涌出。至于描写男女的精细，则尤使人惊叹。在这一点上，他实在是一个大艺术家。又他的态度，和法国莫泊三的相差不远，唯有特质上稍有不同，即是莫氏的特质是艺术的、官能的，柴氏的特质是人生的、心理的。这一点也是法国自然派和俄国自然派异趣的地方。

他的短篇中都含有一种轻笑。譬如《牡蛎》一篇，描写九岁的乞食儿偕其父流浪市中，常闻着香味由餐馆中出来，不禁饥肠辘辘，他见着餐馆门前写有"牡蛎"二字，便问他的父亲，牡蛎是什么东西？父亲替他解释，是栖于水里的动物。儿终不解，父又详为说明，说是有壳的东西，如像小龟壳那样的东西二枚。于是他想吃牡蛎，父亲竟无法可设。后来有几个过路的绅士见了，便引他们到店里吃牡蛎去，乞食儿因为食牡蛎伤食，入了病院。——这类的轻笑，全为柴氏作品里的特色。但是他的轻笑，并不是一种调侃的态度，绝不是"滑稽小说"，轻笑之底，却为人生之流，阅者一读之后，便觉得他的中心思想是悲剧的。读柴氏的小说，不至于感到这点的，必为愚人。

他的作品里又多厌世的调子，他对于当时生活的弱劣与颓坏，极为痛心，所以如此。他描写俄国知识阶级的内外两面生活之颓废，不遗余力。屠格涅夫虽也描写这样的生活，但很少描写内面，这便是柴氏的厌世观的结果。又他描写的失望，并不是社会将来的失望，乃是目前生活颓废的失望，为社会中心指导力的知识阶级灭亡而失望。他取这类题材，批评家谓为知识阶级到"民众"之泉源。

高尔该（Maxim Gorky，1868）也为俄国自然派的健者。他少年的含辛茹苦,在俄国文学家中罕有其比。因为他的经历最苦,所以他后来的反抗性最强,卒以文学家而兼社会运动家。他的著作有《琪而卡昔》(Chelkash,1894)、《鹰之歌》(The song of the Falcon,1896)、《心病》(Heart-ache,1896)、《莪洛甫夫妇》(The couple of Orloff,1897)、《莫而瓦》(Molva,1897)、《二十六人与一女》(Twenty-Six men and One girl,1899)、《祖父阿其普与伦卡》(Grandfather Archippus and Lenka,1899)等短篇,有《浮玛·高尔迭甫》(Foma Gordyeff,1899)、《友伴》(Comades,1897)、《三人》(Three of Them,1899)等长篇。

高尔该的作品和前面所述的几个文豪是不相同的。如陀思妥也夫斯基是描写由爱他主义所营的生活,屠格涅夫描写抱着改造社会的理想而不能实行的人,柴霍夫则以为社会生活的矛盾,莫可如何,只有描写除轻笑外无他法的厌世生活。至于高氏,其描写的人物、思想、感情等,别具一格,是实行的、突进的。所写的被虐的阶级,是由劳动者、下级社会而出的被虐者。他高呼强烈意志的权威,以及反抗的精神。例如《琪而卡昔》里的主人,《友伴》里的主人,都是劳动者及放浪者。其描写方法,多半藉他们的口吻嘲笑他们友伴的薄弱意志。至于屠格涅夫、托尔斯泰等的作品则多叹息自己的运命,或是不可注意爱字的人物,高氏的作品,除了痛写下级社会的黑暗生活外,取别样题材时很少。

高氏又长于描写自然,能写自然的活泼姿态。在《秋的一夜》里可以看出。他以伟大的自然为慈母,有时或为自己回想的暗示,及行动或理想之象征。如在《琪而卡昔》里的海与夜的描写,实足以表现人间感情与自然的交错,而使阅者的心紧张。后来他见着文明社会的压迫一天比一天厉害,他更极力发挥个人的威权,最近遂带有新理想主义的倾向。

第四节　自然主义在英美

英国的小说家梅勒底斯(George Meredith,1828—1909)继乔治·爱略特为心理描写的作家。他起初在德国学法律,二十三岁作诗,遂入文学生活。1859年将儿童教育问题为哲理的、心理的研究,作《尼查·弗维纳尔的呵责》(The Ordeal of Richard Feveral),是为他的处女作。他的杰作是《利己主义者》(The Egoist,1875),描写近代利己主义的缺点。此外如《比阿堪卜的身世》(Beauchamp's Career,1875)、《可惊的结婚》(The Amazing Marriage,1895),都是风靡社会的著作。

哈谛(Thomas Hardy,1840)曾为建筑师,三十一岁时始作《冒险之策》(Desperate Remedies)。以《苔司》(Tess of the D'Urbervilles,1891)为最有名,书中写少女苔斯为运命所苦而犯罪的悲惨生活。此外如《远狂》(Far from the Madding Crowd)、《返乡》(The Return of the Native)、《至爱者》(The Well-beloved)等,均有名。

美国文学自南北战争后,受法国、俄国的影响,渐趋写实。短篇作家哈特(Francis Bret Harte,1839—1902),人称之为美国的莫泊三。他二十岁以前住于西部加里弗尼亚,得入开垦的劳动生活之中,将矿师、博徒、淫妇等人,如实地写出。他的名作有《但尼西之伙伴》

(Tennsee's Partner)、《赌场之浪人》(The Outcast of Poker Flat)、《洛林营之幸运》(The luck of Roaring Camp)、《米格耳》(Miggles)、《非立泊》(Flip)、《卡奎尼司林中》(In the Carquinez woods)、《伊格尔之雪难》(Snowbound at Eagles)等。他的描写多偏于野蛮的生活，乡土的色彩也极重。

亨利·乾姆司(Henry James, 1843)即实验派哲学家威廉·乾姆司之弟，幼时在西欧甚久，受俄法的自然派影响甚巨。他是国际小说家的始祖，题材多取自英美的国际事件，他的作风是心理的、印象的。他的《波士顿人》(The Bostonians)、《卡莎玛细亚女王》(Princess Cassamasia)、《波勒巴司年俸》(The Pension Beausepas)、《国际闲话》(An International Episode)、《欧洲人》(The Europeans)、《信件一束》(A Bundle of Letters)等，均有名。

何维尔(W. Dean Howells, 1837)亦为自然派作家，但却劣于前述二人，作品中以《高桥之家》(The house at High-bridge)、《阿洛司妥克之妇人》(Lady of Aroostock)二者为上品。

美国的自然派文学比较欧洲颇为逊色，不过仅一二人得入欧洲作家之林而已。这是因为她的文明史根据不厚的缘故，自然比不上有数千年文明史的欧洲了。

第七章　自然主义以后

自然主义以近世科学为基础，已见前述。到了 1880 年代时，一般人都觉得过于偏重物质，而把精神方面抹杀是一个很大的弱点，因为人类虽然受着自然法则的支配，受自然的影响很大，但人类还有抵抗自然力、驭制自然的能力，所谓文明的进步，也不外是这种抵抗力、驭制力的发达之意。由这点追索起来，人类的灵妙的精神作用，并不是仅靠自然科学所能解释明了的，而且建立在科学上的自然主义，仔细研究他们的思想，虽为打破陈腐的文艺形式，革新欧洲的文明，但不过为暂时的破坏文化主义（Vandalism），只能说他是过渡期的特殊现象和一时的反动，终不能保持永远。人的思想因时代而变，人生观也随之而变，人生观既变，所以文艺主义也不能不变，于是从前机械论、物质论的人生观，遂变为精神的、心灵的了。英国文学批评家西蒙司曾曰："人人的思想变化，同时文学于其真髓上也激烈地变化了。因为物质的考察与整理，世界在精神的方面饥荒得久了，目前应该是复返于零，于是新文学发生，就是眼里所见的世界，已经不是现实而不见的世界,也并不是梦!这便是新文学的意味。"他这几句话可算是极透澈的,试看近二十年来的哲学,唯物论已不能存在,从前以客观为重,现则易以主观;从前以经验为主,现则易以直觉,于是人格的唯心论(Personal Idealism)便起而代之,一方面重心灵的内省,重人心内部的要求,这便是和唯物论或自然主义相异之点。在他一方面却又舍去绝对空漠的见地,而依据确实的经验与实感,又是和从前的浪漫的唯心论所不同的地方。因此这种唯心论,是在现实感的熔炉里锻炼过的,从前赫格儿一派的哲学,可以代表浪漫派的思想;孔德及斯宾赛,可以代表科学万能的思想;至于发挥近代思想特色的则为姐姆司(W. James)、伯格生(H. Bergson)等人,这便是近代思想变化的径路。科学万能的思想既不能存在,于是不能不起反动,约言之,现代的思潮,直一精神的、心灵的研究而已,因此自然派的文学,随着思想的潮流,同为文明史上的过去事实,从前努力由客观描写人生的倾向,遂变成主观的了。以前由自然科学以阐明世界,现在更由直观的参悟未知的神秘境界,可算是百尺竿头的进步,这样的努力,就是自然主义以后的文学的精髓。

自然主义以后的派别,颇为复杂,现以叙述上的便利,分为下列各派。

一、新罗曼主义(Neo-Romanticism)

这一派是主情意的文艺,不以研究客观的事实为满足,将以强烈的主观之力,直觉科学之研究所不能及的神秘境界,以求事实的根本意义。自然派囿于直接经验，所能观察者只是事实的表面，不能求得根本的意义。但是事实的意义，反多潜伏在超越科学知识的神秘之境里面，要想探讨这意义，除非强烈的主观之力（即直觉）不能办到。新罗曼派便是以这一点为立脚地，能为自然主义之所不能为。他们踏过物质界以至梦幻之国，换言之，即如西蒙司所说："眼里所见的已经不是现实，不见的世界，也不是梦。"其次，新罗曼主义偏重主观，和罗曼主义是一样的，可以说新罗曼主义是旧罗曼主义的复活，因为同是主观的、情绪的、理想的。然在他方面，这两派的差异又很大，这差异就是看看他们是否经过现实。换言之，即是受过自然主义的洗礼没有。旧罗曼主义为盲目的热情和空虚的想象所驱使，而与现实分离，于是自然主义就给他们一种教训，要注重现实，到了反抗自然主义的新罗曼主义出，虽同为注重主观、直觉、情绪，而他们却注意到那罗曼主义所未曾注意的现实，这一点新罗曼派并不和自然主义相背。其实新罗曼派所描写的新梦，都是根基于现时的梦，看去虽是梦，实际并不是梦。又新罗曼派的表现方法虽非写实，似乎专在描写梦幻，殊不知他们因为表示出事实的根本意义，就不能拘泥事实的表面了。其次，他们不依据科学的研究法，看去似乎徒逞空想，实际他们是尊重锐敏的直觉，所以如此。约言之，新旧罗曼主义的区别，就是在是否经过写实的阶级，旧罗曼主义离开现实，入于梦幻的空想之境，至于经过自然主义的新罗曼主义，是受过科学精神陶冶过的。二者虽同为描写神秘，而新罗曼的出发点，则为痛切的怀疑思想，这一点可以说是比旧罗曼主义更进一步了。又旧罗曼主义所重的主观与情绪,不过是狂热的、情感的、空想的,新罗曼主义则以极沉静的态度对待现实,总想和那潜伏于现实奥底的"Something"相接触,而且他们的主观,比起以前的旧派,其锐敏的程度,更是官能的、神经的。由这点看来,旧罗曼主义经过自然主义以后,在根底上苏醒过来,便是新罗曼主义。

新罗曼派的作品,虽然有许多是凭借梦幻,然其中仍寓现实的事象,题材虽非现实,但却不能说这种是非现实的,为什么呢？因为他们的目的,并不在将现实的事物,现实地描写出来,仅仅是显示出那潜于现实奥底之根本的意义。即是他们所描写的,是实际的事实与否并不成问题,只看他们所作成的,是否能传达出事实所具的生命——根本意义。因此他们所取的题材,便没有限于实生活的事实的必要。例如梅特林克等人的作品,其中所写的人物,其性格并无一定,由自然主义的眼光看去,简直不成东西,然而他的不自然、非现实的描写中,却暗示着人生的根本意义与现实的生命,和我们日常生活,倒是声息相通的。因此我们可以说新罗曼主义,是不胶执于现实而又不离开现实的文学。自然主义只是观察事象的物质方面,只以耳目所得知的外面为满足,至于新罗曼主义,则更进一步,是能把事象的真生命、根本的意义探讨出来的文学。新罗曼主义既为探讨事象的真生命、根本的意义(此二者可谓之为神秘),所以他们把直觉看得比经验重,至于传达的手段,则为暗示,暗示的手段,即用象征,所以新罗曼主义的一面,就是神秘主义(Mysticism),就是象征主义(Symbolism)。

二、神秘主义

这派占新罗曼主义的重要部分，挽近思想界渐趋唯心，遂带神秘的色彩，无论在哪一方面，都横着这不可思议、广大无边的境界，为自然科学之力所不能掩蔽的。赫仑曾曰："相信不由推理，而由直觉，可以得到真理者，即神秘家。所以承认幻影的人、相信预感的人、时觉感触一切的人，都是神秘家。"乔爱特也说："神秘主义并不是恣意空想，乃集注理性于感情之中，发挥对于真的热爱，感觉知识的无限和人间能力的不可思议，既养育于这种思想，于是灵翼忽得新力，高翔于大空。"这虽是一种抽象的说明，但于神秘主义是什么的问题，也可以略得其解了。

同样的神秘思想，旧罗曼主义所表现的和挽近文艺所表现的，非常差异。前者的神秘思想是由梦幻的空想与漠然的憬慕所孕育的，后者则根据现实，即是于现实生活中所见的神秘思想。以前的神秘思想，与其说是神秘，宁可说是不可思议，其故在缺乏科学知识，遂将一切事物全看为不可思议，即把这不可思议当作神秘。到了近世，科学的知识发达，于是又断定世上没有不可思议的事，但这样仍不免肤浅，倘若进一步以深究现实，还可以看出科学知识所不能解释的境地。这种境地，便是挽近所谓的神秘。批评家波兰曾曰："我们的心里总觉得盘桓于科学之力所不能解释的或种大不可知的世界，我们至少要超越科学，明了这不可知的世界……"因此以前的神秘，是将科学除外的神秘，近时的神秘，是曾一度通过科学的神秘。又以前的神秘,是离开现实的;由空想的世界所见出的神秘,近时的神秘,是由现实里所见出的神秘。以前的罗曼派在朦胧的月夜中,见出不可思议的幻影,而以之为神秘。到了自然派,便以光明之力,追求此幻影,于是神秘和"罗曼司"都消失了,虽然他们曾用过一次大力,但却没有观察得透,其实日光所照见的地方,反有许多恶气味的东西潜伏着,常时胁迫我们,因为要知道这些是什么,于是就生出新罗曼主义的神秘思想。重言之,旧罗曼主义的神秘,仅仅止于不可思议,譬如爱伦·玻所描写的神秘,便是这一类,将他的作品和安得列夫或他人的比较,便可以看出二者是怎样的差异了。

神秘主义的代表作家梅特林克曾谓人生的真意义,不在以吾人之五官所接触的世界。超越目不能见、耳不能闻的感觉的神秘世界,才有真正的人生。探入这神秘的世界,便是心灵之力。何夫曼司台儿(Hofmannsthal)将不能捕捉、不可思议的或种灵活之气,看为人生的精髓。英吉利诗人夏芝也说:"宇宙间有大精灵,以不死不灭之力支配我等。所谓情绪,便是这精灵在我们胸上步行的跫音。"由这些说话,我们便可以窥见神秘主义的意义。

三、象征主义

这派是以情调为重的艺术。人工的、神秘的、重情调三者,便是象征主义的内容。德国文学家赫尔曼·保儿曾举几个例来说明象征派,极为透彻,他说例如表现失掉爱儿的母亲一题时,有种种的方法:第一,"我的什么安慰,都没有了,谁人的悲哀,都赶不上我,唉!因为我世界便黑暗了！"。如这一例，是可以尽量用话细细地描出自己的心地，这是一个方法。其次，描写外部的情况，将母亲的悲哀，使读者想象，也是一个方法，譬如说："寒冷的朝晨，白霜皑皑，牧师的身体在冷风里战慄，我们随小柩走去，亡儿的母亲抚着小棺，只是呜咽。"至于象征主义的作家，他们的表现方法，多半如次："或深林中有小枞树，他的凛然直立之姿，欲贯凌霄，老枞很爱他，有一个可怕的人拿了斧来，将这嫩树砍去了，因为这时正是耶稣诞节。"这样的描写法，似乎是和失掉儿子的母亲毫不相关的事实，然而这种情调，却与失掉儿子的母亲的情调一般无二，这便是象征主义所取的道路。质言之，他们以表现情调较之表现事实为重，只以表现情调，便以为足。所以如前引之例，就是以表现失掉儿子的母亲之情调为主，至于事象之描写如何，则置诸不论，所以他们将一个与失掉儿子的母亲全无因缘的枞树，拿来描写。又在戏曲中，这一类的例也不少，如何夫曼司台儿的《梯梯安之死》一剧，系以大画家梯梯安之死为材料，但主人公并未出现于舞台，仅由弟子哀悼之词，浮出凄怆的情调而已。诸如此类，名曰情调的象征，只算得是象征主义里面的一部分。

象征（Symbol）二字的意义，可以在修辞学里得到它的详细解答，其中最要紧的一个元素，便是比喻，比喻乃由联想而成立，就中又分为直喻、暗喻、讽喻三阶级，例如说"她的眼睛，像魔女的一般"，这什么与什么相比之间，用一个"像"字结拢来，这便是直喻。至于暗喻，只说"魔女之眼"，仅将比喻的说出，而将被比喻的隐去。讽喻亦名寓言。象征便是暗喻与讽喻的变形，较之比喻更进一步，将什么喻什么,有机地混合而表现出来,便是象征。例如以花喻美人,以笔喻文,以剑喻武,都是象征。又如以白色表纯洁清净,以黑表悲哀,以黄金色表光荣及权力亦然,此类象征在宗教方面极多,基督教的洗礼、圣餐式、十字架,都是象征的,但是这些不过是单调的,至于复杂的,如但丁的《神曲》则为表中世基督教思想的,莎士比亚的《哈姆雷特》是表怀疑苦闷的,也都是象征。只是表现这类思想的,名为高级象征(Das Hoch-Symbolische),与情调象征〔Stimmung(or mood)Symbol〕相对待。小说家取高级象征的,以法国的休斯曼(Karl Huysmans, 1848—1907)、俄国的安得列夫(Leonid Andreyev, 1871—)二人最著。

四、享乐主义(Hedonism)或唯美主义(Aestheticism)

这派和前述二派,都是发生于颓废的思想与神经过敏,他们以为现在的社会是无趣味的、丑恶的、不愉快的,于是他们遂追求自己的快活,所谓快活,是肉体上或官能上的快活。譬如诗人鲍特莱尔之吸鸦片,在烟里求他的乐园;其余颓废派诸人的好酒,都是要想得着刺激,以快其感觉上的快乐。他们的动机,一面是绝望,因绝望而悲哀,因悲哀便图官能上的慰藉。在别一方面,是想躲避人生的痛苦,这种痛苦和他们冲突,而自己没有和痛苦奋斗的勇气,所以他们要别开生面地去要求一种世界,于是贪性欲、图快乐、讲华美,大都随个人的嗜好,渔猎新感觉与新刺激。这派的小说家,可用英国王尔德(O. Wilde)为代表,他的小说《陶利安·格莱的像》(The Picture of Dorian Gray)一卷,便是近代享乐主义、唯美主义的真髓,这本书公世,人多痛骂他,后来他发表了一篇文章,其中有几句话说:"我作《陶利安·格莱的像》,完全是因为我自己的快乐而作的,此书之作,实际上给我一种非常的快感,至于能得一般人的欢心与否,与我全无关系。在英国的社会——一个群愚团体的社会,一切作品都受了不道德的批评,不觉得什么兴味,所以经你批评我的作品是不道德的,而那种杂志(指《圣乾姆司杂志》)的销路却非常增加,这便是我的保证了。虽然,杂志能行销不能,我也不觉得在金钱上有什么兴味。"由于王尔德的这几句衷肠话,享乐主义艺术的轮廓,不难窥测一二了。

五、新理想主义(Neo-Idealism)或人道主义(Humanism)

人生主义、人道主义都是主观的文学,总名之曰新理想主义。这派是想使人间的生活更善,而以改造的意志与理想为基础。前述享乐主义近于为艺术的艺术,新理想主义则近于为人生的艺术。在这一点与自然主义相通,不过自然主义的背景,横着由人生观而来的消极的悲观主义,反之,新理想主义,是由积极地肯定人生、爱、生命、努力使之至于至善的意志而成立的。自然主义是旁观的,抛却意志,舍弃感情,仅将目前的现实,以无可如何的悲眼观察描写出来,一切都被他们否定了。他们是立于无理想、无解决的否定的人生观上的,以理想为空幻,以精进为无谓;然而人生却不易这般的否定,人类欲生之力极强,所以有厌世恶生的人,也不免厌死而养生,因为人类的生存欲望,是根本的、绝对的,不得不如此。约言之,将自然主义所舍弃的理想,再用力揭出,使人生至于至善,立于这种要求上的文艺,便是新理想主义。他们的口头禅是生命、爱、人道。所谓生命,是指精神的,人无论何时,均不仅以自然主义所给予的物质去解释,人间是一个物质的存在,诚然不错,然同时亦为精神的存在。自然主义过重物质,漠视精神,于是有反其道而行的,揭出精神之力,主张只有精神支配物质之说,由哲学的唯心论看来,便是德国倭伊铿、法国的柏格孙,为这种思想的根本,综两家所说,皆以强其精神之力为共通点。至于叫人创造、进化,不断地发展生命,爱护生命,为生命而战,又为法国新理想主义之先驱罗曼·罗兰(R. Rolland)之思想。由这点看来,新理想主义是肯定人生的,是对于破坏的建设,是生活的再造,自然主义由无批评的、观照的态度,揭出人生的丑恶,新理想主义由充实的、批评的精神,向着新理想的目标,猛勇精进,继续不断,可以注目的,这新理想主义仍旧是经过自然主义的陶冶的。

综上所述,自然主义以后文艺的特征,计有三项:1.非物质的。2.主观的。3.以情意为主的。现以叙述上的便利,用新罗曼主义来代表其余至于新理想主义,其中含有人道主义,把他包括于新罗曼主义中,似与享乐主义异趣,但是截然分类是不容易的,特征既是共同的,便将他们在一块儿说了。

第一节　新罗曼主义在法国

自然主义在法国发生得最早,所以起的反动也就很快。当1880

年,自然主义在法国正在蓬勃兴盛,忽然出了普鲁勒梯尔、阿那托尔·法郎士、保尔·普尔吉等人,对于自然主义痛加批评,于是自然主义之势渐杀。保尔·普尔吉(Paul Bourget,1852—)摒斥物质的、生理的自然派,主由心理方面解析人类,所以他是一个心理解剖的小说家。1885年时,发表《论文集》与《现代心理论集》,其中关于现代人的精神状态、厌世主义等的研究,极为透彻。同年《残酷之谜》(Cruelle Enigme),大为批评家所称赏,书中以梭弗夫人(Madame de Sauve)为主人,大胆写出女性之弱点和女性对于男子的心理状态,其中最出色者,在论妇人之性质为不足信之点,他描写以真爱情恋慕男子的妇人,顷刻间因为肉体的溺惑,便又改心恋爱他人,至于描写那失恋男子的心理状态,更有声色,原书的结尾说:"人生的自身,不过是残酷的谜罢了!"悲观的色彩,尽在失恋的男子(Hubert Liauran)上表现出来。翌年《爱之罪》(Un Crime d'Amour)公世,声名更著。1889年作《弟子》(Le Disciple),惹起思想界的革命,为其生平第一杰构。原书描写一个名叫罗倍儿·格勒鲁(Robert Greslou)的青年,他极端崇拜那企图破坏灵界偶像的大胆哲学家阿德林·西克司特(Adrien Sixte),有一家贵族请他去当家庭教师,他老实不客气,便把东家的女孩儿拿来作心理学上的实验,他用一半儿伤感的,一半儿感觉的诱惑,以及花言巧语,去骗那女孩儿的爱情,竟如愿以偿。谁知有一天那女子看见了他的日记,发现了这种阴谋,失望与羞耻交迫,遂仰毒自杀。于是罗倍儿·格勒鲁成了杀人犯,被捉到官署去,不肯自告,却暗地将他和那女子的事件,详详细细地做了一本记录,送到他崇拜的哲学家西克司特那里去,西克司特见着这样一个青年受了他自己的学说之影响,但却不曾出身法庭证明弟子的无辜。后来女子的兄,——做军人的,接着他的妹妹的遗书,知道了妹妹致死的缘故,便不顾家门的羞耻,到法庭证明这青年的无罪,但是到青年释放后,他便在门外候着,把青年杀了。——像这种的情节,全是将热情、良心、思想三者的纠葛,融合在一块。书中表现出深刻的、热情大胆的、写实的分析,透彻纤细的思想解剖,微妙严肃的道德批评,综合的哲学,巧妙而有力的艺术,都一一展开出来。1903 年,《市场》(*L'Étape*)一书出版,描写家庭的悲剧;《离婚》(*Un divorce*)一书,描写道德问题。欧战中又发表《死之意义》(*Le Sens de la Mort*),也是一部杰作。此时虽然六十多岁,他的天才还不稍减咧!

与保尔·普吉尔同时者,为休斯曼(Joris Karl Huysmans, 1848—1907),他最初是奉左拉主义,以描写人间的兽的生活得名,后来对于自然主义,颇不满意,遂弃左拉主义,私淑鲍特勒尔。《拉·巴》(*La Bas*)一书,便是受鲍特勒尔的影响,表现其绝望的、怀疑的恶魔主义,《途上》(*En Route*)、《大寺院》(*La Cathédrale*)、《僧》(*L'Obrat*)等,都是他的杰作。

法国自然主义以后的文坛,可以代表批评、诗、小说的,只有阿那托尔·法郎士(Jacques Anatole Thibault France, 1844—)一人而已。起初他作高蹈派的诗,又作了许多反抗自然主义的论文,其后便致力于小说,1881 年杰作《西尔维司特·波纳的罪》(*Le Crime de Silvestre Bonnard*)发表后,声名鹊起,得法兰西学士院的推奖,列席为会员。

其后陆续发表《琼·塞尔芬的希望》(Les Désirs de Jean Servien)、《友人之书》(Le Livre de Mon Ami)、《巴尔札尔》(Balthasar)等。1890年，第二杰作《打司》(Thais)公世，其赅博之知识与优美之文体，使读者叹服，至于描写埃及沙漠与尼罗河沿岸之精神，尤为表现地方色彩的能手。《白丹克女王的厨房》(La Rôtisserie de la Reine Pedauque)、《麦歇吉洛姆·哥尼纳的意见》(Les Opinion de Monsieur Jerome Coignard)亦为性格描写之佳构。1894年以后三年间，有《红百合》(Le lys rouge)、《圣克拉尔之井》(Le Puit de Sainte Claire)、《伊壁鸠鲁之花园》(Le Jardin d'Epicure)三书刊行。《红百合》以描写流行之社会为主旨，取弗洛仑斯之街市为背景，描写美术家与鉴赏家，颇为深刻。此外还有《白石之上》(Sur la Pierre Blanche)则由社会主义者之立足点，描写贫富悬隔之罪恶。1897年至1900年，出《现代史》(L'Histoire Contemporaine)丛书，计四卷，为批评现代社会与政治之杰作。第一卷为《游步场之榆树》(L'Orme du Mail)，第二卷为《杨柳之槌》(Le Mannequin d'Osier)，第三卷为《紫水晶之指环》(L'Anneau d'Améthyste)，第四卷为《在巴黎之麦歇柏吉尔》(Monsieur Bergert à Paris)，卷帙之繁，理想之深，叙述之精，在近代小说界中，无出其右者。

毛利斯·巴勒(Maurice Barrès, 1862—)为一自我崇拜者，其创作集为《自我之崇拜》(Le Culte du Moi)，中含《野人之眼下》(Sous l'oeil des barbares)、《自由之人》(Un homme libre)、《白勒尼斯之花园》(Le Jardin de Bérénice)等小说三篇。巴氏一面崇拜自我，一面又将爱国主义看得很重，《兵士之召集》(L'appel au Soldat)、《彼等之面影》(Leurs figures）二作，表现这种倾向极甚。1905年，《德国之兵役》（*Au Service de l'Allemagne*）与《可勒特·鲍妥须》（*Colette Baudoche*）出，是为巴氏之二大杰作。所取题材，均以亚尔沙си、劳兰地方之法人为主。前者叙亚尔沙司之医学生保罗·耶尔曼，志愿入德军中服务，将法人谦逊、温和、勇敢和德人的粗野、暴虐、荒诞相对照，后者叙女子可勒特·鲍妥须之怀念祖国。要之，巴氏诸作，不外是他的自我观念的表现而已。

耶妥尔·洛特（Edouard Rod, 1758—1909）最初亦为私淑左拉之人，至1885年，忽独创与自然主义反对的小说《向着死的竞走》（*La Course à la Mort*）与《三个心》（*Trois coeurs*）。在后者的序文里，他说反对自然主义的理由，并名自己的主义为直觉主义（intuitionnisme），他说："迄今十年以前，予初入文坛时，系自然主义之一人，因为左拉兴奋我者极大之故，然我等于狭隘的物质的自然主义，尚有不能满足之热望，因此为不安之念所驱，遂追求无穷与理想。"洛氏受音乐家瓦格勒耳、哲学家叔本华的悲观说的感化，使他不能不离开自然主义，所以他的描写，都是纯粹的精神现象。《人生之意义》（*Le Sens de la vie*）一篇，倡言人生之意义唯信与爱。1892年出版《牺牲》（*La Sacrifice*）、《米琪儿·特歇的私生活》（*La vie privée de Michel Teissier*），则为著者的道德的人生观的抽象的研究。其后五年间，《米琪儿·特歇的生活续篇》（*La Seconde Vie de Michel Teissier*）、《沉默》（*Le Silence*）、《白岩》（*Les Roches Blanches*）、《最后之隐居》（*Demier Refuge*）、《罗德埃牧师之家政》（*Le Ménage du Pasteur Nandié*）等作陆续公世，类皆描写恋爱与社会制度,及人事的关系之冲突,结局则陷于死与失恋之运命的悲剧。其后所著之《道之中央》(Au Milieu du Chemin)与《山岳上之阴影》(L'Ombre S'étend sur la Montagne),则耗心于恋爱与人生规律之调和,热情能于恋爱与人生规律之间,安静无哗,所以他主个人对于社会,应该牺牲。到了1897年,他忽然一变从来的描写方法,注目于自然之景色。《顶上》(Le Haut)一作,便是讴歌阿尔卑斯山中的幽邃之风光和人民的朴素的状态的,可以作散文诗读。1905年,作《胜利者》(Un Vainqueur),描写经济问题,叙资本家与劳动者,中级社会与下级社会之间所起的冲突。还有《冥顽不灵者》(L'Indocilé),也是描写社会争斗的。

尼勒・巴赛(René Bazin,1853—)为反对自然主义最有力之一人,他富于田园生活的兴趣,赞美农民,曾避去巴黎,度农民生活。他以为19世纪的法国文豪,从没有真能描写农民生活的,即以巴尔沙克论,也不过是在舞蹈室中,描写农民生活而已,又弗劳贝与莫泊三,亦不免有蔑视农民之倾向。至于巴氏,则极表同情于农民,所以他描写田园生活,允称独步。他的随笔《山野闲话》,将草木、牧场、森林、清流等绘出,有声有色。他的代表作品有《死土》(La Terre qui Meurt)与《呵卑尔》(Les Oberlé),皆为描写田园状态与农民生活者。

当欧战时,毛利斯・巴勒曾扩张其文艺上的国家主义,为主战论之先锋,与之反对者,则有世界主义的罗曼・罗兰(Romain Rolland,1866—)。罗氏打出真勇主义的旗帜,雄视现代的思想界。他的杰作为《琼・克尼司妥弗》(Jean Christophe)。全书共分三部,第一部计四卷,第二三部各三卷,自1904年起稿,到1914年,始克成功,这部小说便是他的真勇主义的真髓。

第二节　新罗曼主义在俄国

俄国的新罗曼主义发轫于梅勒杰可夫斯基(Dmitri Merejukovski,1866—),他崇拜唯美主义与艺术至上主义。他的三部历史小说:《诸神之死》《诸神之复活》《反基督》,便是守宗教的意识与艺术的意识之纠葛。

至安得列夫(Leonid Andreyev,1871—)出,俄国的新罗曼派始大成。他的特色是在超越一国家、一社会的关系,不为时与地所支配,而默审一般人类的问题。他不注目那表现在现实生活的表面的各个事象与性格,却努力去解决支配人生全体的运命,所以他的作品是由神秘的运命中,以探求人生之根本意义。《红笑》(Red laugh)一书,即象征地描写战争的残酷,此外尚有《七个被绞的人》《深渊》《务》《思想》《兽之诅咒》等短篇。

阿尔支巴绥夫(Artsybashev,1878—)的《莎林》(Sanin),为赞美肉欲之作。其描写莎林之兽性,较之屠格涅夫的巴札洛夫更为彻底,对于道德、教育、社会习俗,大胆地反抗,在俄国成为一种运动,曰莎林主义。

第三节　新罗曼主义在英国

英国的新罗曼派的第一部杰作,便是王尔德的《陶利安·格莱的像》,这本书是著者享乐肉欲的表现。他以为人生的最高目标只是一个美字,无论伦理、道德,和美比较起来,价值都是很低的,所以人生的目的,不过是唯美的享乐而已。他极悲叹罗曼主义的衰颓,曾谓艺术的价值,乃非现实的,其要素应该是梦幻的、技巧的、罗曼的。真正的艺术,是离开人间的生活而描写的。所谓自然主义,不外是使文艺趣味低下之物,左拉之作最乏价值。依据这种艺术观,所以他的作品是唯美的、享乐的。《陶利安·格莱之像》中有几句话说:"世上最有望的是快乐,说到快乐,有官能的、肉体的快乐。所以凡人应常敏锐其官能作用,以享乐肉体上的快感。"由这几点便可以看出他的主义。

此外有康纳特、威尔斯等小说家,其作品颇倾向于主观的,但仍系写实的风格,此地不一一叙述了。

第四节　新罗曼主义在南欧

说及现代南欧的小说,不能不使我们联想到意大利的段奴迪(G. D'Anunzio, 1863—),他的杰作有《牺牲》和《死之胜利》。前者是以恋爱为中心,描写家庭悲剧的小说,书中的人物极少,不过二三人而已。《死之胜利》也是描写恋爱的,人物比《牺牲》一书更少,不过是青年男女二人的事件。段氏的特色，就是强烈的恋爱生活的热情和细致芳醇的官能生活之描写。一切的美、幻影、空想，都如飞鸟般的集在他的笔尖上，又将那如日光一般的煖，如花一般的香的恋爱气味，围着读者的想象，书中主人的甘美的生活，肉的、官能的态度，都借段氏的一支笔，另扩出一个魅力的美的世界，所以段氏的特色，便是追求官能的、快乐的、肉欲的生活。例如《死之胜利》中的男子吉尔迪对于他的爱人依波妮达，只知道追求肉欲的快活，到后来渐渐的热烈，还觉得不满足，纵然把依波妮达的肉体和灵魂完全据为己有，亦觉犹有余歉，因此他十分烦恼，遂不得不起超于官能的要求，以至于死。由这样看来，段氏之写吉尔迪，总算是超过肉欲的对象了。至于《牺牲》里面，颇带有几分道德的倾向，所以也不能完全说段氏是一个肉欲描写家。

比利时的梅特林克（M. Maeterlink, 1822—），所著的戏曲《青鸟》和《婚约》，已为我们熟悉的了。他是神秘主义的巨擘。可惜他尽一生之力于戏剧，于小说没有什么贡献，现在略去不提。

第八章 结论

以上所述,仅仅是西洋小说发达经过的一个概略,至于详举不遗,决非区区数纸与短期时间所许。不过借鉴过去种种的变迁,我们便可以窥查现代小说界。以目前论,法国的理想主义方占优势,如罗曼·罗兰、毛利斯·巴勒等,都是热烈的理想主义家;唯美派的消极与怀疑,似渐消颓。最今德国的表现主义,便是反抗自然主义、新罗曼主义而起的,至于北欧的哈姆生、包以尔等,亦抱有自然派作家所无的理想与热情,所以今后小说界的趋势,似乎是倾向于理想主义了。

农民文学ABC

代　序

赤日炎炎似火烧,野田禾稻半枯焦,
农夫心内如汤煮,公子王孙把扇摇。

——《水浒传》序

地主太太的红小袖,
是地下农夫的血与泪。

——日本民谣

例　言

一、农民文学的潮流早已弥漫欧洲各国,最近且为新兴文学中的重要部分。我国具有博大的土地与多数的农民,农民生活的情形不下于欧洲各国。但是没有一个作家去描写他们,社会也让他们无知无识,这实在是不幸的事。假使我们要迎接世界文学潮流,则农民文学实有提倡的必要。

二、本书先叙述农民文学的意义及其运动,以期其发展之路径,继将俄国、爱尔兰、波兰、法国、日本等国的农民文学加以分章的叙述,以觇农民文学之实况。

三、欧洲农民文学之作品,既多且广,欲将各种作品之内容,一一叙述,势所不能,本书将重要作品之梗概叙述之。

四、本书尚为中国文学界中叙述农民文学之第一本,希望有第二本出来。

第一章 绪论

第一节 农民文学的意义

文学的发生,常以社会的现象为背景。在文学反映社会现象的意义上,可以将文学分为都会文学、农民文学、资产阶级文学、无产阶级文学四种。就中都会文学常与资产阶级文学有密接的关系,作家所描写的是都会里的资产阶级的生活;农民文学则与无产阶级文学相连,近代的农民文学常是无产阶级里的一支脉。

农民文学这个名词若在广义上解释,含有下列各种的意义。

1. 描写田园生活的文学;
2. 描写农民与农民生活的文学;
3. 教化农民的文学;
4. 农民自己或是有农民的体验的作家所创作的文学;
5. 以地方主义(都会主义之反对)为主,赞美一地方、发挥一地方的优点的文学(乡土艺术)。

若就狭义的解释,则农民文学就是指那些描写被近代资本主义所压榨的农民的文学。农民为社会组织里的重要部分,而他们反受地主们的几重压榨,使他们困苦呻吟。如俄国与爱尔兰的作家,便竭力描写农民的悲惨生活,使世人对于他们增加同情心。诸如此类的文学作品,可以称之为农民文学。至于本书所叙的,则以广义的解释为主。

第二节　农民文学运动

将农民文学的意义具体化的作品,在最近的大陆各国,都已产出。就文学史上看来,以前的文学多是贵族阶级的娱乐品,是特权阶级的专有物。农民与文学,在以前是毫无一点因缘的。农民只消继续地吃苦,度过一生就行,同畜类一样地劳动便好。没有为他们施教的教育,没有为他们写作的文学,没有描写他们的作品。现在可不然了,农民的本身即是一种优美的文学,纵然没有人去表现他们,可是他们早已就是诗的,如果表现起来便是最好的题材。试读俄国屠格涅夫的《猎人日记》,便引起我们反对强权社会的情感。所以在农民占多数的国家里(如俄国、挪威、爱尔兰等),他们的农民文学的运动便较其他的国家为发达。那些作家们,有的替被压榨的农夫呐喊;有的感化那些农民,使他们知道自己在近代文明里的地位。托尔斯泰有一篇故事,名叫《愚蠢的伊凡》,写他的理想的农民,可以视为农民文学运动的第一声。现把原作的梗概写在下面。

从前某地有一个富有的农夫,他有三个儿子,色麦容是当兵的,打拉司做生意的,伊凡最愚蠢。还有一个女儿,又聋又哑,不能做事,名叫玛尔奴。

色麦容去替皇帝打仗去了,打拉司到市上做买卖。伊凡和妹妹留在家里,他每天弯着背做农夫的工作。

色麦容当兵,因战功得了高位,娶贵族的女儿为妻,煊赫一时。妻子穿好的、吃好的,因为奢华的缘故,钱不够用了。他便回家来,请父亲把家当分给弟兄,自己好拿他名分下的一股。父亲不肯答应,说家当是伊凡一个人竭力工作赚来的,若不去问伊凡,别人不能做主。色麦容听了父亲的话,便去问伊凡。伊凡说:"你想要什么,拿去好了。"色麦容听说,便拿了许多钱走了。

伊凡一点也没有吝惜的颜色。他想,只要肯做,金钱就会来的,无论下雨下雪他总是在田里工作。正当这时,色麦容又失败回来了。伊凡刚从田里回来,见他的哥哥同穿着华服的嫂嫂在吃饭。他见了伊凡,就说:"我回来扰你了,要你养我们两口儿。"伊凡答说:"有什么不好呢?好,好。"伊凡也同他们一起吃饭。孰知穿着华服的嫂嫂在旁说道:"我不高兴和污秽的农夫在一起吃饭。"伊凡听了说:"哦,那么,我到外面去吃好了。"说时,他拿着面包到外面吃去了。

有一天,伊凡从田里工作回来,看见打拉斯同着他的妻子正在吃饭。原来打拉斯做买卖失败了,又回来打搅伊凡了。伊凡仍然答道:"好的。"也和他们一起吃饭。打拉斯的妻子又咕哝道:"我不欢喜同肮脏的农夫在一起吃饭,他满身汗臭。"伊凡听说,跟着就道:"那么,我到外面去吃好了。"他又拿着他的面包到外面吃去了。

过了几日,色麦容和打拉斯都拿了许多钱到市上去了。色麦容仍旧去服役皇上;打拉斯呢,依然做他的买卖;伊凡呢,照常留在家中耕田种地。

有一天,皇上的女儿病了,请了医生看也没有医好。皇上下命令,说有人医好女儿的病,就把女儿嫁给他。

伊凡的两亲想起了一件事,就是伊凡从前在土里挖出了一种奇异的树根,曾医好了犬的病,便叫伊凡来,吩咐他说:"儿呵,你知道皇上的命令吗?你快些拿了可以医治一切病的树根,去医公主的病,好叫你享福一世。"伊凡说:"那么,只好去了。"他便上路了。

伊凡走出大门,看见门口有一个女乞丐,她的一只手成了残废。那女乞丐向伊凡道:"人说你有医治一切疾病的树根,请你医我的手!"伊凡的树根只有一节,他不去医公主的病,便给那女乞丐,叫她吃了。吃了树根,病就霍然[好]了。

他的两亲知道了大怒,骂他说:"怎样愚蠢呵!你医好了公主的病,你就是一个驸马,你医了女乞丐有什么用呢?"

伊凡听说,他照常穿着他的农夫的衣服,去医治公主的病。他将走到官门,公主的病就愈了。伊凡和公主结婚。不久,皇上死了,就轮着伊凡做皇帝了。

伊凡做了皇帝,仍旧耕田,他不向人民收租税。有一天,大臣来禀告,说支付臣子的俸钱都没有了。伊凡王答道:"那就不付好了。"臣子道:"这样一来,还有谁替你做事呢?"伊凡王道:"不必替我做事,你们归家去推粪车好了。"

有时,人民来请裁判案子,说:"他偷了我的钱。"伊凡道:"哦,他想钱所以他才偷呵。"人民才知道伊凡王是一个笨伯。有人告诉他说:"人说皇上是一个笨伯。"伊凡道:"哦,我是笨伯。"伊凡王的后也是一个笨伯,她说她不反逆她的夫,针走哪里,线也走哪里。

这时贤人们都去国了,只有愚蠢的人同伊凡王留在国内。伊凡王的国内没有兵,也没有钱。自皇帝以下人人耕田而食,种土以图生存。

后来色麦容和打拉斯事业失败回来了,他们又来打搅伊凡。有许多人没有饭吃的都到伊凡王国来了。只要有人问伊凡王索食,王便答说:"好啊,同我住在一起好了。"

只有一桩事,是无例类(外)的习惯,就是无论谁人,要手掌的皮起了茧的才能够坐在桌上吃饭;掌上的皮没有起茧的,须吃别人吃剩的食物。

托尔斯泰氏的这篇故事,不是童话,也不是寓言,乃是表现人生最高的目标(自然是托氏所达到的)与最高社会的暗喻。伊凡是托氏理想中的一个农民,而伊凡王国是托氏理想中的社会。这样的农民与社会,乃是值得赞美的。

农民文学的潮流早已弥漫欧洲各国了,最近则在无产阶级文学里占了重要的部分。文人对于农民生活的描写,正与都会的工厂劳动者同。无论就纯粹的文学的立足点或就文明史上说,农民与文艺的关系是不能断绝的。我国虽有博大的土地与多数的农民,农民生活的困苦也不下于欧洲各国,但是没有一个作家去描写他们,社会也让他们永远是无知无识的,这实在是不幸的事。假如我们要迎接世界的文学潮流,则农民文学的提倡,是极其紧要的了。

第三节　农民诗

农民诗与普通的田园诗不同。田园诗的题材求之于田园,它所表现的,为田园的自然美的探求,或赞美、鉴赏。它所注重的在展开牧歌的情绪,流于其中的是田园美自然美的礼赞、思慕、憧憬、感伤等。田园诗不过是自然风景的表现,在那些诗歌里,没有暴虐的自然,没有喘息于黑暗之底、困苦颠连的农民,它对于"土地之力""大地之魂"并无何等的表现。简单说来,田园诗不过是自然环境的表现罢了。

农民诗则不然,它是"土地的灵魂"的呐喊,是"大地之力"的表现,是"土地的创造性"的发现与现实化。用这些当作基础,确立并发展新精神文明,对于病的、堕落的、疲废与焦躁所侵蚀的旧文明挑战,或是去救济。它是站在经济组织上的农村与农民生活之现实的表现,是反抗精神的叫唤,是向来被压迫着的、燃烧着的灵魂的表现。这是农民诗的特质,也是农民文学的特质。

农民诗虽也是自然环境的表现,但它所表现的是立脚于具体的、现实的经济环境,或浸入其中的自然环境。至于田园诗,只是抽象的自然环境的表现而已。详言之,田园诗是表面的、外观的田园美;农民诗则为内面的、内省的大地征服的美,是对于狂暴的自然的反抗,是一种争斗的力。它不表现那些田园美化的、被封建的传统所支配的、如羊般柔顺不言的农民;它是野兽般粗暴的、有阶级意识觉醒的、有社会批判眼光的、有突破地壳熔岩般的力量的农民之具体及现实的表现。

农民诗也不是一地方一乡土的特有的人情风俗习惯的抒情的表现,即不是乡土的诗歌。在这一点上,它与民谣、歌谣、农民故事也不同。描写乡土色调的诗,只是第二意义的农民诗。第一意义的农民诗,应具前段所说的诸特质。

农民生活的范围是农村、田园与乡土,农民的生活手段的对象是耕种,当然不能脱离自然环境。不过农民诗所描写的,不是单纯的自然环境的姿态,乃是从经济的见地所见的自然环境,是站立在经济组织上的大地的呼声,是土地的呐喊。其中含有多量的反抗与争斗的精神,是伟大的熔岩之力的表现。

田园诗只写田园的美,或称颂田园,乡土诗歌只写一地方的独特的世态人情。它们的表现是以抒情为主的,都是资产阶级的东西,已经是过去的了,它们不是现代意义的农民诗。真意义的农民诗是田园的且是乡土的,是把握着经济意识,自觉而且肯定阶级意义,由此以反抗、争斗的精神力之具体的表现。

第四节　农民剧

关于农民剧的解释,可从种种立足点去下观察,兹分述于下。

有人主张把艺术"从都会移转到农村",使田舍的农夫也有鉴赏艺术的机会,因此就说农民剧的运动,是演剧给农民看。

有人说戏剧的题材有的采自都会,也可以取自农村,因此说农民剧是描写农民的戏剧。一切的文艺向来不注重描写农民,只知写都会,这是不对的。所以既然描写都会,也应该描写农民。

有人说农民剧是农村里的无产劳动者的反抗的呼声,是喘息于资本主义重重压迫下的无产者的叫喊。资本主义的暴虐扰乱了农村,与扰乱都会同样。即是认农民剧为无产阶级文学的一部门。

有人又说农民剧的运动,既不是给农民们鉴赏的,也不是描写农村的,乃是使农民自己产生出来的艺术运动;不是"到农民"的运动,是"从农民——"的运动,因为农民自己也应该有艺术。

以上诸论,只是农民剧的解释的一面,综合这种论调,方足以得到农民剧的意义。我们并须明了农民剧是立足于农村文化上的艺术,与立足在不调和、不健康的都会文化上的艺术不同。它不单是阶级战的武器,也应该是潜伏于农民之力与美与道德的表现;不是使农村里的人娱乐的,须是农民自己的表现才对。

农民剧有它的独特的内容与表现。

第一,资产阶级的戏剧中,常轻蔑贫民,或以他们作同情的对象,这并没有把贫民安放在适当的位置上。这些农夫或贫民自有他们的位置(他们是在社会上或人间生活上有职务的贫人)。在农民剧里所描写的人物,须将他们放在正当的地位上。

第二,应立脚在现实上,不可立在离开现实的抽象世界。农民剧与别的农民文学同样,它是潜伏在土地中的力与生活力的表现。农民的生活或精神在现实上如何活动,或应如何活动,这都是农民剧的内容。写农民精神埋藏于大地之底的时代,即未觉醒的时代;或描写过去,或取材于传说,都没有重大的价值。

第三,作品的主旨与情节应该明确,不可用混沌、无解决、不安等要素。应对于农民精神或其生活力给予一个信念,使他们知道生活的意义与位置。

第四,应该是战斗的。对于自己的生活抱有信念,当然就是战斗的。农民的阶级的争斗意识既盛,同时有信念的生活者的斗志便交织于其内,便不能不为自己的生活奋斗了。

第五,是感情的自由的流露,使农民知道农民生活与农民精神,同时须使农民生活者的感情自由发展。使他们知道了生活的意义与位置,也非使农民日常生活里的感情自由流露不可。

具备上述条件的农民,可以分为两种。一种是在都会的剧场里,为都会人表演的;一种是由农民自己的手表演的。由农民自己表演的,须设农民剧场,与都市的剧场有别。都市的剧场是由资本主义、商业主义的指挥而成的,不是劳动者自身意志的表现;农民剧场非由"自由人的"自由劳动者去设立不可。都市剧场是人间奴隶的劳动的象征;农民剧场是由劳动者,由农民的愉快的劳动而成的,由他们的创造力以建设的。

法国亚尔莎斯的农村自1895年以来,即有专为农民表演的剧场。日本福冈县浮羽郡山春村有农民剧团,名叫嫩叶会,成立于大正十二年(1923)四月,成绩异常的好,他们努力于近代剧的表演与农村的艺术化。那村里的画家、音乐家、文学家都加入,现有会员四十余人。除演剧部以外,有表演部、照相部、舞台部、美术部、音乐部、衣裳部、文艺部、情报部、庶务部等十多门。在农闲期间,两个月表演一次,所有练习、试演等,都在平时白日劳动之后从事。这个团体的经费,由各会员负担,大部分则由该会的主持者、指导者,医师安元知之氏出私财以津贴之。他们的剧场除了室内试演场之外,更有模仿古代希腊式圆形的野外剧场,已于大正十四年(1925)竣工。利用村的倾斜地建造,座席与舞台均用土与青草筑成。他们表演过的戏剧里面,有欧美及日本的著名作家的作品——

丹色尼的《光之门》

同人《阿拉伯的幕》

同人《金文字的宣言》

柴霍夫的《犬》

斯独洛的《底层二人》

格雷哥利夫人的《月出》

施屈林堡的《牺牲》

宾斯奇的《小英雄》

梅特林克的《丁泰琪之死》

沁孤的《到海去的骑士》

柴霍夫的《烟草之害》

菊池宽的《屋上的狂人》

同人《浦之苔屋》

同人《顺番》

同人《学样》

武者小路实笃的《一日里的一休和尚》

同人《野岛先生的梦》

同人《达磨》

山本有三的《生命之冠》

同人《海彦山彦》

同人《同志的人们》

额田六福的《真如》

仓田百三的《俊宽》

安元知之的《恋土》

同人《乌山的头陀》

同人《尼御前宫之由来》

同人《青年集会所之一夜》

就嫩叶会的组织与表演的剧本看来,可知日本的农民剧已经在成功的途上了。

第二章 俄国的农民文学

第一节 概说

俄国从来是农国,国民的大部分是农民,国土的大部分是平野。想起俄国,映在我们眼里的,是广漠的西比利亚平原,无涯的旷野;是在那里耕种着、生活着的纯粹的农民的姿首。农国的俄国,是俄国本来的面目;农民就是纯粹的俄国人。

俄国的写实主义的文学,取材于现实生活、现实世界,为现实的表现。在这种文学里面,俄国的农民有许多被描写着,乃是当然的。农民生活是俄国人的主要的现实生活。农民、农民生活、村落生活、田野的自然,在19世纪中叶到末叶的写实主义文学里,都是主要的题材。

俄国写实主义的三大作家,除了都会作家陀思陀也夫思奇外,其余二人,即托尔斯泰与屠格涅夫,都是描写农村、农民与自然的。托尔斯泰的小说《地主的朝晨》和有名的戏曲《黑暗的势力》等作，本身就是以农民、农村生活为主题的作品。《哥萨克》一作里，有许多的自然描写与农村生活的描写。此外，如《安那·加勒尼娜传》里也描写围绕着主人公勒混的农民生活。至于屠格涅夫的《猎人日记》，则纯然是优美的农民小说。《父与子》《罗亭》《初恋》等作，也时时描写着农村、农民与自然。更逆溯到俄国文学的元祖普希金，农民也有许多被表现在他的作品里面。他的有名的小说《比耶尔根村的手札》及其他的短篇，我们时时看见农民与农村的姿态。

然而这些俄国的写实主义的作家们，他们本身并不是农民，托尔斯泰与屠格涅夫都是地主，属于特权阶级。他们的境遇是生活于农民的苦恼以外的人，可是具有人类的良心与人类的纯情的作家们，对于农民的苦恼与悲惨，不能够不关心。所以他们描写农民的时候，他们的关心就以某种形式表现出来了。即是在许多地方，他们的关心，是对于农民的同情、怜惜、爱的表现。

所谓俄国的农民，在农奴解放以前，绝不是一个自由公民。他们附属于世袭贵族的地主下，是为贵族所有的奴隶，即是农奴。所以对于他们，绝不视为一个人，受着束缚、虐待；他们的生养，宛然如豚豕一般的凄惨。在地主的眼中，农奴不是一个人，他们只是顺从的、服役的牛马罢了。

可是农奴也是人（同是一样由神所造的人），这个新的发现，由地主阶级中最能觉醒的人们所得了。这是人类的良心的觉醒，是人道主义精神的发扬，是与世界的人道主义的勃兴（在他的影响与感化之下)同时,是在俄国发生出来的精神。受了这新思想的洗礼的新人物,由他们的新信仰去观察俄国的现实,观察农奴的生活,观察农奴的制度。那些悲惨与不幸的事,使得那些新人物不得不叫喊出来。这些新人物的最初的人(不必依年代,只是就意识的程度说),就是托尔斯泰、屠格涅夫等人。屠格涅夫的《猎人日记》里,照实地描写俄国农奴的生活与农村生活。这部小说,使得有产的特权阶级颇受感动,相传当时尼古拉斯一世读了这部小说,便有了解放农民的决心。

农奴制度的不合理、非正义的呼声,已经高唱着了。描写农奴之不幸与悲惨的文学,和这一片呼声相结合,这就是俄国前期民众作家的一群。他们以农奴制度为中心,对于农民且描写且呐喊。同时,一般社会对于农民的注意与舆论更为沸腾,于是遂有1861年2月19日的解放农奴令的颁布。

由俄国社会制度的大变动所带来的农奴解放,民众作家们所尽的力量如何,是可以不用多说的。由于他们的以农奴解放为中心的文学运动,起了农奴解放运动,既而获得了解放农奴令。他们把农民文学,遗留给后人。

这些民众作家,自然多半是生于农奴阶级(无产阶级)以外的贵族地主阶级或知识阶级里面。因为农奴的大部分还不曾自觉,虽有多少自觉了的,可是他们不解文字,他们不知道表现或呐喊的方法。直到后来,从官吏、商人、僧侣等无产阶级里面,才出了几个民众作家。如波米亚洛夫斯基、刘昔妥尼哥夫等人,都是从耕种寺院附属土地以维持生活的僧侣的家里出来的。

总之，俄国的农奴解放运动与民众文学运动，并不是农民（农奴）自身的运动；虽然那运动里面有无产者，但不是农民，不是农民阶级的集团的一员的农民。所以此时代的民众文学运动，乃是由于社会的觉醒了的先觉者们（这是非阶级的）拥护不幸的被压迫阶级的农奴阶级的运动，是纯然的人道主义的运动。反之，自麦克幸·高尔基发端的，与俄国无产阶级革命同起的无产民众文学，才是"自己的声""自己的话"的无产者的文学。

以农奴解放为中心的农民文学，只是人道主义文学的一变相，他招来了社会的变革；以无产阶级革命为中心的民众文学，即无产阶级文学，他招来了社会革命。在这里，假定前者为"前期农民文学"，以无产阶级文学中的农民文学为"后期农民文学"，并注重"后期农民文学"，前期的一部分，只叙其大略而已。

第二节　前期农民文学

在前期农民作家之中，最早而且有名的人，是格尼哥洛维支（1821—1899）。他的父亲是俄人，母亲是法人。他卒业陆军机关学校以后，想做画家，从事美术的研究，同时开始文学的制作。他描写农村的最初的作品，是1846年发表的《村》。他在这篇小说里面，把农村生活的悲凄状态与农奴制度的可怖的情况照实描写出来。自《村》发表后到1855年间，有《不幸的安东》《渔夫》《移住民》《农夫》《流浪者》《乡道》诸作，对于当时的读者有很深的影响，唤起大家对于农民的爱，使那些教育阶级的人知道他们对于农民所负的重债。他的小说于后来的农奴解放有很大的影响。

在农民解放之前描写农民，使大众受强烈的印象的，有马利亚·马尔哥维支（马尔哥·波卜却克是她的笔名）。她的第一农民小说集是用小俄语写的（因她嫁给小俄罗斯的作家马尔哥维支），第二农民小说集用俄国语写成，以描写乌克拉的农民为主，用纯粹的、感伤的心情去表现美的、诗的情景。与她同时的，还有一个描写农民的，大家都知道他是一个历史小说家，此人就是达利勒夫斯基（1829—1890）。他著有三大长篇《俄罗斯之逃亡者》（1862）、《自由》（1863）、《新领土》（1863），描写逃亡的农奴（比沙拉维亚的自由移民）。

波米亚洛夫斯基（1835—1862）生于僧侣的家中，在僧侣学校内受过教育。他描写那僧侣学校的污秽生活，使他得跃进俄国的文坛。他以写实的手法去写贫穷的知识阶级，他的作品里面，也描写着农民。

刘昔妥尼哥夫（1841—1871）创造了农民文学的形式，他与前人同称为俄国民众作家的写实派的创造者。他生于乌拉尔的穷牧师的家中，渡过了悲惨的少年时代。在他的穷苦生活的余暇，他不忘修学，后来做了文官的书记。他的第一篇小说《波德尼波卜梯》发表于《现代杂志》，如实地描写乌拉尔山中的小村落波德尼波那的农民的劳苦。后来发表《格鲁孟夫一家》，是一篇极悲惨的生活的表现，描写绝望的贫困的生活。此外，有自传小说《人人之中》。两种长篇小说——《较好的何处有呢》《人自己的粮食》，都是描写贫穷不幸的集团的。

魏斯比耶斯基与前述的诸家不同,他的作品不是简单地描写小说,其中包含许多农民问题与人种学的问题,是政治的论述与艺术的表现之混合。他着手描写农村生活是在[19世纪]70年代,正是青年俄罗斯着手"到民间去"的运动之时。他生在小官吏的家里,不知道农村生活,对于农村抱着许多的幻影。等他后来到了南俄的沙马拉州,看见了农村的实况,才把他的幼稚的幻影打破了。他开始描写那被厚重的厌世观所包围的农村生活的情景了。1882年公世的大作《土地之力》,可以看为他的工作的最后的结晶。此作将他对于农村生活的锐利的观察,传之久远。

在自己的诗歌里描写农民与农村生活的作家的诗人,有下述的几个。

有名的第一个农民诗人,就是尼古拉·涅克拉梭夫(1821—1877)。他进过彼得堡大学的言语学科,非常苦学。他的学生时代,在难以言说的贫苦中过去。因为他的贫苦,他能与彼得堡地方的最贫穷的阶级接近,培养他对于贫穷阶级的强烈的爱怜。对于无产阶级的爱,他到死时仍不舍弃。后来因为他不断地苦作,物质方面稍稍改进,做了大杂志《现代》的编辑者,生活才得了保障。他的作品,为描写俄国的无产阶级的忧郁所笼罩。然而他的作品绝不使读者绝望,反而给予激烈的希望。痛苦、悲惨的现实在他的前面,他并不绝望,他突进和他们争斗,他深信自己的胜利。

农民与农民的苦恼或生活,是他的著作的主要题目。他对于农民的深切的爱,是他的任何诗篇里的主脉。农奴制废止以后,他不以为事业告终,他又去讴歌被压迫、虐待的无产阶级。他在自己的诗里,绝不把农民诗化,只是从人生里面如实地描写农民。他在俄国的农民里,看出了有真实的人间力的人。《赤鼻的霜》《农夫的孩子》《沙西亚》等诗,是他的优秀的作品。

与他同时代,也是讴歌农民与农村生活的,有柯利俄夫(1808—1842)与尼基登(1824—1861)二诗人。柯利俄夫正如某批评家称他的,是一个旷野的诗人。他持有独特的诗体,不从俄国的韵文法的诗形。他生长在农民里,所以他能歌咏南俄的旷野、农民的悲苦生活、农妇的惨苦的生涯。苦恼与悲哀,充溢在他的诗篇内,充分地能够唤起大众对于农民的爱。

尼基登同他一样,也生在南俄的贫家。他的父亲荒于酒,他不能不一手支持一家的生计。他的青年时代是极悲惨的。他一生所写的诗在数量上很少,但多数以农民生活为题材,用简洁的笔调写成,染上他自己的生活中发出来的悲哀,使人流感动的眼泪。

此外,还有第二三流的诗人,也讴歌农民生活,现从略。

第三节　后期农民文学

要说明现代的俄国农民文学,必先明了这时期的农民文学的性质及意义。

在现代的俄国,可以特称为农民文学的文学是不存在的,农民文学只是概括劳动阶级与农民阶级(无产阶级)的无产阶级文学中的一要素、一种类。在这里用上农民文学的名称，只是为便宜计而已。在俄国则这种名称，不为一般所用。偶然有用的时候，只是由文学的题材或作家的阶级而附以农民文学的名称，正如称工场文学、都会文学、西洋文学，没有大差的意味。

在劳农俄罗斯，农民与劳动者同包含在一个无产阶级里，因此农民非与劳动者在相同的理想中生活、在相同的目的中生活不可。若以农民特有的理想与目的，去和劳动者所有的理想或目的冲突，是未受允许的。

俄国的社会革命，多数为劳动者的革命；农民即附属于劳动者，因以连带表现在文学里；农民文学，也与劳动者革命、都会革命所持来的共产主义文化有关。俄国的农民文学，因为当作无产阶级文学表现，始得确保它的存在；它与都会劳动阶级的文学相应，具有相同的理想，所以它能够成立。

因此之故，如耶塞林把农民文化看为与都会工场文化相敌对的，因而诅咒都会工业的文化，拥护自己的农村，人家就说他是个反动的，不容于现代的俄国社会。他的自杀，大约是这个缘故吧。反之，随从都会劳动文化，描写农民农村的作家，在苏俄的文坛里，能够存在于无产阶级的文学之中。

皮涅克、依凡乐夫、色弗尼拉、勒洛夫等人都是革命的随从者，描写农民农村。

以下列举几个农民文学的诗人。

在现代苏俄的诗坛里,可以称为农民诗人的(自己也称作农民诗人)有两个人,即是尼古拉·克留耶夫与去年自杀了的色尔格·耶塞林。此二人在思想上与对于革命的态度上、对于都会文化的态度上,都有相似的共通点。二人同是宗教家,他们爱农村与美的自然界。对于革命,则主张是为使农民阶级幸福的,所以要容纳全农民阶级。但是革命不是农村的或农民的东西,是全都会的、劳动者的。他们虽然容纳革命,但对于与革命共存、与革命根本的同栖,不能不扬反对之声。此二诗人的悲剧的二重性与二元性,其原因即在于此。在这意味上,他们一方面是革命的随从者,一方面是反动的。这矛盾的原因,在于最初对于革命的认识不足。革命的认识不足,对于农村的人是难免的运命。因此,克留耶夫与耶塞林的悲剧的运命,同时也是现代苏俄的许多农民的运命。

据克留耶夫的自传,现在他是一位三十六岁的诗人。幼受母亲的教育,漂浪一生。他曾到过中国,他的漂流生活,充满悲苦。最初的著作,是靠商人司那门斯基的帮助,于1912年在莫斯科出版的诗集《诗之声》。在这诗集中,他以美丽的语言歌颂农民生活与静寂的自然。他喜悦农村里的调和,他感激表现在农村生活里的农民的同胞爱。在他的诗里,表现着对于农民的纯粹斯拉夫的宗教的感激。他认此纯俄罗斯的调和已被破坏,而感到悲愁。破坏农民与自然的是文化的社会,他排斥这种文化。他以为避开这种文化而保守纯粹的俄罗斯农村,就是俄罗斯的精神,是农民的同胞爱。在1912年,出版了第二诗集《同胞之歌》。1913年,出版《森林的人》。1916年,出

《世界的思考》。1917年，出《红铜的鲸》与《歌话》。后来在柏林出版《小屋的歌》《担着太阳走去的人》《土地与铁》，又在莫斯科出版《狮子的面》。1922年，出叙事诗《第四的罗马》《母——星期六》，又作短诗《列宁》。

由这些诗集，知道克留耶夫看农村为极静的、沉重的。农村如同寺院里的钟声一样，如笼罩旷野的雾一样，因为是静的，所以他爱农村；动的、骚扰的都会，在他是全不中意。他以敌意眺望都会。都会用"铁的文化"胁迫农村时，他就诅咒、詈骂都会的文化，而对之挑战。他不能与都会革命同进，乃是理所当然。然而他随从着革命，他讴歌革命的歌做了许多。可是革命在他是全没有动的要素，没有力，没有生命，在他的诗里面，是最空虚的话。他又作诗讴歌列宁，然他歌列宁的诗，或是列宁的，或是反列宁的。

总之，他是一个如实描写农村的诗人，歌唱自然的诗人，爱农民的诗人。比较确切地说起来，他是生长在旷野的农夫，他的农民诗歌，颇难作为无产阶级艺术。

耶塞林较之克留耶夫，对于革命的态度较为进步。他也讴歌农民、描写农村，但他的描写是比较动的，较为神经质的、尖锐的。据他的自叙传，以1895年9月21日生于哥兹米斯喀亚村，是农夫的儿子。家中贫乏，人数又多，两岁时就被送到外祖父家中抚养。那家有三个独身的舅父，是强暴的农夫。他被野蛮的手所养育着。他幼时极顽皮，十六岁时进莫斯科的师范学校，但因为教授法不及格，他说幸好没有进成这个学校。

他开始作诗是在九岁时，意识地开始创作则在十六七岁时。十八岁时，他把自作的诗送到各杂志去，但都未被揭载。他自己遂到彼得堡去，混入朴洛克、哥洛德基、克留耶夫等诗人的队里。到了欧战发生后，他就上了漂流的旅途，中国、波斯、印度都有过他的足迹。革命时，因为纸张不足，不能印刷诗歌，他和克昔柯夫与马林哥夫等诗人在修道院的壁上写诗，又在市上的散步场内当大众朗诵他的作品。那时倾听他的诗的，是"卖淫妇与恶汉"，并且他"和他们很相好"。他的著作有 1916 出版的闻世作《虹》(1918 年再版，1921 年三版)；1918 年，出诗集《鸠》；1819①年，出《婴孩基督》《村的日课》《变容》；1921 年，出叙事诗《布加却夫》；1923 年，出《德尼卜德甫》；1924 年，出《四十日镇魂祭》等作。此外，还有叙事诗《异国》《友伴》《被选者》(以上 1920 年作)诸作。

他是生在农村里，在农村养大，讴歌农村的诗人，是一个的确可以称为农村诗人的优美诗人。他所歌的农村是——

　　乳色的烟为风吹动，
　　然而没有风，只有轻渺的声音，
　　鲁西在悦乐的忧愁里，抱着手睡在黄色的断岩里。

如像这样的俄国农村情景的描写，在他的诗里随处可以看到，是极其静寂的、牧歌的。在他看来，俄罗斯是如像做梦一般睡着的温顺

---

①当为 1919。

可爱的土地。俄罗斯在他的眼睛里,常由寺院的钟声、僧院、圣像表现出来。

可是俄罗斯的农村不单是这般的静寂的、牧歌的情景,那里还有耕作的劳苦与苦痛,农民生活的贫困,与充满着革命前的重苦的、大气的社会的愤怒与憎恶,更有虐待农民的许多压制者的手。这些黑暗面,在耶塞林的诗里一点也看不见。他所写的农村好像是不知有黑暗事,沉落在"乳色的雾"与"悦乐的忧郁"之中。

耶塞林绝不是贵族,也不是知识阶级的人,他完全是一个贫困农夫的儿子,是养育在苦痛里的人。然而他对于那种农民的现实生活,对于他们的贫困与悲惨毫无关心、无感觉,究竟是什么缘故呢?这恐怕是他的性格所致吧,是他的浪漫的、幻想的性格与他的宗教性结合,遂产生这样的结果。

俄留询与前述的两个诗人相反,他所描写的不是如像他们的牧歌的农村,可以说他是一个全俄罗斯农村的现实与血结合而成的农村诗人。他以1887年生于沙拉妥夫。他幼时读了四年的书,悲惨的生活便临到他的头上。他在1911年二十四岁时开始作诗,第一篇名叫《卡叙奴维支》,发表于《沙拉妥夫新闻》。1913年,移居圣彼得堡,在铁道事务局里面服务,过着最贫困的生活,但是他仍偷暇作诗,投稿于《欧罗巴报》《启示》《我等的曙光》等杂志。后来,曾在米洛留波夫编辑的杂志上,发表反抗社会的不义,对于贫困、压迫的憎恶与愤怒的诗。他的最早的诗集是1918年出版的《曙》,收入他在1910年到1917年间的主要作品。1919年,发表《赤俄》《最后的自由》;1920

年,发表《多勒依卡》《白桦》;1921 年,发表《警钟》《我等》《饥饿》;1922 年,发表《红的寺院》等诗篇;又在 1922 年发表小说集《有痘疤的人》《冰块上的人》,诗篇《虹》,叙事诗《米克拉》等作;1923 年,出《寂寞的太阳》与《藁的干》二诗。

他是贫困、悲痛、苦恼与饥饿的诗人,是"苦恼的十字架"上的诗人,他的只眼,独注目于悲惨的农村的现实生活。他被可痛的贫困所打击,被搔爬,血痕殷然,于是他由此歌出爱与憎的歌。他的农村的诗,常是农村的贫苦的激烈的表现。在他的眼前,常是"可以的、病的、饥饿的农村"。他爱那些贫穷小屋并列着的俄国土地,爱狼狈的原野,爱那被愁苦的日子和悲惨事件打击的原野,爱那以汗与血去耕种一片一块的、目不忍睹的土地。他的爱越是强,憎也越强。他歌道:

  我们的茅屋现出黑暗的面影,
  被黄金色的稻草遮蔽着,
  我们岂非被运命侮辱着的吗?
  不是被神忘记了的吗?

他又写农民的姿首道:

  我们结局在裸体上,
  用树皮做了带。

他写农民的生活有下面的几行——

> 半开垦的土地,
> 家家都有一群孩子,
> 一生"杭育"地做工,
> 只有像车轮般的回旋。
> 库吉马不过一件汗衣,
> 伊凡赤身又赤足。
> 稻场上的鸟,
> 还较能好好地过活。

见了这样的生活,便这样咏出的他的心中,当然起了激烈的反抗与血的争斗。他又写他的革命思想道:

> 夜的郊野,火灾飞腾,
> 河的彼岸,凄其的钟声呻吟。
> 农夫的影子在雾里岑寂而幽微,
> 黑暗的小屋被红的火焰所围。
> 热的旷野,被干草的香气陶醉。
> ……

旷野的俄罗斯对于力强的、饥饿的民众,对于全世界,揭着燃烧在火里的赤旗。

这就是他的革命,但却不是无产阶级的社会革命,乃是农夫的揭竿而起。他在扰乱里看出农民生活的解放与救济的曙光。他被农村的悲痛的现实所牵引,因而愤怒、憎恶。他从扰乱里寻出救济之方,乃是当然的。

善写农民与农村的作家,还有勒耶洛夫与色绯利娜二人。

勒耶洛夫本姓士哥卜勒夫,以1886年生于沙马尔斯卡亚县麦勒克兹斯基郡洛维柯夫村的农夫家,于1924年12月24日因心脏麻痹死去。三十八年的短生涯中,他完全以一个无产阶级者而苦斗努力。他从十九岁时(1905)至三十岁时(1916),当了十一年的乡村小学教师。他从事创作,还是在中学校读书时。在1905年的彼得堡的小杂志《正气的报告》上,他发表了两种短篇,得了相当的佳评。1909年,用勒耶洛夫的笔名发表于大杂志《现代世界》。其后,自1911年到1912年间,在《俄罗斯的富》杂志上,发表了《灰色之日》《小学教师士德洛依斯基》等短篇,均取材于小学教师。此时他的小说,多发表于《为一切人的生活》与《为一切人的杂志》等杂志上。此外的著作有——短篇集《赤土》(1922)、《伟大的行军》(1922)、《丹昔金特面包市》(1923)、《在田园》(1923)、《现代文学里的农村》(1923),第二短篇集《人生的颜面》、《鹅鸟——天鹅》(长篇小说的断片,1923)、《谵言》(遗稿,小说)、《安德勒·尼耶卜育维》、《亲切的女子》(短篇集,1924)。

这些著作都是取材于农民生活的,大多描写现代的农村,被革命的波浪暴风所扰乱的农村,写1918年的饥馑饿死的农民。他不单是取材于农村,也把俄罗斯的黑土——农村与血结连在一处。他是和现代俄罗斯的农民共受苦难、共同战斗的作家。

色绯利娜女士与勒耶洛夫同是描写农村与农民生活的作家,但是她比较是无产阶级文学的。她与革命的精神一致、与共产主义的理想一致而描写农村与农民。她的农民文学是无产阶级的文学,可以确实地成立。她以1889年生于俄仑堡格斯卡亚县杜洛兹基郡的瓦尔拉莫夫村。1905年,卒业中学校以后,便独立自活。她最初的生活也是当家庭教师。1915年,在俄姆斯克市的地方图书馆做管理者,后做教育局的管理职务。在"十月革命"以后,她在俄姆斯克、俄仑堡、柴尼亚实斯克三市从事农民教育。她的文学上的表现,是在《苏维埃的西伯利亚》新闻上发表的一篇小品文,题名是《保尔希金的经历》,为当时的批评家所赞美,遂一跃而为第一流的女作家。此时,《西伯利亚的火杂志》请她著作,遂发表长篇小说《四个头领》,也为批评家所称许。其后,更作《法律的破坏者》《腐粪》等作,受了各新闻杂志的佳评。这些作品,曾有德、瑞士、意大利诸国语言的译文。她的著作集有1923年出版的《腐粪》(内收《四个头领》等五篇),1924年出版短篇集《青年》(内收《罪恶》等七篇)。此外,尚有未收入著作集的作品有《害的要素》,长篇小说《旅行者》(一部分),1923年的《知事》《工作日》《维尼勒亚》等作。

她常描写西伯利亚的农村与各地的小都会。她也描写革命,但她不以农民的暴动、扰乱为真正的革命。她描写西伯利亚的农村,但是她并不肯定如实的农村的姿态。她使农村与都会接近的农民与都会的劳动者亲密地提携，以求农村的正道及农民应走的方向。这就是她的劳农俄罗斯的新农村。于此，不闻诅咒文明的声音，种田不要用锄，应该用机械；不用农夫的手，应该由农业劳动者用电力去耕种。在这意味上，她极与共产主义的理想一致，与无产阶级的理想共存。她的艺术，是真正意味的无产阶级的农民文学；在她的艺术里面，暗示着农民文学的未来性的要素。她的艺术的表现形式是现实的、明朗的，多少是印象的，但没有夸张气。那形式是平凡的，与丰富的内容相称。

以上是现代苏俄文学中的农村与农民的文学的大概，自然没有详尽。在今后的苏俄，农民文学的名称，是不能存在的了。农民文学的成长，必向着色绯利娜的方向前进，但这已不能称为农民文学，已经是无产阶级文学。别的名称是无必要的。

农村是与都会共存的，农民是与劳动者同步的，因此之故，他们应有同一的文学。不久间，无产阶级文学的名称也将不存了。俄国的社会，为纯粹的无产阶级的社会所建设之时，则无产阶级文学只是当作"文学"而成立。至少这是理想，是应该走的当然的方向。

农民文学的名称，在俄国已经是过渡期的东西。耶塞林与克留耶夫是不用说的，如勒格洛夫（还有本章未能说及的皮涅克与依凡洛夫）等，已是过渡期的人了。农民文学到了色绯利娜才有新的发生，同时也与农民文学的名称隔离了。

现在的俄国农村，正与都会一致。走到尽头的农民文学，已变为无产阶级文学，正在苏醒的途程上。

第三章　爱尔兰的农民文学

第一节　爱尔兰的农民生活

爱尔兰农民生活的事实，是爱尔兰农民文学发生的原因。现就爱尔兰的农民生活，作简单的叙述。

爱尔兰农村的阶级，可别为地主（Landlords）、小农（Small farmers）——半无产农业劳动者、佃户（Cottiers farmtenants）——纯无产农业劳动者。农村中有一种中产阶级自作农（Yeomn farmer），在爱尔兰的农村是全不存在的。形成爱尔兰的脊骨的农民，事实上乃是佃户（Cottiers）。因此成为特权者与乞食的对立状况。

佃户（Cottiers）是纯无产农业劳动者，为重要的"爱尔兰的脊骨"，然而他们是半饿、半裸体、半死的阶级。这是什么缘故呢？考Cottierism 原为爱尔兰特有的佃户制度，它与东欧罗巴与中古时代的农奴制度（Serfdom）类似。唯爱尔兰的 Cottiers 不如农奴（Serf）之土著,这点二者有别。Cottiers 是无须资本家的农业者阶级(Capitalist farmer)的干涉,而得为雇佣契约的农业劳动者,即是能确保个人的自由。他们虽居于忍从苛酷的契约条件的不利的社会的地位,事实上却与农奴不同。

佃户(Cottiers)的生活极苦,一日只有一餐,所吃的是马铃薯与酪浆。可以说他们借马铃薯的皮以维持性命,他们烦恼于食物不足与营养不良。少许的马铃薯与酪浆,他们用作最有效验的医药。他们住的地方是泥涂的小屋,只有一个门户,炊烟常笼罩屋内。爱尔兰多盲人的原因,也许即在于此。他们家中所使用的器具,不过是煮马铃薯的锅、食桌、一两张坏了脚的凳子。自然没有床睡,他们睡在稻草上,与牛豕同居,和尘芥无别。

他们的生活如此悲惨痛苦的原因,就是爱尔兰特有的土地制度。他是政治的被压迫者,同时又是经济的被榨取者。因为在爱尔兰的土地所有者,是英人或者英人的子孙。那些地主不是农村生活者,有许多住在英国或打布林,一切的祸因便胚胎于此。

因为地主不在,就必须一个土地管理人;或以比较的廉价,长期租借于住在爱尔兰的人。因为这外住的习惯(Absenteeism)的结果,在爱尔兰农村产出了特殊的榨取阶级 Middleman(中人),即是土地管理人。他们从地主借得土地,在借给农民的期间,便竭力榨取,以图利息。尚有使弊害深刻的,就是"中人"不限一个;有几人介在地主与实际的借地人之间,他们使佃户负担高额的租金,较之他们纳给地主的贷金为重。

此种不必要的、有害的、寄生的"中人"的发生,乃是"外住的习惯"所促进的,此种"外住的习惯"更培植了竞卖制度(Canting System)。地主是不用说的,介在二者间的中人,除了一心榨取以外,对于土地改良是全不在意的。佃户借土地时,那土地常是不良的,他们不稍假地主的助力,独力改良土地,使之适应于栽培、耕作。地主与中人除了佃户不纳租金时强制征收以外,对于土地一概不管。但在佃户方面,也并不想改良土地,也没有改良土地的手段。因为改良土地,反使榨取阶级有了榨取的好机会,地主们对于好土地,故意把租金加重,仍是佃户吃亏;所以爱尔兰的土地荒废,是不能免的。

爱尔兰的农民常想逃避此种苛酷的生活,他们便到英国与苏格兰等处去耕种,可以得到较高的工钱。所谓自由农业劳动者(Spalpeen)就是这种人,是佃户沦落后变成的。他们在秋初时,便踯躅街道,半裸体、跣足,以赴工作的地方。但仍有吸吮他们的血液的人,名叫 Spalpeen Broker 的,向农场主兜揽供给 Spalpeen,俾能于中取利。他们以低廉的工钱与劳动者结雇佣契约,而向农场主支取较高的工钱,一出一入的相差甚巨,以肥自己的私囊。

农民除了地主、中人、劳动者中间人(Spalpeen Broker)等明目张胆的榨取者而外,更有乘农民的愚昧无知,借信仰的魔力,以麻醉他们,实施榨取手段的祭司。谚云"祭司的小指,较地主的腰重",便可想而知了。爱尔兰的人民都属于加特力教,对于祭司的报酬须纳赋税;还有,因为要维持祭司的生活起见,设立种种名目,强农民献纳金钱,有时至于榨取劳力。正如地主与中人的关系一样,祭司也有 Tithe farmer(代祭司收税者)为他们作伥。他们弄到农民一无所存,以牛、马、羊作抵,虽辛苦几年,要想取回这些东西,是没有希望的。他们还要收二镑抽二先令的手续费。

这种两重三重的榨取,便是爱尔兰农民生活的实况了。他们是永远喘息于贫困、苦恼的奴隶。他们是在层层黑暗世界里无可救援的浴血的羊群。

饥馑又屡屡惠顾爱尔兰,1845年到1846年间的饥馑尤其残酷。在1846年,只一夜的工夫,全国的马铃薯几乎枯死完了。马铃薯是他们的唯一的食粮,如今遇了荒歉,除了绝望以外是没有法可想的了。这时饿死的尸首累累,啼饥的不知有若干人。据曾经目击的人传说出来,实在是伤心酸鼻。

在饥馑之后,接着就起了阶级变动的社会现象。中产阶级沦为贫民,在爱尔兰不能生存的,都逃之他乡;但是悲苦的恶运仍紧紧地追随不舍,他们在渡航或上陆时都纷纷倒地了。这饥馑的灾害虽是普遍的,但受压迫最激烈的依然是贫穷的农民。

第二节 爱尔兰的农民作家

爱尔兰农民的悲惨生活,反映在文学里面。列举在下面的,可以视为农民文学的代表作家。

1.维廉·卡尔登(William Carlton),他以1794年1月生于普利斯克,是一个佃户的儿子。幼学于野外学校,十四岁时想当僧侣,离开家乡，不久又归来。十九岁时又出外，归来想做祭司。第三次出外，居基拉里，教农夫的儿子读书；后走打布林，袋中只有二先令九便士。后写爱尔兰农民生活的故事，投稿于 The Christian Faminer，是为他的文学经历的初步。因为他的穷乏，著作甚多，加特力教徒以他为背教者，时有非难。1869 年 1 月 3 日，故于打布林的近郊沙德佛。

他的作品有《野外学校》(The Hedge School)、《穷学生》(The Poor Scholar)，写他幼时的生活。《劳夫德格巡礼》(The Laugh Derg Pigrim)，记他第二次的旅行。《面影与故事》(Traits and Stories) 为描写爱尔兰农民最有价值的作品，是他的代表作，取材于他自己的生活与他的经验，抒写被虐待的农民的苦闷。《瓦伦太因》一作，写土地问题与宗教的争论。《流浪的罗德》(Rody the Rover)、《阿特·麻阔牙》(Art Maguire)、《懒惰的爱尔兰人》(Paddy Go Easy) 等作，则意在矫正国民的缺陷。他将爱尔兰农民生活的事实，传之永远。

2. 伯屈里·马吉耳(Patrick Macgil)，他明确地描写被压迫在近代资本社会组织下呻吟、困苦的农民生活，以 1891 年生于格伦孟兰。《死地之子》(Children of the Dead End) 一作，就是写他自己的身世与阅历的。他生于贫困的农家，在野外被驱使如同牛马。到苏格兰去劳动，更尝尽酸辛，在那里做苦力，所以有苦力诗人(Navvy Poet)之称。现在他是《伦敦日报》的记者。

《死地之子》是爱尔兰农民的悲痛的记录，他把农民被鞭打的生活状况赤裸裸地暴露出来。写生在寒村里的他莫特弗林，受了地主、高利贷者、祭司等的榨取，遂卖身于奴隶市场，从此过着苛酷的生活。

他加入了掘马铃薯之人群里,到了苏格兰,在那里做了浮浪人、苦力,为社会所鞭打。后来,他猛然地从地狱里求白日的光。此作与《苦力的自叙传》(*The Autobiography of a Navvy*)都是他的自叙。《鼠阱》(*The Rat Pit*)一作,以女子洛拉莱安为主人,她为家庭的贫穷与榨取阶级的淫威所逼,远适异域,后来竟陷于格兰斯哥地狱。此外,尚有《赤地平线》(*The Red Horizon*)、《大攻击》(*The Great Push*)、《格林莫兰》(*Glanmoran*)等作,均有一贯的特征,就是精密的写实,写农民被祭司等榨取的苦况与农民的愚昧。

3. 弗兰西斯·李维吉(Francis Ledwidge),他生于米司的斯南地方,做过食料店的店员、坑夫、农夫。大战时从军,与丹色尼(Lord Dunsany)同队。他的代表作是诗集《野外吟》(*Songs of the Field*),丹色尼曾为他作序。他是一个纯粹的农民诗人,具有清新的感觉、纯洁的情绪与健全的理智,讴歌自然、青春与恋爱。

爱尔兰的农民文学除了前述的三个作家而外,还有几个作农民诗的诗人,如王尔德夫人(Lady Wilde)、吉尔褒夫人(Lady Gilbert)、著《特里敏唐迪尼》(*Drimin Doun Dilis*)的瓦伊希(John Walsh)、维廉亚林干(Wm Allingham)、柯尔曼(P. J. Colcman)、麦哥儿(P. J. Mc Call)等是。

第四章　波兰与北欧的农民文学

第一节　波兰与农民文学

波兰与俄国一样,也是农业国,人口的过半数是农民。波兰的历史就是农民的历史,他们能够脱离俄国的宰治,农民的贡献最大。波兰的国情如此,所以伟大的农民文学的出现,乃是当然的。尤其在战乱与革命时,国民虽然离散,农民仍留在本国。复兴以后,使国家活动的力量,完全在农民的手里。因此之故,文学上的工作,每由农民以作成。在有这样的乡土与这样的农民的波兰,农民文学兴盛,是不必说的。就事实上说,若问现在的世界里,谁是农民文学最发达的国家,第一要数到波兰。

洛曼·德波斯基(Roman Dyboski)在他所著的《近代波兰文学》一书里曾说:"在19世纪的后半期,波兰的最典型的作家的作品,带着社会的色彩,而且描写社会的新兴阶级的农民。"由此种母胎与背景产生出来的波兰农民文学,大放光芒,更是理所当然的了。

第二节　农民小说家雷芒特

雷芒特(W. S. Reymont)的名称,自他得了洛贝尔奖金以后,便震惊了世界。他以1868年5月生于俄领波兰的一个村落里,出身贫家。因为他养育在充满爱国精神的家庭里,他怨嫌俄语,热烈地学祖国的语言——波兰语。读书时家里贫穷,曾被令退学数次,所以他未受完全的教育。以后他就开始了放浪生活,有时当电信技师,做农夫,又想去做僧侣以终生。他的青年的大部分,做了周游乡村的旅行演戏者,其后,做铁道的下级吏。他的处女文是1894年发表的《死》,初期的作品有《剧场的女子》《做梦的人》等。《剧场的女子》是从他做旅行演剧者巡回乡村时的体验产生出来的,描写戏子们的悲苦生活,以及围绕着他们的小商人的生活。《做梦的人》写贫穷的铁道服务员梦想富与旅行,其中的主人翁就是作者自己。其后他又做历史小说,《一七九四年代》以波兰失了独立的最后那年为材料,是他的历史小说的代表作。他又有《吸血鬼》《吃鸦片者》等作发表,使他在文学上的地位加高。他一生的作品很多,长篇就有三十篇左右。他的最有名的著作是1902年动笔的一部《农民》,做了六年才脱稿。因为此作,他得了洛贝尔奖金。以下略述这一部大作。

《农民》是一部长篇小说,共分秋、冬、春、夏四卷。德波斯基批评这部小说道,雷芒特非从事农业者的作家,竟产生了完全描写波兰农民生活的作品,虽是稀奇,然而在事实上,此作并非生自作者自身的体验,是由于文学家的深厚的同感,丰富的创造的空想力,由于温暖的观察产生出来的作品。原作描写围绕老农波尼那一家的人事与自然现象。因为有这部作品,使我们和现代农民生活的一切要素接触,见着了生存于土中的人们的生活的绘画。惨苦与悲痛、滑稽与嘲笑、恋爱与杀伐,以及一切人事,被大自然所围着,一一逐次展开在我们的眼前。读者见他对于农民的悲苦争斗没有什么主张,也许有人感着不满足,可是他的对于自然的眼睛是极锐利的。农民们怎样的受人事与自然的压迫,生活如何的苦楚,因而陷落在惨苦之中,他都一一地写了出来。

波兰除了雷芒特之外,还有好几个农民作家,如作《洛兹基溪谷》(*The Vale Roztoki*)、《从此砂地》(*From This Sand Land*)等的俄尔干(W. Orkan),与徐洛姆斯基(Stephen Zeromski)等,均有名于世。

第三节　北欧的农民文学

在北欧斯堪的那维亚半岛,特指挪威,农民作家是很多的,他们都有共通的北欧人的特质。产生北欧的农民文学的背景,是那漫漫的冬夜、奇怪的云雾、冰天雪窟、幽微的极光的闪耀、险峭的绝壁,产生传说(Sagas)的性情,等等。作家的共通的特质,就是从爱好自然的性情生出来的。北欧的自然和英国不同,是更冥想、更恐怖的,带着神秘的色彩。

从这样的自然背景中生出来的北欧文学——描写生存于此种自

然里的人们的农民文学,具有独特的色调与特质,是不用说的。

挪威的农民生活——在社会生活里的位置,和欧洲各国是很不相同的。其原因有二:一是从民族性、国土的特质来的;一是封建制度失败之故。挪威从古代到现在,历史上没有佃户制,农民全是小地主,是自作农。农民在国内不仅占国民的大部分,从挪威的历史上说,农民占了最重要的地位。这是他国所未见的,挪威特有的社会状态。历史家凯色(R. Keyser)曾说:"挪威的国民①,常为挪威国民的第一代表者。"农民在挪威就是国民的代称。再看挪威的古代史,说到挪威人就是说农民。国家的大半,不特是农民,支配阶级也是农民,国家是全由农民成立的。所以农民(Bond)这一个字,含有挪威人的自由与独立的意味。

总之,农民在挪威的位置,是居于他国所无的特殊地位。这是理解挪威的农民文学最必要的条件之一,也是农民作家频出的原因。

北欧的农民作家中,可举般生、哈蒙生、波以耳三人作代表,兹分述于次节。

第四节　北欧的三大农民作家

1. 般生(B. Bjornson),他以1832年生于挪威边境的一个小村里,幼年时读《英国的领港者》一诗,引起对于文学的兴味。1849年,入克尼斯恰里亚大学预科。1852年,做剧本,但未上演。1857年(二十

---

①"国民",疑为"农民"之误。

五岁时),做《战争之间》,上演于克里斯恰里亚,得了意料以外的成功。1857 年,作长篇小说《星洛夫·梭尔巴根》(Synnove Solbakkon),连载于克里斯恰里亚的报上。自此作公世后,便惹起世人的注意。后来,陆续发表《阿勒》《幸福少年》《渔夫的女儿》等作,声名愈高。1859 年时,他在戏曲方面施展他的才华,从正史与传说里得着材料,作《康斯冷》《希格尔特斯冷波之部》,作《苏格兰的玛丽·斯丢而特》。1873 年,作《婚礼》。至此,他的前期著作告一段落。1871 年,旅行各地,此时因受易卜生的感化,遂变了方向,作写实的近代剧。1875 年,遂有《发行者》《破产》等社会剧公世。1877 年,作《主》,解剖君主主义,遭保守派的非难,颇有名。后又作《马公希尔特》《甲必丹马沙那》。187 年①,作社会剧《勒峨那尔德》、喜剧《制度》。1888 年,作《弗届之处》。大部分都是受了易卜生的影响的问题剧。1894 年,有短篇集行世,其中收有《尘》《母之手》等作。1894 年,作长篇小说《阿朴沙洛姆的发》,写社会问题与妇人问题。1903 年,受洛贝尔奖金。1910 年 4 月,卒于巴黎。

他的农民小说,可用《梭尔巴根》《阿勒》《渔夫的女儿》《幸福的少年》等作做代表,这些作品都是由他少年时期的环境所产生的。他的农民小说和北欧的 Sagas 颇有关系。他从传说 Sagas 知道古代挪威农民的姿态。他将他和近代农民生活比较,以描出农民的姿态。他所描写的农民,是挪威民族的本来的姿态。在《阿勒》与《渔夫的女儿》等作里,他用细致的笔调描写北欧的自然。他不单是一个田园作

---

①原文缺。为 1878 年。

家,也是人生的教师、战士与预言者。

2. 哈蒙生(Kunt Hamsun),他以1860年生于挪威的古德朴兰斯·打耳村,是贫家之子。四岁时,寄养于洛弗俄登岛的叔父家中。十七岁时(1888年),做了船员,漂浪各地。他的幼年时代的惨苦,可以在他的大作《饥饿》里面看出。后来他到了美国,在那里做过矿夫、电车夫、屠户和其他的职业,但仍不能救他于困苦。此时他却不忘文学的修养,虽在贫困中,仍读书不辍。返故乡后,因事业失败,仍走美国。1889年,著《从近代美国的精神生活》。1890年,著长篇小说《饥饿》,反响甚大,遂在文学界占了确实的地位。后在1892年著《神秘》,1893年著《荒地》。所作小说与剧均显示特异的作风,现在已有著作数十种。他于1902年得了洛贝尔奖金,成为现在世界的文学家。

他的作品可以分为三期——

第一期 1890年到1910年;①

第二期 1908年与1909年;

第三期 1910年以后。

第一期是他和贫苦争斗时代的产物,战斗的色彩甚浓厚。

到了第二期,作品的奔放较第一期少些,有观察人生与自然的余裕。

第三期他已是一个胜利者,堂堂然耸立于艺术的世界。

农民作家的哈蒙生与般生比较起来,色调颇异。般生所写的人,常与运命争斗,结果常打胜残忍的运命。哈蒙生则不然,他所写的农

---

①原书即如此。

民,是被运命的波浪所簸荡的,使他不能不到所去的地方去。他描写农民的代表作品是1917年发表的长篇小说《土地的成长》,这是属于他的第三期的作品,较之他的初期的作品(如《饥饿》)对于人生与自然,能够沉着地观察。此作的内容由三十一章而成,描写未开垦的旷野住着一个人,他惨淡经营,度过许多困苦生活,结局造成一个社会。此人名叫依沙克,他在旷野里造了茅屋,从事耕种,完全过着原始人的生活。后来有一个名叫印加的女子来了,他们便组织了家庭,饲牛喂猪、耕种土地。他们溶化于自然之中,平和安静地过了几年。他们生了孩子,孩子渐渐长大。后来印加杀了她的有残疾的孩子,因此犯罪入狱。数年后出狱归来,她已和从前两样了,她染了都会的风气,把这风气带到旷野来了。此时他们的附近已有几户农家。向来只有"人间与自然"的世界,到了此时,渐渐有人与人的丑恶之争,恋爱、罪恶等的骚扰了。后来在村中发现了铜山,于是村里遂为"欲望的呻吟"所希望。依沙克如今暴发了,拥着广大的土地与金钱,用着女仆,印加的指上也宝光灿烂了。"罪恶"便乘机走到人间来。他们的一个儿子被诱惑到都会去了,他经过了"恋爱"与"罪恶"。此时,铜山不能像预料的有利,便关闭了,村复还到从前的静寂。依沙克成了老人,印加依然变作从前的纯朴的女子了。

3. 波以耳(Y. Boyle),他以1873年生于挪威的贫家,是女仆的私生儿。曾入陆军学校,后因受了哈蒙生等文学家的刺激,遂舍了做军人的志愿。后来便入漂浪的生活,有时做渔夫,有时经商。尝过许多苦楚的生活之后,遂执笔作小说,发表《世界的颜面》《说谎之力》《生活》《大饥》《港人的最后》《歌唱的囚人》等杰作,批评家称他为"北欧的莫泊桑"。

他的作品都是写他的生活的体验。《港人的最后》描写洛弗俄登岛渔夫的悲苦生活。以锐利的心理描写之笔作《说谎之力》。《大饥》是他描写农民的大作,原作的梗概如次。

> 在挪威的海岸边有一渔村,村中有少年名比亚·吐温。他是一个大胆的、顽皮的小孩,有时在船里和鲛鱼打架。他没有父亲,遭受种种的悲惨生活。后来到了都会,进工业大学,毕业后当了技师,到了埃及,事业成功,发了大财。回国以后,过着平和幸福的生活。可是他绝不以目前的境遇为满足,他被一个精神的"饥饿"所驱遣着。这事的结果,他和一个在旅中相识的富家女儿麦鲁耳恋爱,入了幸福的结婚生活。然而这豪华的生活、宏壮的邸宅、美貌的妻子、平和的田园,都不能够满他的意。他焦躁之余,就被钢铁(即科学)所诱惑,于是再去做技师,从事大工事。结果大蹉跌,失了财产,在肉体方面也陷于破灭,完全陷入乞丐般的生活了。曾做过尼罗河畔的技师的人,如今变作了苦于日常生活的打铁匠了。到了此时,他为"大饥饿"所充满,倒反入于平和的生活了。

这是《大饥》的梗概。他在此作里写"人生应该怎么样做"？在他看来,科学绝不是使人进步的东西,倒反伤害人类精神的久远的姿态。他否定科学与宗教,而赞颂人性的本然。

第五章　法国的农民文学

第一节　田园作家乔治·桑特

农民或农民生活表现在文学里面,是从19世纪初叶浪漫主义兴起以后。因为浪漫主义的运动,人类的感情得了解放,在文学的取材上,也得到了大解放,除了描写武士生活、僧院生活、宫廷生活而外,更扩充到平民生活的描写。如都市平民的生活、海上劳动者的生活、田野的生活等类材料,都是在浪漫主义运动以后,才在文学里面表现出来的。因为这缘由,农民与田野的生活,是到了19世纪才被写进文学作品里面。

在法国的作家之中,取材于田野生活的作家,便是乔治·桑特(George Sand)女士。她的幼年期、青春期、老年期,是在伯利(Berri)地方的郊野度过的。她以具有女性的慈爱与同情的眼光,绵密地观察那地方的田野生活的各样风俗、习惯与性格。她的富于慈爱、同情的心,对于贫困的农民的恻隐是很深的。因为她对于田园之美的思慕与热爱,对于农民的贫苦的恻隐,于是她遂成就她的田园小说(Roman Champetre)。

爱密儿·傅格批评她说:桑特的功绩,就是第一个把农民的姿态表现于法国文学里面。她的著作中,如《安吉保的面坊》(*Meunerie d'Angibault*)、《可爱的法德》(*Petite Fadette*)、《魔沼》(*Mare du Diable*)、《瓦仑泰因》(*Valentine*)、《蒋妮》(*Jeane*)等,都是有许多朴质可爱的农民的描写。《魔沼》一篇要算她的代表作品。这是一篇恋爱故事,写一个二十八岁的农夫吉尔曼死了妻子,有三个孩子,他和邻家十六岁的女郎玛丽结婚的经过。她写这忠实的农夫吉尔曼,不敢违抗他父亲的命,迟迟地走去和他父亲所选定的一个寡妇相会。在这短程上,他和那远出劳动、养活母亲的少女玛丽为伴,他与她已燃炽着爱。到了他会了寡妇回来,经过幻灭之后,他不能再忍耐了。作者在这里用美丽的笔调,抒写这个正直、朴素、勤俭的农民的心理,而以田园的美景作为陪衬,正如展开一幅图画。作者的观察之深刻与正确,可以在这一篇作品里看得出来。

她的观察不仅限于伯利地方的田园,每当她旅行的时候,她对于各地方的风景、风俗,尤其是那地方特有的人物、性格,必定留心观察。所以她在《昆亭妮姑娘》(*Mlle La Quintinie*)里,描写沙俄亚(邻近瑞士、意大利的山峡地);在《梅尔昆姑娘》(*Mlle Merquen*)里,描写诺尔曼底(法国北方的半岛,与英国相望);在《瓦尔维特》里,描写阿尔卑斯(有名的高山);在《一个少女的自白》(*Confession d'une Jeune fille*)

里面,描写普洛凡斯(接近地中海的南部一州);又在《洛希的琼》(Jean de la Roche)里面,描写俄维尼(近中部的南部的高原地)。她在这些作品里面,写出各样的纯真美丽的恋爱故事。

法国的田园,因为有1835年到1848年的桑特的著作,才被引进法国文学,在前文已经叙过。可是从现在看来,这种田园小说所有的内容,不过是田园赞美的牧歌情绪。因为这些著作的动机,是从桑特憎恶都会人的机智、嫌厌沙龙(Saloon)的戏谑、称颂田园的心理而来的,所以她所写的小河,无论何处,都是清流,鸟声总是悦耳,山丘总是葱翠;农民的心常是清澈,他们勤俭,他们的爱是纯洁的。这些不过是画面上的美而已。她虽从田野生活中得到主题,可是没有把自然的深奥与秘密打开给我们看。正因为这时正是浪漫主义时代,所以她如何去描写风俗习惯的各种姿态,是不难想象得到的。总而言之,桑特的田园小说,只不过是美丽的牧歌,缺少现代农民文学运动的意义。

但是不仅桑特一人如此,也不仅法国一国是如此,在当时别有社会的背景。原来18世纪后半到19世纪初叶所起的产业革命,把无数的田园劳动者引进工场。这时,家内工业中断,田园劳动者不得不舍弃朴素的手用器械,走进都市的工场里去。这些从田园移到都市去的人,与都市人协力,才完成了近代都市的建设。这些住在铁与工场所构成的都市的人,他们是从田园来的,如被逐的一样,失了故乡,苦闷于机械、喧嚣与煤烟;他们对于从前的住宅与田园,不得不引起无法可遣的思乡病,不得不思慕田园的自然生活。还有居住在都市的人,因为机械、喧嚣与煤烟的都市既已完成,也不得不憬慕那绿茵茵的田园了。

这种现象在德国便是"乡土文学"的提倡,在法国就是"地方主义"发生的有力的动机。19 世纪中叶的田园文学,根底上是牧歌的情绪,是田园的礼赞。

第二节　自然主义时代到大战以前

从写实主义到自然主义时代,文学作品中所描写的农民姿态有许多样式。不过作家对于农民的观察,也同观察其他的世人一样。虽有描写农民的作品与作家,但始终关心农民与农民生活的作家几乎没有一个,即是没有可以称为田园小说家或农民小说家的人。

从那始于巴尔札克(Honore Balzac)的写实主义到终于左拉(Emile Zola)的自然主义,其间有许多作家描写的各种各样姿态的农民。若要一一加以研究调查,自然是一种极有兴味的工作。现在只能就这个时期的一二作家,加以说明。

巴尔札克在他的四十册大著《人间喜剧》里面,描写人生的各方面的情景,网罗巴黎生活、军队生活、地方生活,以及其他的生活。其中之一,就是田园生活的情景。描写田园生活的共有三篇,就是《乡医生》(*Le Medecin de Campagne*)、《乡村的祭司》(*Le Cure de Village*)、《农夫》(*Les Paysans*)等。

《乡医生》是描写居住沙俄亚山峡的青年医生,把其地的人从农村的贫穷、愚昧、不健康的里面救了出来。他所描写的农村生活与农民,是因拿破仑时代长期战祸所受的贫困、疲劳与愚昧诸态。《农夫》一作,以法国古谚"土地为争斗的原因"为主题,原著的内容如下。

> 伯爵孟柯尔勒有广大的土地,营有壮丽的邸宅。其地的农民,羡慕伯爵的奢侈生活,渐抱反感。农民欲赶走伯爵,叫他离开他的领土,而据此广大的土地为己有。此计划竟见诸实行。但是伯爵曾为拿破仑的部下,他的顽固在农民的想象以上,于是开始了长时间的争斗。最初,正义属于伯爵方面,但是恶辣而多计的农民们,弄了许多法术,遂把坚固的孟柯尔勒伯爵的邸宅颠覆了。伯爵变了流浪人,逃往他方去了。

作者对于农民与农民生活,也并无特别的注重,不过用为作品中的人物罢了。

在巴尔札克之后,自莫泊桑(Guy de Maupassant)以降的许多自然派作家,他们描写农民时,把农民看作物欲极盛的怪物似的一种人。他们虽视农民为人,终于看他们为愚蠢的生物,为某阶级的利益计,他们是有罪恶的,如原始人似的暴虐人。如果在这些作家里面要强求一个值得注目的,只有左拉一个。他描写农民生活的,有长篇小说《大地》(*La Terre*),短篇中有《到田野去》(*Aux Champs*)、《洪水》(*Inondation*)等。

在 19 世纪末到 20 世纪初期,从文明史上看,正是资本主义文明的发生期与发展期,一切的文明组织,都在中央集权时代。文学也是如此,是网罗一切意味的都会文学时代。文学的领域是在首都,而不是在各地方。在中央都市文艺全盛的当时,便有主张探究发扬地方精神的地方主义文艺出现,可是这未必就是农民文学,只是对于现代农民文学的发生、长成,有重要的帮助而已。欧洲大战以前的法国地方主义文艺或农民文艺,可以看为大战以后勃兴的现代农民文艺的准备期。

以下略述大战前的几个重要作家及其作品。

第一个便要数到巴星(René Bazin),他以 1853 年生于巴黎西南地方,安吉友的乡村休格勒的附近。他除了冬天住在巴黎而外,一年的大半都在这地方度过。使巴星的名不朽的著作,就是那一篇《赴死的大地》(*La Terre Qui meurt*)。

《赴死的大地》里面所描写的,是被新的近代文明所压倒的,旧田舍农家颠覆的情景。这一篇的内容如下。

> 地主弗洛黎去了。服役于侯爵家多年的老农夫,名叫作妥桑·刘米洛。他有三个儿子、两个女儿。长子从前坐在运物的马车里面同爱人私语,跌了下来,成了残废,因此脾气最坏,动辄发怒。次子曾服兵役,归乡以后,因为以前染了军队的恶习,对于农夫的事务,不能劳作。加以过惯了兵营生活,是见了世面来的,现在来做这样劳苦的、不适宜

的工作，他想实在是愚拙。第三个儿子在亚非利加当轻骑兵，还没有回来。长女也并不是怎样优良的女儿。次女是一个很会做工的女儿，已经和她家中雇用的男工生了恋爱关系。刘米洛知道她与男工恋爱，不觉大怒，即刻把男工解雇了。这位极重家世的老人，断乎不肯把他的女儿嫁给男工。后来，次子因为挖土挖够了，喂牛也喂够了，便与长女出走；他去做了镇上的驿夫，长女做了咖啡店的女侍。发狂似的老刘米洛想要取回他们的心，驰着马到处跑，托人去说；又到侯爵的空堡里去申诉，都没有结果。如今他只有等待三子的归来了。三子归来后，老刘米洛才放心了。三子是能诚实做工的人，不过三子的心，也不能够永远系在自家的土地上。他想，自家的土地已经瘦弱了，要有好的收获，非得新土地不可。他说在美洲、澳洲，肥美的土地所在都有。于是，三子在某一晚上，也悄悄地离家出走了。现在留在家里的，只有老人与残废的长子、次女了。可以承继老刘米洛的旧家的人，只有次女一个，因为长子有残疾不能够结婚。老刘米洛想起绵绵不断的家族，将不能继承，他不觉老泪泫然了。他毅然地迎了从前赶走的男工，做他次女的夫婿。长子知道这事，他十分愤慨，又思念他从前的爱人。他以残废之身桌舟出走，在半途上力尽死了。

这就是《赴死的大地》的梗概。这篇小说，可算是19世纪末到新世纪初的农村的哀歌。

法兰西斯·嘉蒙(Francis Jammes)是比勒越山麓的一个诗人,他是自然诗人与土的诗人。他的作品的内容,是从朴素优雅的感情所歌唱出来的追忆、恋爱、神圣、自然与土地。虽然没有深刻地进到农民生活之中,但他对于农民自始就有同情与爱。他的代表作有《兔的故事》(La Roman du Lièvre)、《风中的木叶》(Feuilles Dans le Vent)、《田园诗人》(Poète Rustique)、《为两对结婚的钟》(Cloches Pour Deux Mariages)、《从朝晨的南吉拉斯到晚上的南吉拉斯》(De Langeleus de L'aude a Langeleus du Soir)、《春的丧服》(Le Deuil des Primevères)、《生的胜利》(Le Triomphe de la Vie)。这些作品都是以地上的劳动精神为根底,对于现代农民作家的影响很大。

纯粹的地方主义的作家有享利·波尔妥(Henry Bordeaux)与李勒·波勒夫(Rene Boylave)。波尔妥的作品里,常写家庭的拥护,他所取材的地方是沙俄亚。《家》(La Maison)、《小儿的新十字军》(La Nouvelle Croisade des Enfants)、《足迹上的雪》(La neige sur Les Pas)等,是他的代表作品。

波勒夫描写的地方,是安吉友(在巴黎的西南)的乡镇。《勒安士的妇人们的医生》(Le Médecin des Dames de Néans)、《一口粮》(La Becquée)、《克洛格姑娘》(Mademoiselle Cloque)是他的代表作品。

弗利德尼克·米士屈拉(Frédéric Mistral),是法国南部的自然诗人,他以1830年生于迈牙奴村。此村在普洛凡斯的丢南斯河与阿尔般山之间,那里的风景极佳。他的诗为拉玛丁所赞赏,长篇叙事诗

《米勒》(*Mireio*)与《加南代耳》(*Calendal*)是他的杰作。

第三节　大战以后与现代的农民文学

世界大战后的法国文学，发生了两种不同的倾向。一是越过地平线，对于远方的异国异民族，燃着热烈的好奇心的异国情调的文学勃兴。世界各民族的混入，与新利害关系的错综、言语风俗的世界的混合等，使这种好奇心燃炽起来。这派的代表作家为保尔·莫兰(Paul Morand)与瓦勒利·拿尔波(Larbaud)。一是当世界大风雨之际，欲得和平与安康。从这种要求，有许多文学家，注意国家、民族与土地，遂有农民小说(Roman rustique)与地方主义的小说(Roman regionaliste)的勃兴。

农民小说是纯粹地注意农民阶级与农民生活问题，专在这上面探求题材；地方主义的小说则为绵密地探求各地方的特性，由这特性去探讨自古发生的地方农民精神。这二者就广义上说，都可以叫作农民文学。在大战后发生的农民小说的作家与作品，为数甚多，现在列举重要的作家于次。

莫士勒(Emile Moselly)，取材于洛仑村落以作小说；他的作品的特色，在能叙述、宣扬洛仑地方的村落生活。《池里群蛙》(*Les Grenouilles Dans la Mare*)与《丝车》(*Le Rouet D'Ivoire*)是他的代表作。

路易·贝葛(Louis Pergaud)的《新村的人》(*Nouvelles Villageoises*)与《乡下人》(*Les Rustiques*)是可注目的重要作品，二作都是描写

他的故乡的。他又长于写动物的故事,如《从古比尔到马果》(*De Goupil à Margot*)就是此类的作品。《米洛的故事》(*Roman de Miraut*)则写一匹狗对于主人的爱情。二者都是地方主义小说的上品。

路易·里昂·马丁(Louis Léon Martin)的《杜凡希》(*Tuvache*)(别名《田园悲剧》,*La Tragedic Pastorale*)是一篇有趣的作品,写一个老农夫与他的家族的悲惨的运命。这篇的梗概如下。

> 田舍贵族沙尔旦夫人所雇的老农夫杜凡希,是一个做了工就吃饭、吃了饭就睡觉的好人。有一天,不知怎样见着街上走着的卖俏女,鬼迷了心眼,在稻草堆里和她相抱。不料被沙尔旦夫人看见了,就解雇了他。不仅这样,且把一切长短详告他的妻子,叫他的妻子舍了他,到自己的邸内来做工。他的长女阿格拉已经怀了情夫的孩子在肚里,暗中逃走了。他的家中只有次女耶玛为伴,可是不久耶玛就同一个恶少年逃到巴黎去了。到沙尔旦夫人的府第里做工的妻子,并不是一个好仆人。她乘夫人离家之时,偷了鸡去换钱来喝酒。有一天,她接着夫人的来信,就要转来了。她急于整理一向未曾收拾的府邸,时时喝酒,以振精神,竟喝醉落进池里溺死了。因为妻死的缘故,他的新主人又不用他了,他没有依靠,便投奔他乡。路上遇着风雨,他到普里翁奴城里去躲避。那一夜,城里忽然起火。消防夫看见杜凡希在

脸上浴血倒在地上的城主的身旁,便以他为杀人犯,[让他]被宪兵捕去了。后来知道城主是自杀,杜凡希不过进城去避难,[他]才被释放。他想去寻他的长女,后来在路上遇着了卖俏女,信了她的话,变了计划,去寻他的次女耶玛。在耶玛处得了一点钱,只得回来。他回来后,村里的人没有一个理睬他的,大家嘲笑他。他想申诉他的清白,大家都拒绝他。他无可奈何,便走进酒店去喝酒。后来沙尔旦夫人在她的果园里闲步时,在池里发见了操着手仰向着的杜凡希的尸首了。

沙儿·路易·非立(Charles Louis Philippe)的《沙儿·布南斜》(Charles Blanchard)取材于布尔奔的小镇,也是一篇描写农村的作品。

这一期最有名声的作家,不能不推重吉峨曼了(Emile Guillauman)。他以1873年11月10日生于法国中部阿尼耶郡的依格南村中,是一个很穷的农夫的儿子。他出了小学校,便到地上去做工,做那牧羊、打麦、碾粉的工作。到了成年,他曾度过军队的生活,后来回到故乡,便以半日执笔,半日执锄。他现在还健在,时时有著作发表,是一个纯粹的农民作家。他的杰作是《某农夫的生涯》(La vie d'un Simple)。除此以外,还有《布尔奔勒问答》(Les Dlalogues Bourbonnais)、《田野录》(Tableaux Champêtres)、《近大地》(Près du Sol)、《玫瑰与巴黎女子》(Rose et sa Pasisienne)、《田家的苦恼》(La Peine aux Chaumières)、《在布尔奔勒》(En Bourbonnais)、《巴卜栩斯与其妻》(Baptiste et sa Femme)、《包吉洛的企业组合》(Le Syndleate de Baug Noux)。

这时期描写田园恋爱的作品，有阿勒·波洛克（Enee Bouloc）的《仆人们》（Les Pages）、玛色尔·米尔凡克（Marcel Mirlvaque）的《土的美德》（La Vertu du Sol）。此外，还有约瑟·伯奎多的《我们的家乡》（Chez Nous）、《土块之上》（Sur la Glebe）、《理性的书》（Le Livre de Raison）等作。观察极透彻，构想也很有趣，善于描写炉边的生活，是动物与人间的细微的记录。

耶尔勒斯特·伯洛容（Ernest Pérochon）也是一个重要的农民作家，他以1885年生于名叫古鲁伊的小村里。目前他做小学教员，有暇便执笔。使他出名的作品是一篇《勒奴》（Nêne）。此作描写他从环境得来的，对于农民生活的理解与观察，以同情及爱而叙述。他的表现是毫无粉饰的单纯清洁，直接明晰的；他兼有现实感的深刻与艺术感的淳厚。他所描写的，是大战时与大战后的田野生活。这一篇《勒奴》，写的是农民生活的悲剧。原作的梗概是——

> 勒奴是一个贫穷农夫的女儿，已经到了可以出嫁的年华了。她因为要帮助病弱的母亲、弟妹及家计，她不得不到别的农夫的家中去做工。那农家的主人名叫米血耳，妻子死了，有一个名叫拉利的小女儿和一个刚才断乳的男孩子（名叫佐治）。米血耳雇用勒奴，有一半是为要她照顾这两个孩子。就年龄上说，已经到了可以做母亲的勒奴，她养育这两个小孩，便感受了母爱的强烈的自觉。她以母亲的慈爱去抚养小孩。同时，她对于主人米血耳，也施用她的热烈

的女子的爱。她的心中,已经有了和主人结婚的愿望。这种愿望现于表面,她对于小儿的爱愈加深切。不料她的愿望终于相反,近处的一个裁缝女名叫怀峨特的,和主人米血耳结了婚约。可以安慰勒奴的,只有对于拉利与佐治的母爱罢了。到了怀峨特嫁过以后,勒奴时和她冲突,又与主人米血耳相骂。后来,她终于舍了孩子,回转自己的家中。她的家中是很穷的,因为要帮助家用,她又要到别一个农家工作。她在中途,走在田塍旁,遇着她的前主人米血耳正在耕田。这时,她非走上前去问一声不可的,就是那两个孩子。米血耳告诉她孩子很乖,同继母也过得惯。这时,勒奴的嫉妒充满了全身。她想,米血耳说的话是不对的,孩子决不会把她忘记的,他们见了她,一定要跳着走近她的身旁来的。她有着这样的自信,她就走向米血耳的家中去了。等她走近米血耳的家里,怀峨特又辱骂她,孩子也忘记她了,并且又侮辱她。她绝望之极,就投身于近处的池内溺死了。

伯洛容除《勒奴》外,还有一篇《保护者们》(*Les Gardiennes*)。虽也带着悲剧的情调,但与前面所讲的一篇又有不同。《保护者们》的梗概如次。

这是大战时法国中部的小村落色尼利农家的故事。名叫米桑吉的农民,他的三个儿子都到战线上去了,留在家中的只有两位老人同一个女孩。他们要耕种三处的广阔的农场,在他们是很重的负担。因为人少的缘故,他们雇用了一个名叫弗南希奴的女子,来相助工作。她是从救贫院里出来的女子,是一个质朴、温和、能够工作、很有用的女子。有一天,第三个儿子得了假,从战场回来了。这青年的心,不觉被这温柔的少女所牵引。后来他再赴战场,时时有信寄来给她。自有(出)生以后到如今,从来没有和人间的温柔的心接触过的可怜的弗南希奴,一旦浴了意想以外的爱情,她对于佐治(即第三子)的恋爱,便燃炽着了。到了佐治回来,二人的恋爱关系便成立,并且不能分离。米桑吉的妻子(佐治的母亲),是一个墨守家名、财产、血统血族的传统的人,守旧而且顽固。青年男女间所发生的关系,在她是无论如何不允许的,她以为是污秽的。有一天,她带了佐治到火车站去,这时佐治看见家中有一个人匆匆地逃了出来,佐治便想那是弗南希奴的情人。母亲又劝他,与一个下贱的女仆、无依靠的孤女弗南希奴结婚,是家庭的污点。实际那个从家中跑出的人影,就是母亲安排好的把戏,有意给佐治看的。经过这一番波折以后,二人间的感情就破裂了。弗南希奴借一点事故就离开佐治家,以她的飘零的身,寄托在邻村里。这时她已怀孕,她想起将来的婴儿,她的心中渐有光明。她想将对于佐治未尽的爱情,捧献于未来的婴孩。此时佐治的母亲,已为他娶了妻子了。

这虽是一场悲剧,但结果却是双方圆满的。写农民与农村生活,鲜朗而明确。伯洛容确是一个出群的作家。此外,他还有《平野之道》(*Chemin de Plaine*)等二三作,都赶不上《勒奴》与《保护者们》。

除上述诸家以外,有波尔妥(Charles de Bordeu)者,善以忧愁的笔,描写他的故乡与在大战与社会的混乱下所发生的各种变化。他写土地的美德与爱的作品,有《俄斯他巴的骑士》(*Le Chevalier d'Ostabat*,取材于18世纪)、《最贫的生涯》(*La Plns humble Vie*,取材于帝政复古时代)、《爱的运命》(*Le Destin D'aimer*,取材于现代)诸作。

丹尼儿·赫维(Daniel Halevy)著有《访问中部法兰西的农民》(*Visites aux Paysans du Centre*)。这篇访问记,不是小说,也不是故事,文字并无什么润饰。由外观上看,不过是一种报告,一种记录的调查,然而内容却是极纤美的艺术品。原作的题材极富,随处添有优雅的诗歌。他写当时农夫的悲哀与不满处,是很有价值的。

以上已略述法兰西农民文学的大概,所列举的作家,都是比较重要的。他们的作品,有的是研究田园生活的现实以后的表现;有的是研究各地方的特色,由此特色,以讨探、阐明自古传来的地方农民精神;也有在政治、经济、阶级各方面觉醒了的农民自身的表现;更有从文学家的同情、理解,把现在及今后农民的思想、要求等,在文艺上表现出来的作家。在本章所讲到的,都是广义的农民文学。

第六章 日本的农民文学

第一节 农民文学作家长冢节

日本的重要农民文学作家,当推长冢节氏(1879—1915)。他是俳句作家正冈子规的门下,即是子规派的人。所作有和歌,写生文《烧炭夫的女儿》《佐渡岛》等作。《掘芋》是他的出世作。这时在日本正是自然主义兴盛的时代,他的《土》有反自然主义的色彩。他在当时不甚为人重视,直到现在才有人认识他的真价值。

他以明治十二年(1879)四月生于茨城县结城郡鬼怒川畔的小村里。幼入国生(村名)小学校,二十二岁时至东京访正冈子规,作俳句,从此开始他的文笔生活。他的代表著作《土》,自明治四十三年(1910)六月起,连载于东京《朝日新闻》。翌年,患喉头结核,疗养于根岸养生院。他曾与邻村的黑田真弓订有婚约,因患结核病的缘故,便将婚约解除了。病稍愈后,旅行九州各地。大正三年(1914),又病，入福冈大学病院。大正四年(1915)二月七日，卒不治。他的全部著作有东京春阳堂刊行中的《长冢节全集》，外有《土》《烧炭夫的女儿》《长冢节歌集》《山鸟之渡》几种单行本行世。

《土》以鬼怒川畔为舞台，写小农堪次与他的环境，写他的妻子阿品，女儿等人。对于四季的自然与村中农夫的工作，都以精细的笔调刻画出来。夏目漱石在序文里说："存在于他的乡土的自然，甚至于一点一画的细微，都具有那地方的特色，悉写在他的叙述上。"在他描写自然的超特与善于捉住农民姿态之点，现在的作家未必有人赶得上他。因为他长于作短歌与写生文，用这种笔调来写成的《土》，具有优异的特色，是不待烦言的。

第二节　最近的农民文学

日本最近的农民文学作家，可分两派：一为无产阶级派作家，一为"土的艺术"派的作家。

一、无产阶级派

这一派有中西伊之助的《农夫喜兵卫的死》《某农夫的一家》，都是优美的小说。前者以日俄战争为背景，写一个成了逐次工业主义、资本主义化的牺牲者的农夫喜兵卫和他一家人的运命。写喜兵卫的女儿做了一家的牺牲，卖身于京都的岛原；写女儿的爱人；写强奸喜兵卫的地主的女儿的无赖汉；写喜兵卫的儿子进宇治工场去做工等，情节极富于变化。《某农夫的一家》也是一篇优秀的作品,情节错综,与前作齐名。

高桥季晖的《农夫暴动》、小川未明的《人与土地的话》、加藤一夫的《袭村庄的波浪》等,都是著名的作品。

二、"土的艺术派"

此派以和田传、犬田卯、加藤武雄、五十公野清一、佐佐木俊郎诸人为代表。他们的作品,以描写土地、田园、农村为主,与前一派之含有阶级性者不同。犬田、加藤诸人组织农民文学会已有四五年的历史,以翻译外国的农民小说、创作农民小说、研究农民生活等为事业。

批评家里面有吉江桥松氏,对于农民文学的提倡颇有力。氏著《近代文明与艺术》《新自然美论》。前者的内容有:1.农民生活与现代文艺;2.农夫、佃户;3.《大地之声》等篇。《新自然美论》分两篇,第一篇论自然美观的发达,第二篇论近代文学里所表现的自然。二者是极优美的论文。

附　记

本篇参考下列各书写成,对于第一种尤多取材,特此声明。

[1]日本农民文艺会　编:《农民文艺十六讲》

[2]犬田卯、加藤武雄　合著:《农民文艺之研究》

[3]中村星湖:《农民剧场入门》

[4]白鸟省吾:《诗与农民生活》

[5]吉江乔松:《近代文明与艺术》

神话学 ABC

序

对于原始民族的神话、传说与习俗的了解,是后代人的一种义务。现代有许多哲学家与科学家,他们不断地发现宇宙的秘密,获了很大的成功,是不必说的。可是能有今日的成功,实间接地有赖于先民对于自然现象与人间生活的惊异与怀疑。那些说明自然现象与社会现象的先民的传说或神话,是宇宙之谜的一管钥匙,也是各种知识的泉源。在这种意义上,我们应该负担研究各民族的神话或传说之义务。

我国的神话本来是片断的,很少有人去研究,所以没有"神话学"(Mythology)的这种人文科学出现。在近代欧洲,神话学者与民俗学者辈出,从文化人类学,从言语学,或从社会学去探讨先民的遗物,在学术界上有了莫大的贡献;东方的日本也有一般学者注意这一类的研究,颇有成绩。我国则一切均在草创,关于神话学的著作尚不多见。本书之作成,在应入手研究神话的人的需要,将神话一般的知识,近代神话学说的大略,以及研究神话的方法,简明地叙述在这一册里。

本书共分四部分,别为四章。第一章说明神话学的一般的概念;第二章说明神话的起源及特质;第三章说明神话研究的方法;第四章则就原始神话内,列举四种,以做比较的研究。

编者对于神话学的研究,愧无什么创见。本书的材料,前半根据日本早稻田大学教授西村真次氏的《神话学概论》,后半根据已故高木敏雄氏的《比较神话学》,此外,更以克赖格氏的《神话学入门》(Clarke, ABC Guide to Mythology)为参证。西村氏一书为最近出版者,条理极明晰,所收材料也颇丰富,较之欧美各家所著的书,只各主一说者,对于初学更为有用,故本书的编成,大半的动因,还是在介绍西村氏的大著。

中华民国十七年(1928)七月十八日
编者志

第一章　绪论

第一节　神话学的意义

神话学这个名词,译自英语的"Mythology"。此字为希腊语"Mythos"与"Logus"的复合。"Mythos"的意义,包含下列几种:1.一个想象的故事;2.极古时代的故事或神与英雄的故事;3.如实际的历史似的传说着的通常故事。"Logus"则为记述的意思。由此二语复合而成的"Mythology",可以解释为:1.神话及故事的学问或知识;2.神话的搜集或整理;3.传说的书物等。

神话学家对于神话曾有各种的定义,施彭斯(Lewis Spence)著《神话学绪论》(*An Introduction to Mythology*)一书,最能简易地说明神话学的性质。关于神话学的职分,他曾经说:"神话学以研究及说明人类古代的宗教的经验、科学的经验之神话与传说为它的职分。神话学将光明投射在原始宗教与原始科学的材料、方法及发达上面,其故在多数的神话,都是企图说明物理现象(Physical Phenomena)及宗教现象(Religious Phenomena)。"

他又进一步说到神话与民间故事、传说的关系,他说传说学的主要的研究对象就是神话,此外虽也涉及民间故事与古谈,然这些往往与神话混乱在一起,为初学者计,把他们一一加以说明,并不是没有意义的,因说明如次。

1. 传说(Tradition)是故事的传承形式(Traditional Form of Narration),神话、民谭与古谈都包含在内。

2. 神话(Myth)是神或"超自然的存在"的行为之说明,常在原始思想的界限里表现,神话企图说明人类与宇宙的关系。在述说神话的人们,有重大的宗教的价值。神话又是因为说明社会组织、习惯、环境等的特性而出现的。

3. 神话学(Mythology)是包含各人种的神话组织(Mythic System)与神话的研究的科语。

4. 民俗学(Folk-lore)是研究原始时代的习惯、信仰、技术的残余物(Survivals)的学问。

5. 民间故事(Folk-tale)或民谭是有神话的起源的原始故事,或者纯粹的故事,及富于美的价值的原始故事。

6. 古谈(Legend)是关于实在的场所、实在的人物之传述着的故事。

通观以上所论,可知施彭斯氏是从广义方面解释神话学,下了"传说的科学"(Science of Tradition)般的定义。若就狭义说,则神话学是包含神话组织、神话研究的学问,它的近代的意义甚广,可以将它视为研究那包含在"传说"这一个科语里面的学问(传说包括神话、民俗、民间故事、古谈等)。

第二节 神话学的进步

神话学发达到今日的状态,费了二十几个世纪的长时期,在一切文化科学之中,是具有最古历史的一种。它的发生与成长的过程,与人类的心的发展的过程成正比例,给予后世的人以极深的兴味与暗示。现以施彭斯(Spence)、克赖克(H. A. Clarke)、兰(A. Lang)、泰娄(E. B. Tylor)诸氏之说为主,略说神话学进步的历史。

一、古代神话学

对于神话加以最早的批判的,是希腊的舌洛法(Xenophanes),他是纪元540—500年①时(?)的人,生于依俄尼亚(Ionia),曾流转至西西里,后住于南意大利的耶勒亚(Elea)。他对于当时流行的关于诸神的神话的观念,加以否定。他说:"神仅有一个,此神是诸神与人类间之最伟大者,他的身与心都是不朽的,对于一切,他无所不通,无所不思,无所不闻。"又论断说:"人把这样的神想象和自己一样,生而有声音体貌,例如叫虹作依尼斯(Iris),然此不过是一片云罢了。"他又说将神形视为人的人态神话(Anthropomorphic Myths),是古人的寓

---

① 当为前540—前500年。

言。因此之故，可以视舌洛法为寓意说（Allegorical Theory）的开山祖。

纪元前600年时的德阿格（Theagenes），他也将一切的神话视为寓言，他说希腊神话里的阿波洛（Apollo）、赫尼俄斯（Helios）、赫费斯达（Hephaestus）诸神，是各种形态的火，希拉（Hera）是气，波色登（Poseidon）是水，阿尔德米司（Artemis）是月，其他诸神是道德或智慧的拟人化。因此他的神话说在另一方面，可以称之为拟人说（Personification）。

此外，如亚里斯多德（Aristotle）以神话为古人的哲学的思索之表现，普鲁打哥（Plutarchos）则以神话为由假托的形而上的叙述，二者可以称为哲学说（Philosophical Theory）。

纪元前四百年时，有友赫麦洛（Euhemerus）倡导一种历史说（Historical Theory），他视神话为假托的历史，神虽是人，因为时间的经过与后世的空想，将他的姿态庄严化，遂变成神了。简言之，诸神就是由后人将他们神格化了的伟人。这种学说，经友纽斯（Eunius）的倡导，在古代罗马更成为通俗化。如友赫麦洛晚年的弟子勒克娄（Lc Clerc），则倡神话史实说，他说希腊神话是由古代的商人与航海者的日记编纂而成的。

到了基督教兴起以后，世人嫌怨希腊神话的不合理，非道德的，便施以寓意式的注释，起了使希腊神话正义化的运动。试举一例，如初期基督教的教父圣奥古斯丁（Saint Augustinus，354—400），他曾经从友赫麦洛的方法，修饰了希腊神话。

二、中世的神话学

在中世纪,没有产生值得注意的神话批评,那时的通俗的信仰,大家以为古代的诸神与女神都是恶魔生的。至少是因为基督教的出现,才叫他们赶退到地狱里去,他们是一种异教的偶像。这种考察,由一般的僧侣支持着,试看中世的唐禾色(Tannhauser)的传说,便可知道。

在文艺复兴期以前,古典的研究已有,其时希腊、罗马诸神,常与异教国的诸神混乱在一起,甚至于视他们与谟罕默德那样的宗教家同样。

三、18 世纪的神话学

到了 18 世纪末,从科学方面做神话研究的倾向还没有发生,虽然在 17 世纪到 18 世纪初叶时,写希腊、罗马神话的轮廓的书已渐次出版,但批评的精神完全缺乏。到了后来,批评的精神,渐次兴起,有普洛斯(Charles de Brosses,1709—1777)在 1760 年出版了关于埃及宗教的一种论文,述古代埃及宗教里的显著的动物崇拜,尚残留在近代黑种人间所有的宗教的行事里。1742 年有拉弗妥氏(Lafitau),主张残留于希腊神话里的野蛮要素,曾发现于北非洲的印度族里。他们虽把近世的科学方法应用于神话的研究,但是其余的人依然用旧来的方法。如班尼尔(Abbe Banier)者,将一切神话的研究,放在一个历史的基础上。布莱扬(Bryant)在 1774 年公表《古代神话的解剖》

(*A New System on an Analysis of Ancient Mythology*),在圣书之中,寻出神话的资源。可以注目的是谢林氏(F. Schelling),他首先说明国家的发达与神话的构成之间,是有关系的。克洛色氏(Creuzer)在《象征与神话学》(*Symbolik and Mythologie*)里说明神话是僧侣的学校,在象征的形式里,传承而来的此种秘密的智慧,从东洋来到希腊,变成了神话,所以在神话之中,古代的知识变作寓意的形式而包含在里面。此外,较此二氏更可注目的是缪勒氏(K. O. Muller)的《神话学序论》(*Prolegomena zu einer wissenschaftlicher Mythologie*),他主张说明神话,非说明其起源不可,主张实际的原始的神话与诗人、哲学家所牵强附会的神话是有差异的;将神话的材料返于原来的要素,非依从一种方则去研究不可。这种主张,恐怕要推为真实地将神话做科学的研究的最早的了。这种最初的尝试,的确是值得赞赏的。

四、言语学派(Philological School)

从19世纪到20世纪,神话学有了长足的进步,出现于其间的许多学者,互相论难攻击,一时呈现出盛茂的形状。现在简单叙述各派的主张与特征。

第一,可以注目的是言语学派,这派最初是试作言语的比较研究而成功了的,结果对于神话的研究起了兴味,遂至以言语学的方法去说明神话的现象。马克斯·缪勒教授(Max Muller,1823—1900)就是他们的指导者。他在二十三岁时从德国到牛津,从事翻译印度古代的宗教书籍,因为他的学力、精力与修养的广泛,在英国学术界,占了优越的地位。他的深邃的言语学的比较研究,渐次引导他到神话的世界。言语本为思想的钥,而神话组织本为思想的一形式,当然非由言语去规定不可;他主张神话是"语言的疾病"(A disease of language)。关于他的神话学说,可看他的大著:《对于神话学的贡献》(*Contribution to the Science of Mythology*),1897年版;《马克斯·缪勒论文集》(*Collected Works of F. Marx Muller*),1899年版及《自然宗教》(*Natural Religion*)第一卷。

据缪勒氏之说,神话的起源,应该是人类的直觉或本能占了势力,而抽象的思想还未可知的一种阶段,所以神话的用语常先于神话的思想。神话构成里的言语的特性,就是语汇的性(Gender)、一语多义(Polynymy)、多语一义(Synonymy)、诗的隐喻(Metaphor)等。神话须由言语始可了解,可是仅由言语,没有可以了解的理由。总括缪勒学派对于神话学的意见来看,神话是语言的疾病。

缪勒并非应用比较言语学于神话研究的第一人,在他以前还有赫尔曼(G. Herman)及其他学者,他们想由语原去说明神话;可是只集中精力于希腊语,没有得到所预期的结果。在比较言语学上置了基础,开用语言研究神话之道的,乃是弗郎士·波伯(Franz Bopp, 1791—1867),他同他的亲近的人,假定印度日耳曼语的语族,利用它来解释缪勒氏的神话现象。试举一例,他比较宙斯(Zeus)即周比特(Jupiter)之名,做成下列的公式。

(Diaush Pitar = Zeus Pater = Jupiter = Tyr)

据他之说,梵语的"Diaush Pitear"与希腊语的"Zeus Pater",与拉

丁语的"Jupiter",及古代条德尼语的"Tyr"是同一的,他这样地把语原研究应用于神话学,受当时学者的激烈的酷评,经了多次的辩论与答辩。

即在言语学派之间,关于神话与神话上的人物,也显出了不同的意见,于是就生出了三派意见。一是太阳神派(Solar School),此派的支配者为缪勒,他以为神话、民谭、故事无论哪一种,都是太阳神的表现,以神话为太阳中心。热心祖述这派学说的,有柯克斯(Sir George Wcox,1827—1903),在他所著的《神话学及民俗学绪论》里,他力说太阳神话的普遍。他集成世界的神话及故事,在他们尝试科学的研究这一点上,对于神话学带来了很大的贡献。二是气象学派(Meteorological School),此派主张一切神话里,雷电的现象很多。例如龙神与其他魔神,将善神与公主幽闭在天岩户里,此时有一英雄之神出现,斩杀他们,救出公主。这一段故事,就是说黑暗恐怖的雷云拥蔽了日光,遂有神出现,拂扫云雾。这气象学派的首领就是肯氏(Kuhn,1812—1881)与达麦司德氏(Darmesteter,1849—1894)。

五、人类学派(Anthropological School)

与言语学派对立的,是人类学派。这一派颇有占优胜之势。人类学派的神话学者在神话之中,寻见了粗野无感觉的要素。这要素,乃是野蛮的原始的社会里遇见的,如果在有教养的文明民众里寻见了这种要素,那么必定是从野蛮时代所受的遗产——即是,可以看作原始信仰的残存,这是他们的主张。他们主张的纲领可以简述如次。

1. 存于文明神话与野蛮神话里的野蛮要素与不合理的要素,乃是前进的文明时代里的原始的残余物。

2. 文明神话与野蛮神话的比较,即后代与古代神话的比较,往往使后者的性质明了。

3. 如比较广布着的各民族间的类似神话,则原始的性质及意义自然了解。

第三节　最近的神话学说

19世纪后半期到20世纪的今日,神话学的研究者正是踊跃的时候,各种学说接踵出现。其大体的倾向,可以说是人类学的。到了最近,将神话视为"历史的事实之原始的表现"(Primitive Expression)或"反映"(Reflection)的倾向渐著。现依次说明各家的神话学说。

一、泰娄(E. B. Tylor)

把科学的新原理应用于神话学说,安置"人类学派"的基础的人,就是泰娄。他逐次刊行的《人类古代史研究》(Researches into the Early History of Mankind,1871)、《原始文化》(Primitive Culture,1871),及《人类学》(Anthropology,1881)诸作,内容极明了正确,都是在人类学里划一新时期的杰作。他在《原始文化》里曾说:"那里有许多神话的群,搜集拢来的神话的数越多,则构成真正神话学的证据越多。横陈在坚固的解释的组织下的原理,是简单的。整理从各地搜集来的类似的神话,作成一大比较群,于是随心的方则以进退的想象过程之运转,由神话组织而明显。"泰娄的意思是说,须集许多神话,就其类似的集为群,否则不能有何等发现,不过仅刺激一个孤立的好奇心而已。他主张神话的科学的解释,应用实例的比较。

二、斯宾塞(Herbert Spencer)

斯宾塞氏(1820—1903)在他的名著《社会学原理》(*Principles of Sociology*)里发表了关于神话的意见。对于神话的起源,他提出了误认说(Misconception Theory),他说人类的心的状态使一切现象生活而且拟人化时,则堕落而陷于误认(Misconception),误认的唯一的原因就是语言。本来具有不同意义的述说,如人物的名字一样被人误解,因此原始人种渐渐相信人格化了的现象。此人格化的原因之一,就是因古代言语里面,有了自由的含着生命的缺陷。原始社会的人名,是由瞬间的偶然事件而来的,比如一日中的时刻、天气的状态,等等。现在某种部族,还有以曙光、黑云、太阳等作名字的人。如果有关于这些人的故事,经过时间的变异,名字便移转到物或事上,于是物与事就人格化了。这就是施彭斯氏的神话起源说。

三、斯密司(W. Robertson Smith)

斯密司氏(1846—1894)亦为人类学派之一人,在他的名著《塞米人的宗教》(*Religion of Semites*)里,他发表了关于神话的意见。他说:"在所有的古代宗教组织里,神话是从教义起的。有某人种的神圣故事,是取关于诸神的故事的形式,这些故事,单只是宗教的训言与祭仪的行动之说明。神话对于礼拜者不加什么制裁,也不施以什么强力,所以不能视神话为宗教的主要部分。"他的主张是,即使相信神话,绝没有负真正宗教里的义务之理,也不会起受神的恩宠的思念。因为神话是从祭仪而起的,祭仪不是起自神话,神话的信仰,虽随礼拜者之意,然祭仪则是不可免的义务。但是在神话里面说及诸神的行动的故事,可以把他看为宗教的重要部分。如果没有瞿昙的故事,佛教是不成立的;如果没有基督的故事,基督教是不会成立的吧。他又说:"古代宗教的研究,可自祭仪与传统的习惯为始,非以神话为始。"司密斯氏学说的缺陷,便也在于此,因为神话说明传统的习惯,同时也显示宗教的思索的原始。

四、安特留·兰（Andrew Lang）

使人类学派有力,普及此种学说,具有功劳的人,就是安特留·兰氏(1844—1913)。他的神话学的著述最初有《习惯与神话》(*Custom and Myth*,1884),其后渐次出版《神话祭仪及宗教》(*Myth, Ritual and Religion*,1887),《近世神话学》(*Modern Mythology*,1897),《宗教的创成》(*The Making of Religion*,1898)诸作,打破言语学派重镇马克斯·缪勒的学说。在《习惯与神话》里,他说明民俗学的本质,将民俗学与考古学同时研究。在《神话祭仪与宗教》里,论神话与宗教间的差异。《近世神话学》则为攻击言语学派,为人类学派辩护的著作。在《宗教的创成》里,发表他的反泛灵论。这四种著作在神话学界里占了重要的位置。

五、弗莱柴(Sir James George Frazer)

对于原始宗教学与神话学有最大贡献的,要算是弗莱柴的大著《金枝》(Golden Bough)。《金枝》是巫术①(Magic)与宗教之世界的比较研究,共七部十二卷。第一部讲《咒术与王的进化》(The Magic Art and the Evolution of Kings),此部由两卷而成;第二部只有一卷,题为《禁忌与灵魂的危难》(Taboo and the Perils of the Soul);第三部一卷,题为《消灭着的神》(The Dying God);第四部二卷,为《阿妥尼斯(Adonis)阿梯斯(Attis)俄西尼斯(Osiris)》;第五部二卷,《论谷物及野生植物的精灵》(Spirit of the Corn and of the Wild);第六部一卷,论《替罪羊》(The Scapegoat);第七部两卷,题为《美神巴尔德:欧罗巴的火祭与外魂之原理》(Balder the Beautiful: The Fire-Festivals of Europe and the Doctrine of the External Soul);第十二卷为篇外,即"参考书目与索引"(Bibliography and General Index)。除《金枝》外,弗氏尚有《不死的信仰与死者的崇拜》二卷(The Belief in Immortality and the Worship of the Dead),《旧约圣书中的民俗》(Folk-lore in the Old Testament)三卷,《图腾制与族外婚》(Totemism and Exogamy)四卷,及《赛克的工作》(Psyche's Task)一卷,《自然崇拜》(The Worship of Nature)皆为现代学术界所重视。诸作中最有力者仍推《金枝》,他的夫人白合(Lilly Frazer)曾将《金枝》通俗化,作成《金枝之叶》(Leave from the

---

①汉译由编者补入。

Golden Bough)一卷。

六、吉芳斯(F. B. Jevons)

吉芳斯的神话学说,可视为兰氏学说的祖述。他的神话学的著述有《宗教史绪论》(*An Introduction to the History of Religion*,1896)、《古代宗教里的神的观念》(*The Idea of God in Early Religion*,1910)、《比较宗教学》(*Comparative Religion*,1913)等,诸作中最可注目的是《宗教史绪论》,立论的明确与态度的严肃为一部分学者所宗仰。《宗教史绪论》里有《神话组织》一章论及神话,说明神话的意义,他说:"神话不是如赞歌、颂诗那种的宗教的情绪之抒情诗的表现,神话不是如信仰教条与教理一样是非信不可的事项的叙述。神话是故事,它不是历史,是关于神或英雄的语谈,它有两个性格:即是一方面是虚伪的,且又常是不合理的;在别一方面,神话对于最初的听众,视为无须证明的真实,如这样,又是合理的。……"他力倡神话非宗教说,他道:"……神话组织是原始科学、原始哲学;是原始历史的重要的要素,是原始诗歌的资源;可是断乎不是原始宗教。"

七、玛勒特(R. R. Marett)

玛勒特以《宗教入门》(*The Threshold of Religion*)一书著名,他倡泛精神论(Animatism),在神话学界开拓一新天地。

八、戈姆(Sir G. L. Gomme)

他是历史学派的重镇,著有《历史学的民俗学》(*Folk-lore as an*

Historical Science），于 1908 年出版，论历史、民谭与习俗的交涉。

九、哈特兰（Sidney Hartland）

哈氏著有《童话学》（Science of Fairy Tales），为现代科学丛书之一，于 1891 年出版。他检讨世界的传说，寻出它们的一致，再研究它的起源与分歧。他搜集了世界上的许多传说，分为若干类，如《仙乡淹留传说》（The Supernatural Lapse of Time in Fairland）、《天鹅处女传说》（Swan-Maiden）等，是其中的主要的部分。

十、哈里丝（Rendel Harris）

他著《俄林普斯的溯源》一书，研究希腊神话，为神话研究的实演的模范。他的研究法是经过祭仪以观察神的性质，由此以推神的观念之进化。

十一、爱略特·斯密司（G. Elliot Smith）

他著有《古代埃及人与文明之起源》（The Ancient Egyptians and the Origin of Civilization），说明他的埃及人种观。《古代文化之移动》（The Migration of Early Culture）一书，则记叙他的文化传播说。《龙神的进化》（The Evolution of the Dragon, 1919）、《象神与土俗》（Elephants and Ethnologists, 1924）二作，对于研究神话与民俗的贡献甚大。

十二、贝利（W. J. Perry）

他的神话学说，见于所著《印度勒西亚的巨石文化》（The Megalithic Culture of Indonesia,1918）、《太阳之子》(The Children of the Sun, 1923）、《咒术与宗教之起源》(The Origin of Magic and Religion, 1923）、《文化之成长》(The Growth of Civilization,1924)诸作。

十三、阿尔伯特·丘吉华(Albert Churchward)

他祖述Creuzer氏的学说,在神话学界中,开拓了象征一派(Symbolism)。他的著作有:《共济组合之起源与发达及人类之起源与发达的关系》(1920年)、《人类的起源及发达》(1921年)、《宗教的起源及进化》(1924年)、《原人的记号及象征》(1910年)等作。

以上已略述近代的神话学家,此外尚有梯耳(C. P. Tiele,1830—1902)、培因(E. J. Payne)、李纳克(S. Reinach)诸人,对于神话学界都有相当的贡献。

第四节 神话学与民俗学、土俗学之关系

关于神话学与民俗学、土俗学(Ethnography)的关系,在人类学学者之间,有种种的议论,兹择其重要者分述于下。

据施彭斯氏对于神话学的解释,有狭广两义。以神话学为讨究神话、民谭、古谈的学问,是狭义的解释;此外以神话学为讨究习俗、信仰、技术的遗形的,是广义的解释。就广义的解释说,神话学与民俗学的领域殆难分别。本来神话学是说话的学问,而民俗学则为行

为的学问,二者本为同元,可以由两方面下观察。将神话学与民俗学合并,称之为神话学,或称之为民俗学。就名称说,无论用哪一种都可以的,都可以看为研究原始人的思想及行为的科学。关于此二者的关系,神话学家戈姆(G. L. Gomme)曾说:"第一的必要是定义,在传说里,含有三个分科,如利用既成语去探讨这些分科的真义,则可以知道,神话(Myth)是说明属于人类思想的最原始的阶段或自然现象,或人间行为的。民谭(Folk-tale)较前者更进一步,它是保存于阶段的文化环境中的遗形,是取材于无名人物的生涯的经验,及表现于插话里的原始时代的事故与观念的。古谈(Legend)是关于历史的人物、土地、事件的故事。"戈姆氏此说,他以为此三分科是属于文化的三阶段,神话是遗物,民谭是残形,古谈是历史。此三分科不拘任何阶段,都属于民俗学的范围以内,但可以补助地用神话学来处理它们。如果民俗学把说话(即神话、民谭、古谈等)除掉,只取原始的习俗、信仰与技术的遗形,则民俗学与神话学的界限很是明了。施彭斯氏之说,较之戈姆的更容易了解。他说:"神话学是研究曾经活着的信仰的当时的宗教——即原始形或古代形的宗教。民俗学则是研究现今所行的原始宗教或习俗。据学者们的意见,神话学与民俗学殆视为同样。"他更说明二者的研究对象如次。

古代人的原始信仰 = 神话学的对象

近代人的原始信仰 = 民俗学的对象

原始人的原始信仰 = 神话学的对象

由此看来，则神话学与民俗学的差异便可明了了。即是说神话不是近世的宗教科学，是神话的科学，以原始人、古代、野蛮人对于事物本质，想象或思索的结果表现出来的宗教信仰，为它的研究的对象。神话学不是近世的宗教学，不是哲学，也不是神学。施彭斯氏视神话为化石(Fossil)，以民俗为遗形(Survival)，由此看来，二者的区别是明显的；不过二者都是以原始信仰为研究的对象，以二者合而为一也无有不可。

其次的问题，就是神话学与土俗学的关系。有人说民俗学与土俗学是一种东西，一般称为土俗学的，即是地理的与记述的人类学之别名，以前常以(Ethnography)一字译为人种志。肯氏(A. H. Keane)论土俗学道："土俗学在严格的意义上，与其说是科学，不如说是文学，是纯粹的叙述的东西。它所研究的是民众的特性、习俗、社会状态及政治状态等，体质的问题与血统不与焉。"据肯氏之说，则土俗学所研究的范围，有民众习俗的一项，且含有社会状态的一项。其所系甚广，以衣服、食物、住居、各种工艺、技术等为始，连宗教的习俗、传统的故事等包含于其中的也多。在一方面，神话学自然同民俗学生了密接的关系；他方面也和社会学、工艺学有交涉。土俗学既研究宗教与神话，所以神话学当然是土俗学的一分支，与宗教学、民俗学成立姊妹关系。他们都是"人类学的科学"(Anthropologic Science)中的一分科，试将它们的关系列表如下。

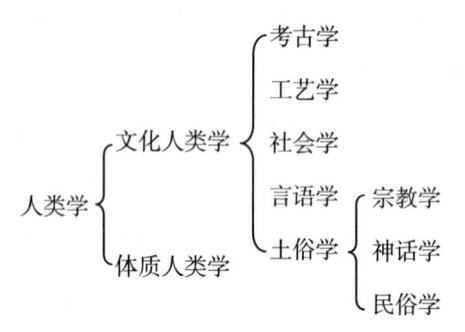

```
                          ┌ 考古学
                          │ 工艺学
             ┌ 文化人类学 ┤ 社会学
             │            │ 言语学   ┌ 宗教学
人类学 ┤                  └ 土俗学 ┤ 神话学
             │                        └ 民俗学
             └ 体质人类学
```

上表中的神话学与民俗学合并，可以成为一个传说学（Science of Tradition）。由此表看来，神话学与民俗学成为姊妹关系，二者又与土俗学有分合的关系，且又皆为人类学中的一分科。

此外，神话学又与宗教学、史学有关系，兹从略。

第二章　本论

第一节　神话的起源

亨利·伯特氏(Henry Bett)曾在原始人对于自然现象的解释里，研究自然神话的起源，为要证明这一点，他记出客夫族(Kafir)的一个智者与非洲旅行家阿卜洛塞(Arbrousset)的谈话："客夫族的一智者色克莎，对非洲旅行家阿卜洛塞说，我饲养家畜十二年，每当黄昏，便坐在石岩上思想。起身后想解答各种疑问，然而不能回答。我的疑问是：谁人造星？什么东西支持着星？水从朝至晚，从晚至朝，不断地流来流去而不疲劳，它们在何处休息？云自何处来，何处去？为什么降雨？谁送来了云？我们的神不送雨是确实的，为什么神制造那些东西没有什么计划，我们要上天去试探；因为用眼不能够看得明白。我不能够看见风，它是什么也不知道。谁叫风吹，叫风狂暴，来窘害我们呢？我又不知道树的果实怎样来的。昨天野外没有草，今天已经青绿绿的了。是谁把产物的智慧与力给土地呢?"自然,这一段话是代表野蛮人的程度高的一方面的思想的,是在未开化人中所不得见的思索的怀疑的态度。可是在发达的初期的阶段,那样的探究心,是因为要了解一切的谜而产生的怪幻的说明,这是明显的。伯特氏以为使神话发生的动因,乃是人间的探究心,这是神话起源观之一。以下再分述神话发生的因缘、构成等。

一、神话的胚子

关于神话发生的动因,学者有各种的说法,或说是空想(Fancy),或说是思索(Speculation),或说是经验(Experience),然而在人类的意识作用里,这些都是并行而在一起活动的,所以要在他们之间分出明显的界限是不容易的。

(一) 经验动力说(Theory of Experimental Factor of Myth)

此说为贝利博士所倡,他说,从旧石器时代的古时起,人类所有的观念,悉由经验而来,非由思索而来。人们对于自己直接有关系的题目,常加以探究。好奇心并不成为使人们无差别地对外界穿凿的原动力。其指导动力,乃是由于个人及社会的经验,即规定人间思想之形的两个经验,结合而供给出来的。他以经验为神话的胚子,故名经验动力说。

(二) 想象动力说(Theory of Fanciful Factor)

此说为泰娄氏所倡,他以神话的动力为神话的想象(Mythic Fancy or Imagination),此想象以关于自然与人生的实际经验为基。想象一语,看去似乎是自由无拘的,是诗人、故事作者、听众随意作成的,实际上是祖先以来传给他们的知识遗产。即是泰娄氏以发生神话的动力为基于经验的想象。他除以基于经验的想象为神话的动力而外,也以知识(Intellect)为神话的起源及最初发达的原因。结局虽以知识与想象二者,视为神话的动力,然其真意有知识的想象之意,故贝利氏之说,为想象动力说。

(三)思索动力说(Theory of Speculative Factor)

以上是泰娄氏对于自然神话所说的,他又特别有哲学的神话(Philosophical Myth)的命名,以其动力为思索(Speculation)。他说:"人对于他所逢着的事件,便想知道那事件为什么活动,又人所探索的事物的状态,何如为甲,何故为乙,有这样的愿望。此愿望非高级文明的产物,可视为有低级文明的人种的一个特质。即使在粗野的野蛮人之中,在不为战斗、竞技、食物,或睡眠所夺去的时间,他们都想有以知的欲望而得满足的要求。连波妥库夺(Botocuto)与澳洲土人,在实际的经验之中,也含着科学的思索之芽。"泰娄氏以思索为神话的其他的动力,故名思索动力说。

二、神话构成的机缘

以上已说过使神话发生的胚子(Germ),现在说到促进神话发生的机缘(Motive)。

(一)言语疾病说(Theory of Disease of Language)

此说为马克斯·缪勒(Marx Muller)所倡,他的意思以为思想与语言互相表里,二者常相影响,在二者互相反映之间,则陷于一种病的状态,这便给神话的发生以机缘。例如曙神依峨斯(Eos)一语,本为古代印度语的乌斜司(Ushas),乌斜司的语源为瓦司(Vas),有"照"的意思。依峨斯一语,实含有"照彼物""照他""照她"诸意。在我们看来,"曙"不过是晨光,或反映于云的太阳光。然而这种表现,则非古代语言组织者的思想。古代人组织了"照""光"(即依峨斯)等意味的单语之后,语言渐渐进化,便会表白出依峨斯回来了,依峨斯飞了,依峨斯归来了吧,依峨斯醒了,依峨斯强健我们的生命,依峨斯使我们老,依峨斯自海上升,依峨斯是天空的儿女,依峨斯为太阳所逐,依峨斯为太阳所爱,依峨斯为太阳所杀,等等语形了。若问这是什么缘故,就答是语言的疾病,这就是神话。

(二)泛灵说(Animism)

泰娄氏以神话的构成,在于泛灵说与拟人,即人格化(Personification),即是说原始人将自然现象视为有生命的,而赋予人格,他们视日月星辰与人同样是生活着的,且是有灵的。例如说太阳是男性,月亮是女性,月亮是太阳的妻子,由此以构成神话。

三、神话发生的时代

神话的构成,起自何时,是重要的问题。我们大略可以推定神话发生的时代,却不能知道仔细的年月日。神话学家对于这个问题,有四种不同的学说。

(一)泛灵时代说(Theory of Animistic Stage)

指泛灵说存在于一般人类的意识现象之时代,但也有学者反对此说,以为此时神话不能构成。

(二)多神教时代说(Theory of Polytheistic Stage)

吉芳斯氏反对泰娄的泛灵时代说,他断定神话产生的时代,在多神教时代,因为神话是原始人所有的多神的信仰的反映。

(三)诗的冲动发生时代说(Theory of Stage of Birth of Poetical Impulse)

此说为洛勒斯登氏(T. W. Rolleston)所主张,他说神话的构成,在于分布一般民众间的自然力或超自然力之共通观念,被要求表现的冲动所激动的时代。

(四)表情语言时代说(Theory of Stage of Gesture-Language)

丘吉华氏在《宗教的起源及进化》里,曾暗示神话发生的时代。他说:"神话、象征、数的起源,一切均应求诸表情语言的阶段。因为表情语言,是表现某种姿态的最初的式样。最古代的埃及象形文字,就是由直接表现或摹仿所得的。即在后代,象形文字尚当作指示的表意文字而继续存在,其字形虽已充分的发达,然自表情符号以至字母的进化过程,完全留着痕迹的。"丘吉华氏虽没有明显地指出神话的构成时代,但也可以暗示他的学说。

四、神话的发源地

关于神话的发源地也有各种的学说。神话是自发地产生于各民族间的,自然不能以一民族的神话作为准则。兹举出三种关于神话的发源地的学说于次。

（一）自发的发生说（Theory of Spontaneous Generation）或独立起源说（Theory of Independent Origin）

此说为泰娄与他同时代的学者所酿成，吉芳斯也是其中的一人。他们视神话为共同社会里的共通的意识，在各共同社会（Community）里，发生了各种的神话。神话是某时代的民众所有的神的观念之表现，因此各地方所特别信仰的神——即地方神（Local God）的观念，当然在各地方变成神话而表现出来。所以神话的发源是自发的、是独立的。

（二）神话传播说（Theory of Mythic Diffusion）

可是在非常远隔的两地，民众也没有什么交涉往来；他们却有结构相同的神话，这便不能用前说去解释了。例如魔的逃走故事（Magic Flight）、洪水故事（Flood Legends）、两头鹫故事（Double-headed Eagle）等，它们的传播区域很广，是不能够以独立发生说去解释的，因此有神话传播说。倡此说的，如克洛勃教授便是其一，他以为神话不能与文化史分离，可用同一的推理去论它。神话是从神话中心传播到其他末梢的，在不同的民众、不同的大陆，而有相同的神话的存在，便可证明神话的传播，与文明的传播相似。

（三）人心作用同似说（Theory of Similarity of Mental Working）

此说也是泰娄氏所主张的，他说异民族与远隔期域的神话一致，乃是根基于人心作用的同似。

五、神话的作者

我们对于神话的发生如已没有疑义，则可知神话的作者当然是原始人或野蛮人。文明神话虽较野蛮神话有若干的进步，但混有野蛮的要素。进步的神话的组织，也并不是属于程度怎样高的文化阶段。只是神话的作者果系什么人，对此问题，能下明确解答的人很少。我们不能承认神话是在一个时候由一个人作成的。它是经过长期的年月，是筑在多数人所堆积的经验上的，不知的世界之说明。克拉格曾论神话的生长说："神话如玉匠磨石造玉一样，不是一时成就的。正如樫实变作樫树，松实变作松树似的生育，神话是小种子渐次生长的。培育神话的土壤，是若干年代，若干年代以前的原始人的心。"这明明白白是说神话不是一个时候，一个人，在一个地方作成的。乃是，共同社会的共通意识，在不知不识之间凝成，成了定形，由共同社会的民众而语传的。

六、神话的内容

说明神话的内容，即是说明它的本质。关于这个问题，有下列各种学说。

（一）神话反映说（Reflection Theory）

对于神话的内容，有的说是空想，有的说是事实，有的说是事实的反映——即神话反映说。克拉格氏说："神话不是真实的，虽含有若干真实的要素；它们并非实际的真实，不过在作成他们的人，以为是真实的罢了。"这话的意思就是说神话是真实的反映。

（二）神话史实说（Historical Fact Theory）

主此说者以泰娄为最，他以为神话即史实，神话是人类生活的反映，是将人类生活放在时间的与地理的序位而叙述的历史。他分神话为两类：一类是说明自然现象或自然力的自然神话，他一类是说明人类社会生活现象或生活力的文化神话（Culture-Myth）。后者即是历史，前者说它是历史虽有多少的疑点，然古代人或原始人都将自然现象视为与人类同一，而将它人格化。对于它们的说明也没有离开人类生活。泰娄曾说："横亘在自然生活与人类生活间的类似是深而且近的，长久间为诗人哲学者所注目，对于它们的明暗、动静、生长、衰变、分解、甦生，在譬喻的形式或议论的形式，他们继续说出来。"由这话可以知道自然神话与文化神话的关系。神话无论是自然的说明或文化的说明，都是在人类生活的规范里，不能离开人生，所以神话是表现人类生活——即历史的。

第二节　神话的成长

神话在本来的性质上，一度发生以后，不轻易变化，虽是事实；但神话传承下来，从古代到现在，从一地到他地，从甲传乙，在继承、分布、传播之时，是要起多少的变化的，这就是"神话的变化"。在变化之中，便宿着神话的发达。神话成长的过程及衰亡，大略如次。

一、传承的种别与形式

神话在发生时的原始时代因没有文字，一切的传达全赖口传的方法。口传（Oral Tradition）对于传达的目的物，使它变化的动机很多,神话也不脱此范围。口传就是口头传述的意思,大别为三种。

第一,继承(Transmission)

从古代到近代,从原始时代到文明时代,取纵的方向沿时间之流而继承下去。这种继承,需要居中作介绍的人类是不用说的。时代既进,发明了文字,神话可以记录,口传的形式便中止,于是继承因以中绝。继承中绝,则神话便硬化而成化石,它的发达便停止了。

第二,传播(Diffusion)

从原始人到文化人,从古代人到近代人,由人传播开去。这样的传播是用口传,所以多变化,使神话陷于混乱的情形颇多。传播的广度与速度极大,从东半球到西半球,从石器时代的民众到金属时代的民众,以人为媒介,将时与地二者交叉着纵横地扩布。

第三,分布(Distribution)

从甲地到乙地,从一大陆到另一大陆,越野、越山、越海,以人为媒介,横的散布于地球的表面。

这三种的差别,以时、人、地三者维系神话的传承,但并非各自存在,三者常同时活动,神话的传承,因以到今日。今日的文化,是过去了的文化的堆积,今日我们的灿烂的世界文明,所负于过去祖先们的神话之处甚多。神话的传承在文化史上,有重大的职责,是极可注目的。神话之所以能传承,则全赖话术(Art of Story-Telling)。

二、变化的方则

神话的变化不能离开文化传播的方则。神话常受借用(Borrowing)与同化(Assimilation)两作用的压迫,而起变化。变化的形式虽有多种,可大别为异化作用(Dissimilation)与同化作用(Assimilation)二者;或别为自然的变化(Natural Change)与人为的变化(Artificial Change)。

自然的变化,是由于地理的环境一类的机械的动力,无意识的、无时期的所赍的变化。人为的变化,是因为社会的环境,例如政治上、道德上的目的,有意识地改变构成的变化。参与这些变化的是人,变化的动因则各不相同,其式样如次。

(一)地方化(Localization)

此为神话变化的一现象,时时遇着的。它的动因为地理的环境,给神话以部分的变化。例如传说中的天鹅,在某处变成了海豹,在某处变成了狼,或变为鸽、蟹、鸭、鹰,随各地方民众所亲的动物而变化。

(二)风土化(Acclimatization)

与前述的地方化相似,唯前者被化于风土;此则使驯化于风土,人间的意旨加进了许多。这种变化常与后列二种变化共同活动。

(三)统一化(Unification)

常因政治上的目的,起人工的变化。例如希腊神话不适于罗马人时,则改造使适合之类。当此时,本来神常与输入神一致。

(四)道德化(Moralization)

原始时代作成的神话,不适于新时代的民众,或觉不道德,则改造它,使它成为道德的。希腊神话以后的神话,时常遭受这种运动,使神话陷于混乱。如中古的僧侣及其他的神话解释者对于希腊神话的改造是其例。此种变化,有的人又称为合理化(Rationalization)。

三、发达与衰灭

神话的发达(Development)与神话的变化(Change)虽可同视为一,但亦可区别为二。即是前述的变化,是被起于神话传承间的外界的动因所刺激而起的。这里所讲的发达,是指神话本身所有的内界的动因而起的变化。故前者可称为外的变化,后者可称为内的变化。神话的发达史与宗教的发达史相似。只是神话不是宗教,不过是宗教的反映罢了。

神话的发达,可分为下述的四阶段。

(一)泛灵的神话(Animistic Myth)

在原始时代,他们说明人格化的神,以人格的存在为一要件。人格的存在是由泛灵观产出的,所以原始神话可以视为泛灵的神话。

(二)物神崇拜(Fetishism)

神物(Fetish)的崇拜是全世界的野蛮人都有的信仰,他们相信精灵或超自然的存在是寄托于某物的。如木、水、石等在野蛮人看来,都是精灵的住家。物神是从神发达而生的,但二者之间俨然有别。神是保护者,应允众人的祈祷;物神是专有物神的个人,是属于某部落的精灵。表现物神崇拜的物神神话(Fetishistic Myth),为数不多。

(三)图腾(Totemism)

这是神话中常常表现出来的宗教相。图腾是在传说上,与某社会群结合的动物、植物或无生物。这种社会群从图腾所得他们的群名，以一种图腾作为徽章。属于那一群的人，都以为自家是图腾动物或图腾植物的后裔，或亲属。因为他们与图腾之间有拜物的宗教的结合，于是图腾群的人，除了祭仪与一定时间之外，不食他们所崇拜的图腾动物。反映这种宗教姿相的神话，可名之曰图腾神话（Totemic Myth）。图腾神话很多，如罗马神话中的周比特与勒达的故事（周比特变为天鹅）便是其例；埃及的神都有动物的头，所以是图腾的。这种图腾神话，是反映古代社会宗教的生活的。

（四）多神的神话（Polytheistic Myth）

多神教是一种宗教相，信仰带有各样属性的、强大的一群神祇的存在，如埃及神话与希腊神话，便是把那些神祇所带着的属性与种别人格化的神话。

（五）一神的神话（Monotheistic Myth）

一神教是崇拜独一的神的宗教的阶段，它是从多神的信仰进化而来的。一神教的信仰常由一国传播他国，更进而至世界各地。如关于基督教的神的神话，便是表现这种过程的一神的神话。

以上五项，是神话的发达阶段。因为时代的进步，人类知识的增加，宗教的信仰也起了变化，如舍弃泛灵观与图腾制；从泛灵教至多神教，由多神教变为一神教，神话也与此相同，原始的神话已发达为文明的了。原始的被舍弃、被遗忘、被改作，或堕落而为民间故事与童话，不过仅存残骸而已。即是文明的神话，也到了被进步的科学的炬火所照的时候，它的黑暗部分，已非被照穿不可了。

神话的时代，已经是过去了，到了现在已成了化石，正如由人体化石以调查人类过去的体质一样,由神话(即人类过去的文化的化石)以研究人类过去的文化的日子已来临了。信仰的化石与知识的化石的神话,在很远以前已衰灭了,将它的残余留在民间故事与童话里。诚如泰娄氏之言,"神话的成长,已被科学所抑止,它的重量与例证正趋消灭,不单仅是正趋消灭,已经是消灭了一半,它的研究者正在解剖它"。换言之,反映信仰的神话,与宗教或命运相同;反映知识的神话,已让它的生命于科学而闭锁它的历史了。

第三节　神话的特质

神话是总称,分析之余,有关于诸神或英雄的神话,有关于自然现象或社会现象的神话。内容虽各不相同,但各种均有一共通点,我们由此可以知道神话的特质。神话的特质,可分为五。

一、人格化(Personalization)

表现在神话里的主人公必须是人格化,这是神话的第一特质。神话里所叙述的主人,不管是神祇或英雄,都必须是拟人的,他们有人格,即是人间实生活的反映。所表现的人格虽有差异高卑,但乃是社会的反映。希腊的诸神,反映希腊民族的思想;克尔特(Celt)的英雄,反映克尔特族的生活。因此,低级的原始民众的神话,反映原始社会;高级的文明民众的神话,反映文明社会。希腊的神话,与澳洲土人的神话是大相径庭的,其原因也就在于此。这种差异,造成它们各不相同的神话,与他们所保持的社会文化程度相应而产生。不问程度的高低如何,他们所语传的神祇与英雄,所经过人格化的观念则如出一辙。这种人格化是根基于原始人胸中所宿的有灵的心状(有灵的心状即是使神话发生的动因),因为他们视一切为有灵,便将一切视为有人格的存在。

二、野蛮素(Savage Element)

野蛮的要素即非文明的要素的意味,意指许多不合理不道德的分子,包含在神话之中。不拘是述神祇的故事或述英雄的故事,神话总是在原始时代作成的,纵令有些是在文明时代由文明人语述的,但在文明人,那神话也是从祖先(自然人)所留下来的遗产(Legacy),所以神话里充满不合理的、野蛮的观念,是当然的。神话的野蛮素,毕竟是神话时代的社会生活的投影,因为要探究投影于神话的实物,遂可视神话为原始社会生活反映于诸神及英雄之物。包含在神话里的野蛮素,据马克斯·缪勒氏之说,他以为是"一时的发狂时代"(Period of Temporary Madness),这时代是人类的心所不可不经过的,即是原始人的一种幼稚的心状。施彭斯氏则以为野蛮素是野蛮人及无教育者所有的"小儿的性向"(Child-Like Propensity),吉芳斯以为是一种"未熟的心"(Immature Mind)。这两者都是原始人所有的原始心状,在制造神话的时代,语传神话的时代,没有人以为是不合理或者野蛮,大家承认、首肯、传承,成为一个或一个以上的共同社会的共同意识。这种意识状态,绝不是异常的,也非变态的,是通常的而且正则的。

三、说明性(Explanatoriness)

神话的第三个特质就是有说明性。围绕原始人的自然与人,及他们所见闻的自然现象与社会现象,在他们都引起了惊异与注意,继而成为发生疑问的原因。惊异注意等意识作用,当然成为疑问,占据在他们的脑里。是非解答不可的,解答即是说明。原始人与小儿同,他们对于许多的"何故",加以解答,造了关于星与动物等的故事,把故事在村里的会所或火炉边述说,以安慰他们黄昏时的寂寞,对于不能说明的各种现象,都加以简单而富于兴趣的说明。

四、形式美

形式美是神话的第四特质,是指表现的方法,适合美的定则之谓。神话的表现形式在于谈话(Telling),虽是散文体,但并不是平铺直谈(Straight-forward Prose Talk),乃是多少有节奏、有旋律之韵律的谈话(Verse Talk),谈话有它的整然的调子(Intonation),若无调子则不便记忆,也不足以感动听者。这种韵律的调子,就是形式美,为神话的特质之一。

五、类似相(Analgousness)

世界上有若干的民众,他们各有各的神话,神话的种类虽多,但探讨它们加以比较,便能发现一种神话与其他的完全类似,这便是类似相,为神话的第五特质。神话里有类似的缘故,其原因在于近世文明的进步,科学的光芒,照射到世界的暗隅,无论怎样远隔的低级民众神话也可以知道。比较的材料,在数量上扩大,由于充分比较探讨的结果,便知道神话中的类似。至于问到各地的神话何以会相似,则有二说。

一为人心作用同似说,因为原始人的心状是同一的,在同一时代,有同一情节的故事,在这里那里被造成功。二为传播说,神话由中心地移传到别的地方。传播以后,经过长年月,有的被侵蚀,发生变化;有的仍有永久的生命,所以相似。

以上是神话的五个特质,再简括言之,就是——"神话的发生过程,是因野蛮时代,说明疑问,将主题人格化;用美的形式传述,殆全无变化地传播各地,在这里都可以看见类似的神话"。

第三章　方法论

第一节　序说

一切的学问是由研究而成立的。学问的研究,又需要一定的对象。对象的研究,有一定的方法,对象与方法足以规定学问的职能。神话学一科,也不能离开这个范围。前面第一章已讲过神话学的研究对象与职能,第二章已探讨神话的发生、成长,从历史上去考察。现讲方法论,说明神话学研究的态度与手续。

神话学的研究对象,虽以神话为主,尚应以民间故事、古谈、习俗等做副材料。用什么样的方法去搜集材料,就用什么样的纲目分类,以怎样的态度研究,说明这些,就是本章的目的。具体的研究方法,可以分为三种。

1. 材料怎样搜集＝搜集(Collection)的方法;
2. 材料怎样分类＝分类(Classification)的方法;

3. 材料怎样比较＝比较(Comparison)的方法。

上列三种方法是等价的,分述如次。

第二节　材料搜集法

神话学的研究材料,应以神话为主。神话是神话学的核,它有时不是独立存在的,是与民间故事、古谈、习俗等共存的,即使不共存,也常立于相互感化的位置。神话学的材料,可用下表显示出来。

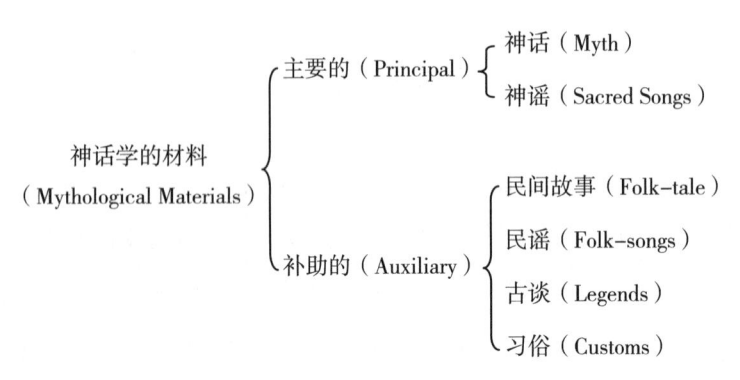

神话学的材料（Mythological Materials）
- 主要的（Principal）
  - 神话（Myth）
  - 神谣（Sacred Songs）
- 补助的（Auxiliary）
  - 民间故事（Folk-tale）
  - 民谣（Folk-songs）
  - 古谈（Legends）
  - 习俗（Customs）

以下便依照这秩序,说明材料搜集的方法。

一、主要的材料

神话的搜集是很困难的,对于在某时代已用文字记载的,应该尽量搜集,勿厌重复。因为本源与分歧的关系,在许多场合,是在重复之间看出来的。属于这种的,称叫成文神话(Myth Written),文明的民众,大抵都有的。只是它们有"统一的"与"非统一的"之别。有统一的称为神话组织(Mythology)，非统一的单称为神话(Myth)，这就是二者的普通的区别。如希腊神话就是丰美的神话组织，日本神话则仅为神话。当搜集材料时，无论哪一种，都应该采取，不管它的价值如何，只要数量多。数量多是搜集的第一秘诀。不成文神话(Un-written Myth)，流传于山僻的无文字的人间，时含有多量原始的价值，以直接从民众的口里采得的为正确；否则也可由旅行者或民俗学者们间接取得。搜集的第二秘诀是"正确"。

神谣是赞歌(Hymn)与关于诸神的行动属性的歌谣之总称，有记录的与口传的两种。这类的搜集法与神话同，最便宜的方法是当祭礼仪典举行时，到神社去采集。搜集的第三秘诀是"时"。

二、补助的材料

1. 民间故事是起源于神话的，是在文明民众之间，照原始的残存着的传说。以未经记载的为普通，搜集时极感困难，——直接采集更不可能，以嘱托各地的有志者搜集为便。近来各国都有专门的杂志，又见于随笔、纪行文、地志、指南等，广泛地涉猎这类的书籍杂志，是很要紧的。但不必定要现存的，在最近的过去所记录的也可采用。搜集的第四方法是"亲切"。

2. 民谣虽没有民间故事有用，但它的譬喻等原始的表现，可以助神话的说明，可当作补助的材料使用。这种有原始的价值的东西，已经大部分被采集了，山间海边也许还有遗漏的，以尽量地多搜集为妙。民谣是很简单的，有时只不过存留断片，也有意义难解的。应从各地采集。搜集的第五秘诀是"广泛"。

3.古谈在各地大抵有一两种传述着,无论关于土地的也好,关于人物的也好,只要是关于实在的事物,就应无好恶地搜集。古谈虽是琐絮的,但有时可借以知道未知的历史的事实;或者已知的历史的事实被它消灭的,当搜集时、选时不可加以好恶之感。搜集的第六秘诀是"公平"。

4.关于习俗,在这里本可不讲,兹略加说明。这里所谓习俗,是指行于民间的,或曾经行于民间的共同习惯(Common Usage);造成它(或曾经造成)的动因,是信仰(Belief)或迷信(Superstition),由传统力(Traditional Force)而存在(或曾经存在)之物的总称。严密说来,如加以形容词就是传统的习俗(Traditional Custom)。神话学的材料以说话为主,神话虽占主要的分子,但除当作补助分子的民间故事、古谈之外,如采用与说话有姊妹关系的习俗,也是应该的。神话是过去的文化,是生活的历史,这种神话因为忘却或遗失而远于理解时,习俗可以作引导它们到理解之用。

习俗的搜集以部落为一单位,一部落之中,有习惯特异的家族,他们常常对于特殊历史的存在之证明极有益处,因为可以帮助被忘了的神话之说明,应该用绵密的注意去调查。值得调查搜集的习俗,不单仅是宗教上的定期的行事与临时的行事,凡显示一般社会关系的,应尽量多搜集。有时在细微的物事之中,含着无限的历史的意义,因此不宜加以轻率的批评。关于事物的生活式样,不拘什么,应详细记录,或者摄影以期无遗漏。搜集的第七秘诀,便是"绵密"。

除上列四种之外,可搜集的补助材料尚多,极端说来,人间生活的一切,都可以作神话学的研究材料,可不必列举。其中如童谣(Nursery Rhymes)、童话(Nursery Tales)、谚语(Proverbs)等,传统的很多,常具有神话的起源(Mythic Origin),可以搜集,作为神话研究的补助材料。

第三节　神话分类法

既已搜集材料,则应依据一定的标准,一定的手续,适当地处理它们。适当的第一处理法,就是分类(Classification)。若分类不得法,则所搜集的材料是死的。神话的分类是极困难的问题,有时失之烦琐,有时失之概括,兹分类如下表。

神话分类法
- (一)地理的(Geographic)
  - 一般的(General)
  - 特殊的(Special)
- (二)历史的(Historic)
  - 原始的(Primitive)
  - 文明(Civilized)
- (三)本质的(Substantial)
  - 自然的(Natural)
  - 文化的(Cultural)
- (四)题目的(Thematic)
  - 无机的(Inorganic)
  - 有机的(Organic)

兹照上表的秩序,加以简单的说明。

一、地理的分类

地理的分类,是不拘神话的内容如何,悉从地理的分布而分类的方法。一般的神话,是指世界总体的神话之意,亦即世界的(Universal)之意;特殊的神话,是由国家或民族区分的,如德国、日本、印度、波斯的神话等是。一般的神话是发现类同以求进化原理的"一般神话学"或"比较神话学"的材料。特殊神话是研究神话的进化过程的"特殊神话学"或"国民神话学""民族神话学"的资料。二者的差别,在于地域的区分,本质上无何等差异。均可供研究异同的资料之助。

二、历史的分类

前者是横的分类(Lateral Classification),此则为直的分类(Vertical Classification)。即是不注重神话的分布与题目,依神话发达之历史的过程,以究文化进步的阶段。第一种为"原始的神话",已发生而尚未长成的神话均属之。原始神话又名野蛮神话,若尚未聚集各个体以成有体系的神话群(Mythic Group),也可称为"独立神话"。此种神话,是单独的神话,未成为神话组织。它是当作一个神话存在的,所表现的不过民众生活的一部而已。文化价值之少,是不用说的。可是原始神话为一切神话的基础,无论什么神话组织,非一次通过此阶段,则不能成为有体系的,所以将它当作神话的基础的材料,是有用处的。第二种是"文明的神话",这种神话在发生后已充分成长,不仅失其原形,其各个体生了相互关系,成为一个神话群,所以又可以称为体系神话(Systematic Myth)。独立神话显示古代社会、古代宗教、古代知识的一部分,体系神话则显示它们的全部。文明神话较之原始神话虽是伦理的、合理的,但也包含着若干的非伦理的、不合理的要素,神话的进化过程,借此可以阐明。即是文明神话,不单只是反映它们所作成的比较的高级的古代社会,也反映自低级社会到高级社会的过渡的途程(Transitional Course)。

探讨希腊、罗马、印度等有体系的高级神话者,是为高级神话学(High-classed Mythology),反之,探讨如南洋、南北美[洲]、澳洲等处土人的无体系的低级神话,是为低级神话学(Low-classed Mythology)。从神话学的价值看,在近代的一点上,以低级神话为基础的神话学,较之以高级神话为基础的神话学,更有意义。神话学的最近的倾向,可说是以野蛮神话为主要材料。

三、本质的分类

地理的分类(横的)与历史的分类(纵的)相交,是为本质的本类,即纵横相交的十字分类(Crosswise Classification)。以神话的本质为准则,可分神话为自然的神话(Nature-Myth)与文化的神话(Culture-Myth)二种。自然神话或称天然神话,是为说明自然现象或自然力而作成的故事。原始人最先所惊愕、怀疑的,是围绕着他们的自然。他们对于蔽掩于上的穹隆状的天,与虽有起伏而大抵为平地的大地,与及二者之中的人,思索这些的关系,由此疑问便产生自然神话。他们以天为父,以地为母,人是二者的子孙,此三者的疑问已解决,于是第一种的神话便成立了。他们的观察更进,至于动植物、日月水火、降雨、吹风、地震等,他们无不想解决这些的因果,由此更产生各种的自然神话。

文化神话亦称人文神话,此种神话,是因为说明人类的精神力,或其作用的社会现象而起的;是古代人对于一切生活式样的起源进化的解释,具体地表现出来的。自原始以来,人类不绝地努力,他们使用的共同生活里所享受的幸福与安定的方法,渐次进步,他们忘记了这种过程,对于社会的习惯与制度起了疑问时,便想解答,其结果便生出了文化的神话。例如人何故产生,何故害病,何故结婚,为何有帝王,为何有奴隶,这些关于人间社会生活的疑问,起伏于他们的胸里,遂尽能力所及,努力企图解答。因为他们没有抽象的观念,一切的说明,都非具体的表现不可,因此便产生了许多的文化神话。

四、题目的分类法

这种是以主题(Theme)为主的分类,可别为无机的神话与有机的神话两种。前一种,是用一切的无机物为主题的神话,存在宇宙间的有定形(或略有定形)的矿物,不论石也好,岩也好,金属也好,一切均包含于此分类之中,如天、地、海、河、雷、雨、云雾、风等现象,也包含于其中。后一种,是叙说一切有机物的神话的总称。从有机物成立的,有成长、生殖、运动及感觉机能的一切生物的神话,都包含于此分类里面,动植物不用说,关于人类及社会现象的神话,也包含其中。

五、神话分类的二三例

神话的分类虽有一定的形式,但可以看出若干的共同型,兹举例如下。

第一例 见比安其教授(G. H. Bianchi)的"希腊与罗马的神话组织",此例是依特殊神话学,以神为主体的分类。

第一部 天地开辟及神统

第二部 诸神

俄林普斯诸神

海及水诸神

天上及下界诸神

家及家族之罗马诸神

第三部 英雄

人类之创造及原始状态

地方的英雄传说

英雄时代后期的事迹

第二例 此例是以情节为主的分类,为哈特兰(Hartland)教授所倡。就情节之相同者分类,自百种中求得五十目,由五十目中求十类,由十类中求五型。哈氏本用之于童话,但在神话方法亦同,特举于下。

1. 仙魔助产故事(Fairy Births and Human Midwives)

2. 人妖换儿故事(Changelings)

3. 仙乡盗窃故事(Roberies from Fairyland)

4. 仙乡淹留故事(Supernatural Lapse of Time in Fairyland)

5. 天鹅处女故事(Swan-maidens)

第三例 这一例是将各种要素交织,集成普通的分类的"综合的分类法",施彭斯(Spence)氏的分类,便属于这一例,他将神话分为二十一种,重要的神话,必属于其中之一。

1. 创造神话(Creation Myths)

2. 人祖神话(Myths of the Origin of Man)

3. 洪水神话(Flood Myths)

4. 褒赏神话(Myths of a Place of Reward)

5. 刑罚神话(Myths of a Place of Punishment)

6. 太阳神话(Sun Myths)

7. 太阴神话(Moon Myths)

8. 英雄神话(Hero Myths)

9. 动物神话(Beast Myths)

10. 习俗或祭仪神话(Myths to account for Customs or Rites)

11. 冥府神话(Myths of Journeys or Adventure through the Under World or Place of the Dead)

12. 神圣降诞神话(Myths Regarding the Birth of Gods)

13. 火的神话（Fire Myths）

14. 星辰神话（Star Myths）

15. 死亡神话（Myths of Death）

16. 死者食物神话（Myths of the Food of the Dead Formula）

17. 禁忌神话（Myths Regarding Taboo）

18. 解体神话（Dismemberment Myths）

19. 神战神话（Dualistic Myths）

20. 生活起源神话（Myths of the Origin of the Arts of Life）

21. 灵魂神话（Soul Myths）

第四节　比较研究法

既然搜集神话研究的各种材料，将它们分类了，其次则比较也极重要。比较（Comparison）就是对照两个以上的材料，以看出其异同之意。由于各种材料的比较，可以发现它们的类似或差异。第一，类别材料，规定各种材料的基本的要素与分歧的要素；第二，探求材料的变化的过程。基本与分歧既明，再求各材料之分布的路径，借以发现其历史的意义。

比较的研究法，可分为下列的各种。

一、统计的研究法

此法先由题目的分类，以聚集情节相同的神话，从里面选出形式

(Formula)比较完全的,以求得若干构成情节的要素。例如天鹅处女故事里,天鹅变成少女,与人间的男子结婚,养了几个孩子;结婚的动因是在于失了羽衣,后来得了羽衣就逃走了,结婚因此破裂。这故事分布世界各地,自不能具备各种要素,有的变化了,或者堕落的。如将这故事的要素分析出来,就是:1.结婚了的性的种类;2.男性的种类;3.结婚的有无;4.产儿之数;5.结果等。再于各例中检点它的异同,同似的可以表示原型,差异的可以表示变化,于是这个传说的起源、发达与衰颓便明显了。这种统计的材料,数目越多越能看出精确的结果。

二、人类学的研究法

这是站在文化人类学(Cultural Anthropology)的立足点,以研究神话的方法。文化人类学是文化的进化史,所以人类文化,换言之,即反映人类生活式样的神话之研究,当然应为文化人类学的。所谓"文化人类学的研究",包含考古学的、工艺学的、社会学的、言语学的、土俗学的五方面,是多角的、立体的研究。最近值得注目的研究,多取此种形式。例如斯密司教授的《龙神的进化》(Smith:*The Evolution of the Dragon*)、伯利博士的《日之子》(Perry:*The Children of the Sun*)等作,虽非纯粹的神话研究,却是以神话为中心的人类学的文化史研究。

三、心理学的研究法

这是对于神话的比较研究最有益的方法。最近的学界里,社会学、土俗学、史学的研究,都应该用心理学的方法,这是李维斯博士所主张的。他把"心理学的"一语的意义,解释作讨究含有意识的、无意识的二者的心的现象之学问。这样解释,则与人类生活也不能不接触,尤其在神话、民间故事,全然离开心理学的约束的研究,是不可能的。今日的心理学者,仅由内省以研究自己的心的活动状态,已不能满足,必观察小儿、从人、动物的理性,以帮助内省;对于政治的制度、经济的过程、宗教的祭仪,与及其他人类社会的各种技术所表现的集合的习性(Collective Behaviour),也必须勤于观察,如是则神话的世界里开拓新视野,神话学的方法,更精细微妙了。

试举一例,如象征主义(Symbolism)的解释,象征不是野蛮人,小儿所代表的人类思想的雏形,是由梦或病而起的。梦之想象的,非合理的组织,是觉醒时未上意识的欲望与忧虑的象征的表现,这便将象征性给予神话与祭仪。遍在于世界的象征主义,是病理的或准病理的过程,可以将它应用于各人种的神话与祭仪,倡此说的,有杨(Young)、弗洛衣特(Freud)一派的心理学者。但此说在李维斯与斯密司一派看来,则以为象征的世界的使用,是在社会的遗传,弗洛衣特学派的解释,便根本破坏了。

在人类、民族、场所、环境不同的地方,有相同的神话时,对此问题的解释,有两方面:一是由民众的漂泊,从甲地移到乙地的传播说(Theory of Migration);二是起人心同似作用,独立的经进化的过程的独立起源说(Theory of Independent Origin)。李维斯分独立起源说为两群,一是使"同似"在两根平行线上发达的平行说(Parallelism);二是受了同似的外界的影响的结果,不同似的遂至同似的近似说(Convergence)。这种心理学的分析,是神话学的方法的根本。

四、社会学的方法(Sociological Method)

这方法是文化人类学的方法的一方面,在其中占重要的位置。由亲子的爱情,逆溯以至两性相吸引的情欲,被人类协同心培植着,显示无限的发展与转变的社会现象,在它的进步的低的阶段,是神的世界,反映在神话里面。所以神话的研究,应在社会学的条件之下,做分析、综合、比较的研究。

五、宗教学的研究

构成神话的主体是神,这些神在许多场合是代表信仰的,他的行动是代表习俗的,所以宗教学的方法,在神话研究上,与社会学的方法同样的重要。这种研究法,阅者可参看本书第二章第二节,兹从略。

第四章　神话之比较的研究[1]

第一节　自然神话

一、太阳神话

人类周围的自然界,为神话发生的根本动机之一;又气象界的现象,使神话的发生有力,也是事实。所以太阳神话,为自然界神话的重要分子。

我国的旧记,有关于黄帝与蚩尤的争斗的记载,在比较神话学上,可以作为天然神话的解释,使这个解释具有可能性,则赖于下列的元素。

黄帝与蚩尤战于涿鹿之野,常有五色云气。

---

[1] 底本此处标题与目录不符,目录为"神话之比较的研究",应如是。

黄帝与蚩尤战于涿鹿之野，蚩尤作大雾，兵士皆迷。

蚩尤幻变多方，征风召雨；吹烟喷雾，黄帝师众大迷。帝归息大山之间，昏然忧寝。王母遣使者被玄狐之裘，以符授帝。佩符既毕，王母乃命九天玄女，授帝以三宫五音阴阳之略；太乙遁甲六壬步斗之术；阴符之机，灵宝五符五胜之文。

蚩尤作兵伐黄帝，黄帝令应龙攻冀州之野。应龙畜水，蚩尤请风伯雨师纵大风雨。黄帝乃下天女曰魃，雨止，遂杀蚩尤。魃不得复上，所居不雨，叔均言之帝，后置之赤水之北，叔均乃为田祖。

蚩尤是什么呢？因为证据不完全，不能精密地推定。但曾说他征风召雨，吐烟喷雾，纵大风雨，由这点下观察，则他和风雨有因缘，是不用说的。风伯雨师就是风神雨神。率风神雨神以起大暴风雨，即是把暴风雨人格化，因此以蚩尤为暴风雨的神，在神话学上，并非判断的错误。在其他民族神话里，也可求得同样的自然现象的人格化。蚩尤在这里是阻害社会之进步的恶神。故蚩尤（暴风雨神）是破坏和平、降害于人的暴风雨之人格化。

黄帝立在与蚩尤正反对的地位，有人文的英雄神的性质。关于他的人文的事业，记载于古史者颇多。他与蚩尤战争时，王母遣玄女授以兵法，给予神符咒力，助他灭蚩尤，后为垂髯之龙迎接，白日升天。如以蚩尤为人文阻害的恶神，则黄帝当然是人文拥护的善神。

在中国古代的传承里，国家最初的元首，大概由名字以表示性格，如天皇、地皇、人皇、有巢、燧人、庖牺，无不皆然。炎帝神农，正如其名所示，为农业的保护神。农业非得太阳的恩惠，不能生存发达，炎帝在这一点，应该是太阳神。黄帝次于炎帝，宰治天下，他的性质，也可从他的名称想象出来。"黄"字可解为太阳或田土之色。在蚩尤战争的故事里，是暴风雨神的反对，有太阳神的性质。他得了旱魃便杀了蚩尤，在这一点也可以想象。

若以黄帝与蚩尤之争为太阳神话，即太阳与暴风雨的争斗，这说明在根据上甚为薄弱。黄帝①为暴风雨神，有较有力的根据，可以这样说；如以黄帝为太阳神，未免是一个臆断。但是这个故事在别一方面，使太阳神话的解释有可能，也不必一定要确定黄帝是太阳神。蚩尤的势力，在纵大风雨这一点，黄帝降魃以止大风雨，蚩尤失了力，便被杀。**魃**是旱魃，旱是太阳的作用，即是说，由太阳的威力以征服蚩尤，自然神话（太阳神话）的解释，于此可以求得根据，而且这根据是不能动的。此神话在别方面可以作人事神话的解释，但不妨碍自然神话的解释。或者经古代史研究的结果，有纯历史解释的可能，但是也一点不碍自然神话的解释。

希腊神话里有怪物名叫麦妥查的，相貌丑陋，见之可怖，化而为石。英雄伯尔梭斯用智谋征服他，斩其头携归，献于女神亚典那。女神的胸甲上的怪物的脸，就是此物，称曰耶基斯。女神以甲临战，所向无不胜，天下皆畏服。正如黄帝以蚩尤的画像威服天下一样，他以

---

①应为蚩尤。

怪兽"夔"作鼓,二者正是同样的笔法,这可称为偶然的类似。

日本神话里有天照大神与素盏鸣尊轧轹的一段,其中有国家的分子、宗教的分子、社会的分子,所含自然的分子更是显明,可作太阳神话的解释。

天照大神的称号,已示此神为太阳神。古史中也屡称此神为日神。"天照"即照耀天空之意,照耀天空的自然是太阳。此神又称为大日灵尊,日灵即日女,有太阳女神之义。关于此神的产生,有如下的记载:伊奘诺、伊奘册二尊议曰,"吾已生大八洲及山川草木,何不生天下之主宰",乃先生日神,此子光华明彩,照彻六合之内。二神喜曰:"吾子虽多,未有如此子之灵异者,不宜久留此国,亟送之于天,授以天上之事。"次生月神,其光彩亚于日,以之配日而治,亦送之于天。日神是自然的基础的太阳,由此神话可以明白。

古史神话《古事记》里,在日、月、素盏鸣尊三神出现一条下,曾说素盏鸣尊的性质——此神勇而悍,常哭泣使国中人民夭折,又使青山变为枯山,使河海悉干涸。由此记载,可知他是一个有强暴性质的神;哭泣是他的根本性质,因为他的哭,使青山枯,河海涸,万妖发,他的哭泣的状态或结果,是十分可怖的。如此伟大的神格,且有自然的基础,则以他为暴风雨神,未尝不可。又素盏鸣尊得父母的许可,将与姊神天照大神相会,升天时,溟渤为之翻腾,山岳为之响震,山川国土皆轰动,这明明是记载海岛国的暴风雨神来的状况。我们认此神话为一个空中神话,或太阳神话,并非没有根据。

二、天地开辟神话

天地开辟神话,就它的本来的性质说,不可称为自然神话,现在说到它,是借它作例证,说明四围的自然,对于民族神话,有多少影响。

我国的天地开辟,见"盘古"神话,其中可分为两个形式:一是尸体化生神话,一是天地分离神话。现就《五运历年记》《述异记》《三五历记》中举出三个泉源。

> 元气濛鸿,萌芽兹始,遂分天地,肇立乾坤,启阴感阳,分布元气,乃孕中和,是为人也。首生盘古,垂死化身,气成风云,声为雷霆,左眼为日,右眼为月,四肢五体为四极五岳,血液为江河,筋脉为地里,肌肉为田土,发髭为晨辰,皮毛为草木,齿骨为金石,精髓为珠玉,汗流为雨泽,身之诸虫,因风所感,化为黎甿。
>
> 盘古氏,天地万物之祖也,然则生物始于盘古。昔盘古氏之死也,头为四岳,目为日月,脂膏为江海,毛发为草木。秦汉间俗说,盘古氏头为东岳,腹为中岳,左臂为北岳,足为西岳。先儒说,泣为江河,气为风,声为雷,目睫为电。古说,喜为晴,怒为阴。吴楚间说,盘古氏夫妻,阴阳之始也,今南海有盘古氏墓,亘三百里。俗云,后人追葬盘古之魂也。
>
> 天地混沌如鸡子,盘古生其中,万八千岁,天地开辟,阳

清为天,阴浊为地,盘古在其中,一日九变,神于天,圣于地,天日高一丈,地日厚一丈,盘古日长一丈,如此万八千岁。天数极高,地数极深,盘古极长,后乃有三皇,数起于一,立于三,成于五,盛于八,处于九,故天去地九万里。

上三种泉源,第一第二两种的形式完全相同,可名之曰尸体化生说,或"巨人尸体化生说"。此为世界大扩布的传说之一,大陆国民的天地开辟神话,多有此例。第三种为天地分离神话,天地开辟之初,盘古生长其中,一日一丈,如此者一万八千岁,结果天地的距离九万里,这便是天地的分离。

第二节 人文神话

社会的进步与人文的发达的意义,是说人类的历史,可分为无数的时期,如果社会不断地发达,人文永久地进步,则各时期与其前的时期比较,更为完全;但与后来的时期比较,则更为不完全。所谓发达,所谓进步,不过是比较之意,绝对的完全,到底不能实现,在这意义上,一切时代,都可说是不完全的。因为不完全,所以进步、发达。不完全即是走向完全的原因,简言之,不完全生完全,缺如生出圆满。绝对的完全圆满,就是进步的极点;发达的极致,即人文的终极,但社会不能发达到超过这地步。人文不能再越此前进,其结果为社会的终灭,人文的死灭,人类的绝灭,亦即世界的最后,一切皆归乌有。不完全或缺陷,从某点看起来,是社会的不调和之意,是人间的罪过罪恶之意。苟社会发达,人文不断地进步发展,社会便不能免除不调和,人间的罪过罪恶,便也不能断绝。不调和与罪过罪恶成为动机,成为原因,成为因果的连锁似的维系不断,乃能进步发达,这乃是真正的调和,从某点看来,不调和即是调和;缺如就是圆满,充言之,罪恶乃是人文开展的动机。

希腊神话的神统论,关于此点,供给吾人以很有兴趣的例证。在以宙斯(Zeus)为首的俄林普斯山(Oympus)顶,诸神均有神座,他们是当时希腊国民的社会神或人文神,是国家的主宰者,社会的拥护者,那山上的神界,在希腊当时的国民,乃是人间社会的理想。然试考察宙斯神界发达的历史,据神话所记,达到最后的这种完全的社会组织,凡经三个阶段。其间有几次激烈的争斗,有流血残酷的事件。固然,自希腊神话的性质说,神话的记事之中,可以看见许多天然的分子,所以可以下自然的神话的解释。若完全解释它为人事神话,是不可能的;然而从他方面观察起来,其神话的根底,实有一种社会观隐伏着。当此神话形式存在时代的希腊国民,无意识地从经验中得到一种社会观,有了"完全的产自不完全"的观念。所以在希腊神话里面,有一种社会观存在,那社会观,就是社会的发达,是不和、冲突与争斗的结果。

希腊神话里的人文神话,由下面所述的一例可以说明。希腊第一次的主宰神是天神乌拉洛斯,第二次的主宰神是天神克洛罗斯,俄林普斯神界之主,亚典那之父——天神宙斯是第三次的主宰神。克洛罗斯是乌拉洛斯的末子，宙斯也是克洛罗斯的末子。乌拉洛斯的宇宙主权倒了以后，主权便移到克洛罗斯的手中，克洛罗斯的世界政治颠覆以后，主权又归诸宙斯的手里，这非如寻常一样继承相续的结果，不过是纯然的一种革命的结果。乌拉洛斯被末子克洛罗斯所杀，克洛罗斯的末子宙斯又用他独特的武器——电光霹雳，以灭其父之军，都是无上的大罪恶，无比的不祥。犯了大罪恶的宙斯，遂掌握第三次——即最后的宇宙政治的主权，他做了宇宙之主、世界之首、神与人的父，受无上的尊崇，尊为最高的人文神。宙斯的罪恶，到了后来成为宗教上的问题，以一个犯大罪恶的神来做国家的最高神，似无理由。但此不过偏狭的道德上的议论，其实是太古的纯朴自然的思想观念，此种观念为神话的根底。

父子的冲突，即前代与后代的冲突，乃是不祥的事件，但此不祥，有时是为大目的的牺牲，不得不忍耐的。如果儿子不能出父的思想范围以外，则人间便无进步可言；后代若墨守前代的思想习惯，一步也不敢脱出，则社会的发达便没有。如其人类进步，社会发达，父子的冲突、新旧思想的冲突，终于不免。冲突的结果，发生了不祥的事件，是不得已的。因为要达到人文的进步、社会的发达这样的大目的，所以有不祥也只好忍受，如杀人流血，不过是对于进步的一种牺牲。乌拉洛斯被杀，克洛罗斯被灭，都是对于进步的牺牲。至于常以主权归之末子，不过是表示凡物到最后最完全，社会经过若干时代，愈近于圆满的思想，这种思想便在神话里表现出来。

但是人类的罪恶是什么呢？关于此点，希腊神话所说与犹太宗教所说的，颇相类似。犹太的旧记里面，关于人间罪恶起源，有明晰的说明。如《创世记》第三章神话的说明便是。

> 耶和华所造诸生物，莫狡于蛇。蛇谓妇曰："尔勿偏食园中诸树之果，非神所命乎？"妇谓蛇曰："园树诸果，我侪得食之；惟园之中，有一树果，神云，勿食、毋扪，免致死亡。"蛇谓妇曰："尔未必死，神知尔食之日，尔目即明，致尔似神，能别善恶。"于是妇视其树，可食、可观，又可慕，以其能益智慧也，遂摘果食之。并给其夫，夫亦食之，二人目即明，始觉身裸，乃编无花果树叶为裳。日昃凉风至，耶和华神游于园，亚当与妇闻其声，匿身园树间，以避耶和华神之面。耶和华神召亚当云："尔何在？"曰："在园中。我闻尔声，以裸故，惧而自匿。"曰："谁告尔裸乎？我禁尔勿食之树，尔食之乎？"曰："尔所赐我之妇，以树果给我，我食之。"耶和华谓妇曰："尔何为也！"妇曰："蛇诱惑我，我故食之。"耶和华神谓蛇曰："尔既为之，尔必见诅，甚于诸畜百兽，尔必腹行，毕生食尘。我将使尔与妇为仇，尔裔与妇裔亦为仇；妇裔将击尔首，尔将击其踵。"谓妇曰："我必以胎孕之苦，重加于尔，产子维艰。尔必恋夫，夫必治尔。"谓亚当曰："尔既听妇言，食我所禁之树，地缘尔而见诅，尔毕生劳苦，由之得食，必为尔生荆棘。尔将食田之蔬，必汗流浃面，始可糊口，迨尔归土，盖尔由土出，尔乃尘也，必复归于尘。"（据《旧约》文言本译文）

亚当吃了禁树的果实，即人间罪恶的始源。为什么吃了果实便是罪恶呢，同经第二章神谕亚当曰"任尔意食之，惟别善恶之树，不可食，食之必死"。别善恶之树，就是以善恶的分别教人的树子。是如蛇教妇说的，使目明的树子。是给智慧与人之树，给死与人之树。吃了果实以前的亚当夫妇，完全与禽兽同，其目不明，不知善恶的区别，裸体也不知道羞愧。更无觅食的困难、无病、无死。自吃了果实之后，目既明，智慧生，遂知善恶的差别，知裸体的耻。是比较从前，不可不说是很进步了。而此进步，即他们二人的罪恶，因此后世子孙，不得不尝劳动之苦，不能不忍分娩之痛。在痛苦以后，为死神所夺，不得不离开人世。二人的罪恶是不灭的，神的诅咒是永久的，人类遂非永远受罚不可了。

可是反过来说，人之所以为人，在动物之中所以居长，非如其他动物的永久不见进步发达，能够日日进步，不外是智慧之力。社会的发展与人文的进步，均依赖智慧力。亚当的罪恶，就是在得智慧，智慧是他的罪恶的结果。若以人智的发达为社会发达的原因，则罪恶不能不为人文进步的动机。若亚当不犯那罪恶，人类终于不能自禽兽的位置进步了。若无劳动，则无发明；无生死，则无新陈代谢；人文便不能萌芽了。这是绝不许人乐观的。在这意义上，亚当的罪恶，是使人间界的人文萌芽的原因，他的永世不灭的罪恶，可以解作人文开展的动机，所以不绝地存在于社会里面。犹太旧记富于宗教的思想，为犹太民族的古代的遗传，所含宗教分子之多，是不用说的，唯前面所引的一节，是纯粹的神话，故可从神话学上加以诠释。

以下再引数例,以示"说明罪恶的神话"。

希腊神话里面有一个最勇敢的英雄,名叫赫拉克尔斯(Heracles),关于他的神话的传说,是与希腊国民的意识紧相结合着的。他的事业,永留于国民的记忆之中。从一方面看,他是纯然的神;从别一方面看,他是纯然的人,可以说他是一个半神半人的英雄神。关于他的神话,大概如下:他的父是大神宙斯,母是耶勒克特里昂(火神伯尔梭斯之子)的女儿阿尔克麦。他因受了宙斯的正妻希拉的憎怨,结果招了种种的不幸。他在母亲身旁时,某日因愤怒杀了音乐师,这是他的第一罪。因此罪被谪到牧羊者的群里,他此时做了两桩功业,最初杀了狮子,为地方人民除害;后反抗米里亚王的压迫,使台伯国得自由。他所得到的报赏,就是以王女麦加拉给他,因希拉的憎怨,不以家庭的快乐给他,他因为狂乱的结果,连自己的儿子也把他投进火里了。这虽是狂乱的结果,但是杀害的罪是不容易灭的。他恢复本性后,欲求一赎罪的方法,遂赴德尔弗以求教于神。阿波洛神的司祭(或神托)告诉他,叫他到米克契去,承国王俄里司妥斯之命,成就十二件事业。此十二事业,即十二冒险。——1. 杀勒麦亚的狮子;2. 征伐亚果司的水蛇;3. 捕获栖于耶尼满妥斯山上的凶恶的野猪;4. 捕获金角铜足的鹿;5. 杀害用铁嘴与爪翼食人的毒鸟(名司柿姆法洛斯);扫除马厩,为第六难事;搬运牡牛,为第七苦业;捕以人肉为食的马(德俄麦底斯)是第八命令;得亚马森王的腹带,是第九命令;此外第十、十一、十二件功业,是赴地球的末端,或赴他界远征。

又因他杀了俄里司妥斯,这是第三罪恶,结果服苦役三年,苦役满后赴特落战争,曾救王女赫昔娥勒;诛怪物;远征耶尼斯、比洛斯、拉哥尼亚等地。后因第四罪恶,再受痛苦。最后在耶特那山上,于雷鸣之中升天。这一位国民的恩人,困穷苦难的救助者,诛戮毒蛇、猛兽、盗贼、暴君,平国乱,在国民人文的进步发达上,立大功绩的赫拉克尔斯的生涯,便于此告终了。直到后来,他被尊为旅行者、牧畜者、农夫之间的保护神。即日常的感叹词,也用他的名字。在神话里看来,这位英雄神的事业,几乎全是罪恶的结果,但人文的进步,反因他的罪恶而食其赐了。

第三节　洪水神话

鲧受尧帝的命,当治水的事业,到了九年,还没有成绩。降及舜帝时,代父治水的大禹,他是中国洪水神话中的一个英雄。这位治九年的洪水的英雄,到了后来,尧舜尊他为圣人。因为经过了若干岁月,有许多的传说分子,附聚在他的身上,究竟他是一个真正的历史上的人物,抑是一个神话的英雄,是不可知的。

禹的父鲧,是失败者。鲧受了尧的命,不能完成大任,失败而亡。然而他是大英雄的父亲,因为他是禹的父亲,是成就空前大业者的父,所以鲧也被附带在后世传说的洪水神话里面。禹的名与失败者之父的名一样,永久不朽。《述异记》与《拾遗记》中有如次的记载。

尧使鲧治水,不胜其任,遂诛鲧于羽山,化为黄能,入于羽泉。黄能即黄熊也,陆居曰熊,水居曰能。

《归藏》云,鲧死三岁不朽,剖之以吴刀,化为黄龙。

尧命夏鲧治水,九载无绩,自沉于羽渊,化为玄鱼,时扬须振鳞,横修波之上,见者谓为河精,羽渊与河通源也。海民于羽山之中,修立鲧庙,四时以致祭祀,常见玄鱼与蛟龙跳跃而出,观者惊而畏矣。至舜命禹疏川奠岳济巨海,则鼋鼍而为梁;逾翠岑则神龙而为驭;行遍日月之墟,惟不践羽山之地。

这传说是国民固有的龙神信仰与洪水传说的英雄之父结合而成的。鲧之失败被诛是当然的,然鲧是禹的父亲,是国民的大恩人,是成功者的父亲。杀了父,在正史之笔,无有什么不可;但在国民的感谢的情分,则有所不忍。假设是杀了的,则不免与国民的感情或国民的感谢之情,有点冲突。所以说鲧自坠羽渊,不是被杀的。或说沉于羽渊后化为玄鱼;或说被杀三年后尸体不朽,化为黄能;或又说化为黄龙,这都是鲧死后造出来的种种传说。海民为鲧立庙,四时祭祀,舜周游天下,独不践羽山,这在国民的感谢之情,是当然如此的。鲧化为玄鱼、黄能、黄龙,均与水有关系,究竟是与治水的事业有关系呢,抑是从"鲧"字的"鱼"旁产出来的传说,实难下判断。

各种民族关于豪杰的出身,故有种种奇怪的传述,尤其是在中国。试改大禹的出身及他的事业,据几种书的记载,可以举出下面的传说。

禹娶于莘氏女，名曰女嬉，年壮未孳，嬉于砥山，得薏苡而吞之，意为人所感，因而妊孕，剖胁而产高密。家西羌地，曰石纽。

父鲧妻修，已见流星贯昴，梦接意感，又吞神珠薏苡，胸折而生禹于石坳，虎鼻大口，两耳参漏，首戴勾钤，胸有玉斗，足文履己，故名文，命字高密，身长九尺，长于西羌。

古有大禹，女娲十九代孙，寿三百六十岁，入九嶷山，升仙飞去。后三千六百岁，尧理天下，洪水既甚，人民垫溺，大禹念之，乃化生于石纽山。泉女狄暮汲水，得石子，如珠，爱而吞之，有娠，十四月生子，及长能知泉源。

禹凿龙关之山，亦谓之龙门。至一空岩，深数十里，幽暗不可复进，禹负火而进，有兽状如豕，衔夜明之珠，其光如烛；又有青犬，行吠于前。禹计可十里，迷于昼夜，既觉渐明，见向来豕，变为人形，皆着玄衣。又见一神人蛇身人面，禹因与神语，神即示禹八卦之图，列于金板之上，又有八神侍侧。禹曰："华胥生圣人，是汝耶？"答曰："华胥是九河神女，以生余也。"乃探玉简授禹，长一丈二寸，以合十二时之数，使量度天地。禹即执持此简，以平定水土。蛇身之神，即羲皇也。

上第三段说及洪水传说中的禹，乃古大禹的再生，最后一段则说羲皇与禹在龙门山洞中相会。蛇身的神即是羲皇，《帝王世纪》说：

"太昊庖牺氏，风姓也。燧人之世有巨人迹，华胥以足履之有娠，生伏羲于成纪，蛇身人首，有成德。"这些记载，都是说明国民的英雄，他们的生死是不同常人一样的。

洪水的神话是世界的，在各民族里可以发现。其中最有名而传播最广的，要算是希伯莱的洛亚洪水传说、《创世纪》说。

> 人始加多于地。亦有生女者，神子辈见人之女为美，随其所欲而娶之。耶和华曰，我灵必不因人有过恒争之，盖其为肉体，姑弛期一百二十年。当时有伟丈夫在世，其后神子辈与人之女同室，生子，亦为英雄，即古有声名之人。耶和华见世人之恶贯盈，凡其心念之所图维者，恒惟作匿，故耶和华悔己造人于地，而心忧之。耶和华曰，我所造之人我将翦灭于地，自人及兽、昆虫、飞鸟，盖我悔造之矣。惟洛亚获恩耶和华前。举世自坏于神前，强暴遍于地，神鉴观下土，见其自坏，因在地兆民尽坏其所行。神谓洛亚曰，兆民之末期，近及我前矣。盖强暴遍于地，我将并其他而灭之。
>
> 七日后，洪潮泛溢于地，适洛亚在世六百年二月十七日，是日大渊之源溃，天破其隙，雨注于地，四旬昼夜，水溢于地，历一百五十日。（录文言本《旧约》原文）

这是犹太旧记关于洪水的传说，其他民族的洪水神话，有与此相同者。如希腊洪水神话，也是起因于人类的堕落。北欧日耳曼神话也有类似之点,印度的洪水神话与犹太的也相类似。

第四节　英雄神话

日本《古事记》中所载大国主命(即大穴牟迟神)[注]的神话,可以当作英雄成功,及最幼者成功传说的模型,现引用这段神话于下。

[注]大国主命有五个名字,即大国主命、大穴牟迟神、苇原色许男神、八千矛神、宇部志国玉神是。

大国主命是出云国的神,他的年纪最幼,他有许多阿哥,总称为八十神。他比他们聪明伶俐,其余的人都恨他,嫉妒他。八十神们听说因幡国有一个美女,名叫八上姬,他们想娶她为妻。有一天,他们叫大国主命到面前来,向他道:"我们要往因幡国去了,你替我们担着行李,跟在后面来吧。"大国主命只好答应,便随着他们上路了。

八十神们来到因幡国的气多海岸,看见草里有一匹脱了毛的白兔在哭,他们便赴近兔的身旁,问道:"你为什么变成这样?"兔便答道:"我是隐岐岛的白兔,我想渡海回去,我骗鳄鱼,叫它们的同族浮在海上,我便从鳄鱼的背上渡过海去,后来鳄鱼怒我欺骗它们,便咬伤了我,请你们救我的命呀!"

八十神听了,心中便想捉弄兔子,故意说道:"原来如此,那是真可惋惜了,快莫哭泣,我们教你即时止痛的方法。

你快些到海水里沤浴,再到石岩上让风吹干,你的痛便可止住,皮肤也可复原了。"兔子想他们的话是真的,连声称谢。它到了海水旁洗了身体,再到石岩上去吹风。它却不晓得海水是咸的,被水吹干了,皮肤裂开,血便沁沁地流出来,比从前更加痛苦了,它不能忍耐,哭得在地上打滚。这时大国主命走过那里,看见兔子的模样,他就问它为什么身体红到如此。兔子一五一十地将前后的事告诉他,大国主命听了,觉得兔子十分可怜,他教它快到河里去用清水洗净身体,再把河岸旁生长着的蒲草的穗,取来敷在身上,一刻工夫,痛止住了,毛也生了,兔子的身体便复原了。兔子大喜,走到大国主命的面前,说了许多感谢的话,它跳着进森林去了。

八十神们到了八上姬那里,他们向八上姬道:"请你在我们之中,挑选一人,做你的夫婿。"八上姬见了他们,知道他们的为人,拒绝了这个要求。他们不觉发怒,大家商议道:"她不愿嫁给我们,是因为有那不洁的大国主命跟了来的缘故,这厮好不讨厌!让我们来惩治他。"有的说,不必如此,等我们回转出云国后,把他杀了完事。后来大家回到出云国,他们便商量杀害大国主命的方法。

他们把郊外的一棵杉树劈开,加了楔子,骗大国主命同到野外去游玩。到了野外,有一个说道:"好宽阔的原野啊!什么地方是止境呢?"有的答道:"不登到高的地方去看,是难于知道的,你们看那边有一棵大杉树,大国主命!你快点爬上那棵树去,看原野有几何广阔。"大国主命答应一声,便到树下,慢慢爬上树去,爬到劈开的地方,众人乘他不留心,便将夹住的楔子取去,大国主命就被夹住了,他的生命危殆了,八十神见了,哈哈大笑,各人走散。大国主命的母亲在家里见儿子许久没有回来,出来寻他,寻了许久,在杉树里寻着了,取他下来,[他]才被救活。八十神们听着他还没有死,又想用大石头烧红,烙死他。他们之中有五六个,到山里去,用火去烧一块大石,烧得红了,遣别的神走去告诉大国主命道:"对面山上有一只红猪,我们从山上赶它下来,你可在山脚将它抱住,要是你放它逃了,我们就要杀你。"大国主命只得答应了,跟在八十神们的后面走去。走到山下,他一人在山脚等那红猪下来,后来"红猪"从山上滚下来了,他急忙抱住,这一来他就被石头烙死了。八十神们见自己的计策已经成功,大家一哄散了。大国主命的母亲见儿子又没有回来,她出外寻觅,走到山脚,见自己的儿子烙死了,这次她没有可以救他生还了。她想除了去求救于高天原的诸神外,没法术有人能帮助她的。到了高天原,她哭诉八十神们害死她的儿子的情形,神们听了觉得惋惜,就差了蛤姬、贝姬二位神女下界去救大国主命。她们到了山下,贝姬烧了贝壳,捣成粉末;蛤姬从水中吐出水沫,将贝壳粉替他敷治,后来大国主命就活转来了。他的母亲大喜,教训儿子道:"你做人过于正直了,如仍住在这里,终有一天被他们害死,不能复生的,你快些逃到素盏鸣尊住的根坚洲国去吧!"他乘八十神们没有察觉的时机,悄然地离了出云国,到根坚洲去了。

大国主命到了根坚洲,就住在素盏鸣尊的宫里,素盏鸣尊有一个女儿,名叫须势理姬,她见了大国主命,在她父亲面前极口称赞大国主命的美貌。素盏鸣尊知道大国主命是一个诚实的人,他便想将女儿嫁给他;既而他想到一个人只是诚实没有什么用,必须要用勇气,所以他故意先使大国主命受些苦楚。有一天,他叫大国主命来,对他:"你今晚须去睡在有蛇的屋里。"大国主命遵他的吩咐,便向有蛇的屋子走去,须势理姬在旁忧急着,乘他父亲没有看见的当儿,她跟在大国主命的后面,她问他:"不怕蛇么?"他说一点也不怕,说时就要走进屋子去。须势理姬急忙止住他道:"屋里的蛇不是普通的,是大而毒的蛇,进去的人从来没有生还的,我给你这样东西,蛇来时你向它拂三下,便不来伤害你了。"大国主命接了避蛇的东西,就走进屋里去,果然有许多蛇围了拢来,他用"避蛇"拂了三下,蛇并不来害他,到了翌日,他安然地出了屋子。素盏鸣尊为之惊异,这一次他又叫大国主命进那有毒蜂与蜈蚣的屋子里去,须势理姬又拿避毒物的东西给大国主命,才得平安无事。素盏鸣尊更是惊讶,他另想了一个计策,野外有一丛茂林,他射了一支箭到林中,叫大国主命去拾了回来。林中的草,比人身还高,大国主命听他的吩咐走进去寻那支箭。素盏鸣尊见他走进林中,叫人四面放火。大国主命见大火围住他,便呆立不动。这时有一只老鼠走来,向他说道:"里面宽,外面窄。"他听了老鼠的话,料想这里有藏躲的地方,便用脚蹬踏地上,地面被他一踏,泥土松了,现出了一个洞,他便逃在洞里躲着,火烧过了,他才从洞里出来,不料先前走过的那只老鼠,衔了一支箭来,放在他面前。一看那箭,说是素盏鸣尊的,他大喜,拿着箭走回来了。这时须势理姬正在忧心流泪,见了他拿着回来,才转忧为喜,素盏鸣尊的心里,也暗暗称奇。可是他还想再苦大国主命一次,当他在屋里睡觉的时候,他叫大国主命来,他说:"我的头上很痒,怕是有了虫吧,你为我取了下来。"大国主命一看素盏鸣尊的头发上,有许多蜈蚣,他便束手无策,须势理姬在旁,暗中将椋实和红土给他,低声说道:"放在口中,吐了出来。"他将椋实和红土从口中一点一点地吐出,素盏鸣尊见了,以为他有胆量,能嚼了蜈蚣吐出,他便没有话说了。须势理姬乘她父亲熟睡之后,她叫大国主命逃走,因为以后还有危险。大国主命想了一会,他将素盏鸣尊的头发系在柱头上,走出屋外,运了大石塞住房门,须势理姬叫他拿了她父亲的刀、弓矢和琴一起走,可是他不肯。须势理姬说这几样东西,她父亲从前说过,想送给他的。他刚拿好了这几样东西,正要逃走,那琴触着树子,发出响声,将素盏鸣尊惊醒了。因为头发被系在柱上,等到解了头发,他已经逃远了。后来素盏鸣尊一直追他到黄泉比良坡,立在坡上叫大国主命,叫他不必逃,他并无杀害之意,不过想试探他的勇气;并且说明将女儿嫁给他,叫他带了刀、弓矢,回转出云国,打服那些恶人。于是大国主命便与须势理姬配合了。素盏鸣尊回到出云国,把为恶的八十神们铲除了,后来他同有智慧的神少彦名命结为弟兄。

日本神话里,英雄神话虽多,但完全具备英雄的性质的,只有大国主命。大国主命为幼子,先受诸兄的磨难,到了后来,终于排除一切困难,达到顺境,为国家生民,发展他的伟大的性质。这种形式,在希腊神话里的阿波洛(Apollo)、赫拉克尔斯(Heracles)也有相似之点。

大国主命的神话,可以作下列的分析。

1. 弟兄的轧轹的故事;
2. 争妻子的故事;
3. 英雄神的成功谈。

其中又插入下列的两个故事。

1. 动物的故事(兔与鳄鱼的故事);
2. 大国主命到根坚国的故事。

在英雄神话中,尚有勇者求婚的一种形式,是很普遍的。这种形式的主要点,可分述如下。

1. 青年英雄赴敌人处;
2. 敌人为可畏的动物:或为巨人,或为怪物,或为敌国的长者,敌国可解作外国或他界;

3. 敌人叫青年做种种困难的业务；

4. 其目的在招致青年之死；

5. 当青年服务时,敌人的女儿来搭救青年,因能免死；

6. 最后青年英雄与女子偕逃,离开敌国；

7. 敌人来追,多方防御；

8. 防御的方法,或投以物,此物变成障碍敌人之物；

9. 逃亡的结果,常为二人幸福以终。

英雄神话中,又有退妖降魔的一种形式,如日本神话里的素盏鸣尊杀八岐大蛇,克尔特人的漂吴夫(Beawulf)斩妖屠龙之类,皆属此型。

第五节　结论

神话的比较研究,因种类甚多,形式不一,仅略述上列四例。此外如神婚神话、天鹅处女神话、仙乡淹留神话、游龙宫神话等型,它们的传播区域,极为广泛,本书为篇幅所限,均不能一一详说了。

参考书目

西村真次:《神话学概论》

高木敏雄:《比较神话学》

施彭斯:《神话学绪论》(I. Spence: *An Introduction to Mythology*)

格赖克:《ABC 神话学》(H. A. Clarke: *ABC Guide to Mythology*)

安德留·兰:《神话学》(见《大英百科全书》十一版)(A Lang: *Mythology*, *Encyclopaedia Britanica*, 11th, 2d)

同前:《近代神话学》(Lang: *Modern Mythology*)

泰娄:《原始文化》(Tylor: *Primitive Culture*)

戈姆:《历史学之民俗学》(Gomme: *Folk-lore as an Historical Science*)

哈特兰:《童话学》(Hartland: *The Science of Fairy Tales*)

迪克生:《各民族的神话》(R. B. Dixon: *The Mythology of all Races*)

塔洛克:《希腊罗马神话》(J. M. Talock: *Greek and Roman Mythology*)

李维迪塔:《印度神话》(Nevedia: *Mythology of the Hindus and Buddhists*)

比安其:《希腊罗马神话》(Bianchi: *The Mythology of Greece and Rome*)

麦肯琪:《中国日本神话》(D. A. Mackenzie: *Myths of China and Japan*)

罗勒斯登:《克尔特人之神话》(Rolleston: *Myths and Legends of the Celtic Races*)

缪勒:《埃及神话》(M. Muller: *Egyptian Mythology*)

若卜:《北欧神话》(B. Thorpe: *Northern Mythology*)

人名索引

Ares 11/阿瑞斯

Ariovistus 13/阿利奥维斯塔

Bela 39/贝拉

Calliope 11/卡莉欧碧

Clio 11/克莉奥

Dante 13/但丁

De Staël-Holstein 男爵 33/戴·斯太尔·霍尔斯太因男爵

Erasmus 13/伊拉斯谟

Euterpe 11/络欧忒耳珀

Exato 11/埃拉托

T. Grossi 41/特·格洛茜

Hephaestus 11/赫斐斯塔斯

Luther 13/路德

M. Azeglio 41/阿泽格理奥

Melpomene 11/墨尔波墨涅

Orpheus 11/俄耳甫斯

Polymnia 11/波莉姆妮娅

Rabelais 13/拉伯雷

S. Pelléce 41/斯·佩莱切

Terpsichore 11/特尔西科瑞

Thalia 11/塔利娅

Urania 11/乌拉妮娅

阿波洛(Apollo) 176、231、241/阿波罗

阿卜洛塞(Arbrousset) 191/阿波赛

阿尔巴哈(Berthold Auerbach) 38、63/贝托尔德·奥尔巴赫

阿尔伯特·丘吉华(Albert Churchward) 187;丘吉华 195/阿贝尔·乔治瓦德

阿尔德米司(Artemis) 176/阿耳忒弥斯

阿尔克麦 231/阿尔克墨涅

阿尔姆维斯特(Ludwig Almqvist) 40/阿尔姆克维斯特(Carl Jonas Love Almqvist)

阿尔志跋绥夫 49;阿尔支巴绥夫(Artsybashev) 99/阿尔志跋绥夫

阿勒(Anue) 58/安妮·勃朗特

阿勒·波洛克(Enee Bouloc) 161/埃尼·布洛克

阿林(Arium) 37/阿里姆

阿那托尔·法郎士(Jaque Anatole Thibault France) 94、95/阿纳托尔·法郎士

爱德孟(Edmond de Goncourt) 66、67/埃德蒙·德·龚古尔

爱及华司(Maria Edgeworth) 35/玛丽亚·埃奇沃斯

爱略特·斯密司(G. Elliot Smith) 186/G.埃利奥特·史密斯

爱伦·玻 89;阿兰·波(Edgar Allan Poe) 62/埃德加·爱伦·坡

爱米尼·琼(Emily Jane) 58/艾米莉·勃朗特

爱密儿·傅格 151/Emile Vogue

安得列夫(Leonid Andreyev) 89、91、99/列昂尼德·安德列耶夫

安迪生(Joseph Addison) 18、19、22/艾迪生

安兑生(H. C. Anderson) 40/安徒生

安其教授(G. H. Bianchi) 215;比安其 215、244/比安其(George Henry Bianchi)

安特留·兰(Andrew Lang) 183;安德留·兰 243/安德鲁·朗格

安元知之 116、117

奥格司特(August. S.) 36/奥古斯特

奥司登(Jane Austen) 35/简·奥斯汀

巴尔沙克(H. De Balzac) 17、46、54、55、57、98;巴尔扎克(Honore Balzac) 153、154/奥诺雷·德·巴尔扎克

巴林(Hon. Maurice Baring) 46/莫里斯·巴林

巴南特(Barante) 16/普洛斯珀·巴朗特

巴星(René Bazinet) 155/勒内·巴齐内特

白合(Lilly Frazer) 184/丽莱·弗雷泽

白吉教授(Professor C. H. Page) 24、25/佩吉教授

白鸟省吾 168

拜伦(Byron) 16;拜伦 23、27、29、35、39、41、60/乔治·戈登·拜伦

班可斯特(Bancoast) 17/班科斯特

班尼尔(Abbe Banier) 177/阿贝·巴尼尔

般生(B. Bjornson) 48、51、145、147/比昂斯腾·比昂松

包以尔 102

保尔·莫兰(Paul Morand) 158/保罗·莫朗

保尔·普尔吉（Paul Bourget）94、95/保罗·布尔热

鲍特莱尔 91；鲍特勒尔 95/波德莱尔

贝利（W. J. Perry）186、192、193；威廉·乾姆司 83；姐姆司（W. James）85/威廉·詹姆斯·佩里

比达（Pelaz De Pita）18/佩拉兹·德皮塔

比可尔（G. A. Becoeer）41/古斯塔沃·阿道夫·贝克尔

比林司基（Visarion Belinsky）61/别林斯基

比亚斯 24/Byas

彼得大帝 38、60

宾斯奇 117/大卫·宾斯奇

波尔华（Edward Lytton Bulwer）35/李顿·爱德华（Edward Bulwer Lytton）

波兰 88/玻仑（Boloy）

波米亚洛夫斯基 121、123/尼古·格拉西莫维奇·波米亚洛夫斯基

波尼（Borne）29

波色登（Poseidon）176/波塞冬

波以耳（Y. Boyle）145、148

伯尔梭斯 223、231/珀耳修斯

伯格生（H. Bergson）85；柏格孙 93/亨利·柏格森

伯屈里·马吉耳（Patrick Macgil）140/帕特里克·马吉尔

布莱扬（Bryant）177/布莱恩特

布兰兑斯 28、29、32、33/格奥尔格·勃兰兑斯

布洛特姊妹（Bronte Sisters）58/勃朗特姊妹

仓田百三 117

查理士二世 21/查理二世

柴霍夫（Anton Tchechoff）79、81、117；柴氏 79、80；克昔柯夫 129/安东

尼·巴甫洛维奇·契诃夫

长冢节 165

厨川白村 20

达尔文 42

达利勒夫斯基 123/Dalilevski

达麦司德(Darmesteter) 180/达摩斯特岱尔

丹尼儿·赫维(Daniel Halevy) 164/丹尼尔·哈勒维

丹色尼(Lord Dunsany) 116、141/洛德·邓萨尼

但尼孙 57/阿尔弗雷德·丁尼生

德阿格(Theagenes) 176/忒亚根尼

德拉巴尔 6

德维尼(De Vigny) 17/阿尔弗雷·德·维尼

迪克(Tieck) 28、30、36、37/路德维希·蒂克

迪克生(R. B. Dixon) 243/罗兰·迪克逊

迪司拉尼(Disraeli) 35/本杰明·迪斯雷利

迭更司 36、56、57、58、63、72;却尔斯·迭更司(Charles Dickens) 56/查尔斯·狄更斯

都勒菲司大尉 70

段奴迪(G. D'Anunzio) 100;段氏 101/加百列·邓南遮

俄尔干(W. Orkan) 144/奥尔坎

俄浮尔伯雷(Sir Thomas Overbury) 21/汤玛斯·欧佛伯利爵士

俄里司妥斯 231/俄瑞斯忒斯

俄留询 130

额田六福 117

法拉 6/Farah

法兰西斯·嘉蒙(Francis Jammes) 157/弗朗西斯·雅姆

芳达勒(Theodor Foutane) 63/台奥多尔·冯塔纳

菲尔丁(Fielding) 19、20、23/亨利·菲尔丁

菲耳勃(W. L. Phelps) 60/威廉·莱昂·菲尔普斯

费希特 36、37/约翰·戈特利布·费希特

弗莱柴(Sir James George Frazer) 184/詹姆斯·乔治·弗雷泽爵士

弗兰西斯·李维吉(Francis Ledwidge) 141/弗朗西斯·莱德维奇

弗郎士·波伯(Franz Bopp) 179/弗兰茨·葆朴

弗劳贝(Gustave Flaubert) 46、47、49、51、64、66、68、69、71、72、98;弗氏 63、64、65、66、72、184/居斯塔夫·福楼拜

弗利德尼克(Friedrich Schlegel) 36;司勒格尔·弗利德尼克 36;司勒格儿(Schleger) 28/弗里德里希·施莱格尔

弗利德尼克·米士屈拉(Frèderic Mistral) 157/佛烈德力克·米斯特拉尔

弗洛衣特(Frued) 219/弗洛伊德

弗司格兰德 57

浮克(Fouque) 17/弗里德里希·德·拉·莫特·福凯

傅尔巴哈(Feuerbach) 29/费尔巴哈

高尔该(Maxim Gorky) 50、80、81;麦克幸·高尔基 122/马克西姆·高尔基

高木敏雄 172

高桥季晖 167

高梯尔(Théophile Gautier) 33;哥梯(T·Gautier) 56、64/泰奥菲尔·戈蒂耶

戈姆(Sir G. L. Gomme) 185、188、243/戈姆爵士

哥德(Goethe) 25、30、32、35、36、39、60/歌德

哥洛德基 129/Gorodky

哥特希尔夫(J. Gotthelf) 38/耶雷米阿斯·戈特赫尔夫

格赖克 243/Grick

格勒(Gottfried Keller) 63/戈特弗里德·凯勒

格雷哥利夫人 117/格雷戈里夫人

格尼哥洛维支 122/Genigolovich

格司达夫·弗勒打格(Gustav Freytag) 63/古斯塔夫·弗赖塔格

龚古尔兄弟 69；龚枯尔兄弟 49、66；龚氏兄弟 68/龚古尔兄弟

苟尔(Geür) 40/盖尔

古得文(W. Godwin) 35/戈德温

古德司密(Goldsmith) 22；古德斯密(Goldsmith) 27/哥德史密斯

古兹哥(Karl Gutzkow) 29、37、63/卡尔·古茨科

鲧 232、233、234

郭果尔(Nikolas Gogol) 60、61、76/果戈里

哈谛(Thomas Hardy) 82/托马斯·哈代

哈里丝(Rendel Harris) 186/伦德尔·哈利斯

哈蒙生(Kunt Hamsun) 145、147、148；哈姆生 102/克努特·哈姆孙

哈特(Francis Bret Harte) 82/布勒特·哈特

哈特兰(Sidney Hartland) 186、215、243/西德尼·哈特兰

海勒(Heine) 29/海因里希·海涅

何尔兹(Arno Holz) 47、74/阿尔诺·霍尔茨

何夫曼司台儿(Hofmannsthal) 89、90/霍夫曼斯塔尔

何桑(Nathaniel Hawthorne) 62/纳撒尼尔·霍桑

何维尔(W. Dean Howells) 83/威廉·迪安·豪威尔斯

和田传 167

荷马(Homer) 23

赫·瓦特(Hay Ward) 57/赫·华德

赫尔曼(G. Herman) 179

赫尔曼·保儿 89/赫尔曼·保罗

赫费斯达(Hephaestus) 176/赫菲斯托斯

赫格儿 85；赫智儿 37/黑格尔

赫拉克尔斯(Heracles) 231、232、241/赫拉克勒斯

赫仑 88

赫尼俄斯(Helios) 176/赫利俄斯

赫昔娥勒 232/赫西俄涅

赫胥俄德司 10/Hershodes

黑田真弓 165

亨利·伯特(Henry Bett) 191；伯特 192/亨利·贝特

亨利·乾姆司(Henry James) 83/亨利·詹姆斯

华盛顿·欧文(Washington Irving) 62

霍普德曼(Gerhart Hauptmann) 73、74；哈卜特曼 47、49/盖尔哈特·霍普特曼

吉峨曼(Emile Guillauman) 160/埃米尔·吉劳曼

吉尔褒夫人(Lady Gilbert) 141/吉尔伯特夫人

吉芳斯(F. B. Jevons) 185、195、196、204

吉江乔松 168；吉江桥松 167/吉江乔松

济兹 28/济慈

加萨林女皇 38/凯瑟琳女皇

加藤武雄 167、168

加藤一夫 167

杰尼(Julie) 32/朱莉

居朋 6/吉本

菊池宽 117

卡拉琼(N. Karamjin) 39/N. 卡拉姆金

凯色(R. Keyser) 145/凯泽

康纳特 100/康拉德

考贝(W. Cowper) 35/威廉·柯珀

柯尔曼(P. J. Colcman) 141/P. J. 科尔克曼

柯克斯(Sir George Wcox) 180/乔治·考克斯爵士

柯利俄夫 125/Koliov

可贝(James Fenimore Cooper) 62/詹姆斯·费尼莫尔·库柏

克拉格 197；克赖格 172/克拉格(K. H. Kellogg)

克赖克(H. A. Clarke) 175/H. A. 克拉克

克洛勃教授 196

克洛罗斯 227、228/克洛诺斯

克洛泡特金 60/克鲁泡特金

克洛色(Creuzer) 178/乔治·弗雷德里希·克罗伊策

克洛特·伯纳(Claude Bernard) 45/克劳德·伯纳德

克尼斯特(H. Von Kleist) 37/海因里希·冯·克莱斯特

肯氏(A. H. Keane) 189/A. H. 基恩

肯氏(kuhn) 180/库恩

孔德 42、85

拉弗妥(Lafitau) 177/拉菲托

拉玛丁(Lamartine) 29、33、39、157/阿尔封斯·德·拉马丁

拉门纳司(Lamennais) 29/拉梅内

劳伯(H. Lauble) 37/H. 劳布尔

嫪斯（Muses）11/缪斯

勒格洛夫 135/拉格洛夫

勒克娄（Lc Clerc）176

勒洛夫 126/Lelov

勒其 6/威廉·莱基

勒耶洛夫 133、134/士哥卜勒夫

雷芒特（W. S. Reymont）143、144/弗拉迪斯拉夫·莱蒙特

李勒·波勒夫（Rene Boylave）157/雷内·博伊拉夫

李纳克（S. Reinach）187/S. 赖那克

李维迪塔（Nevedia）244/纳维迪亚

李维斯 219/Levis

林格（Lyng）40

刘昔妥尼哥夫 121、123

娄蒙夺夫（M. Lermontoff）39/米哈伊尔·尤里耶维奇·莱蒙托夫

卢骚（J. J. Rousseau）29、30、31、32、33、39、45、46、54/让－雅克·卢梭

路格（Ruge）29/阿尔诺德·卢格（Arnold Ruge）

路特（Fritz Reuter）63/福里兹·罗伊特

路易·贝葛（Louis Pergand）158/路易斯·佩尔甘德

路易·菲立 54/路易·菲利普

路易·里昂·马丁（Louis Leon Martin）159/路易斯·利昂·马丁

路易十九 34

罗曼·罗兰（Romain Rolland）93、98、102

洛弗尼斯 28/Lovenice

洛勒斯登（T. W. Rolleston）195；罗勒斯登（Rolleston）244/托马斯·威廉·罗尔斯顿

洛曼·德波斯基(Roman Dyboski) 142；德波斯基 143/罗曼·迪博斯基

洛尼(F. Loliée) 16、17、18、30、38、59、60、61、63/洛里哀

洛亚 235/诺亚

马克斯·缪勒(Marx Muller) 178、183、193、204；缪勒 178、179、180、244/马科斯·缪勒

马利亚·马尔哥维支(马尔哥·波卜却克) 123/玛丽亚·马尔哥维支

马林哥夫 129/马林戈夫

玛勒特(R. R. Marett) 185/马雷特(Robert Ranulph Marett)

玛利麦(Mérimée) 17/梅里美

玛洛尼 21/克里斯托弗·马洛

玛若利(Manzoni) 17；玛若尼(A. Manzoni) 40/曼佐尼

玛色尔·米尔凡克(Marcel Mirlvaque) 161/马塞尔·米尔瓦克

玛牙 38/Marga

玛耶尼(G. Mayyini) 41/马伊尼

麦哥儿(P. J. Me Call) 141

麦加拉 231

麦肯琪 244/唐纳德·A·麦肯齐

麦斯特尼(Joseph de Maistre) 29/约瑟夫·德·迈斯特

麦妥查 223/美杜莎

毛利斯·巴勒(Maurice Barrès) 96、98、102/莫里斯·巴雷斯

梅勒底斯(George Meredith) 82/梅瑞狄斯

梅勒杰可夫斯基(Dmitri Merejukovski) 99/梅勒什可夫斯基

梅特林克(M. Maeterlink) 77、87、89、101、117/莫里斯·梅特林克

梅特涅 37/克莱门斯·梅特涅

孟特麦尔(Montemayer) 18/蒙特迈耶

米尔顿（Milton）19/密尔顿

米里亚王 231

米洛留波夫 130/维·米洛留波夫

缪塞（Alfredde Musset）29、33、55、56/阿尔弗莱·德·缪塞

谟罕默德 177/穆罕默德

莫泊三 48、49、51、55、61、65、71、72、79、80、82、98；莫泊桑（Guy de Maupassant）149、154/居伊·德·莫泊桑

莫士勒（Emile Moselly）158/艾米尔·莫斯利

拿破仑 32、33、44、66、78、154；拿翁 33/拿破仑

南克（Rank）38

南朴 22

尼采 77

尼古拉·克留耶夫 127；克留耶夫 127、128、129、135/尼古拉·克留耶夫

尼古拉斯 78

尼古拉斯一世 121/尼古拉一世

尼基登 125

尼佳特孙（Richardson）19、20、23、32；立佳特孙 35/塞缪尔·理查逊

尼克拉梭夫 76；尼古拉·涅克拉梭夫 124/尼古拉·阿列克塞耶维奇·涅克拉索夫

尼勒·巴赛（René Bazin）98

培因（E. J. Payne）187/E. J. 佩恩

朋琼孙（Ben Johnson）21/本·琼生

彭甲敏·弗南克令（Benjamin Franklin）61/本杰明·富兰克林

皮涅克 126、135

漂吴夫（Beawulf）242/贝奥武夫

坪内逍遥 15、24、26、28

朴洛克 129

普鲁打哥(Plutarchos) 176/普卢塔克

普鲁勒梯尔 46、94;普鲁奈梯尔(Brunetière) 25、30/费迪南·布吕纳介

普洛司勃·麦利梅(Prosper Mérimée) 55/普罗斯佩尔·梅丽美

普洛斯(Charles de Brosses) 177/德布罗斯

普希金(A. Puchkin) 39、60、120/亚历山大·谢尔盖耶维奇·普希金

乔爱特 88/Joette

乔叟(Chaucer) 17

乔治·爱略特(George Eliot) 58、59、82;玛丽·安·伊文司(Mary Ann Evans) 59/乔治·艾略特

乔治·纽斯 59/乔治·亨利·刘易斯

乔治·沙特(G. Sand) 55、59;乔治桑特女士(George Sand) 50;撒特(George Sand) 29;乔治·桑特 150、151;桑特 151、152;阿曼的奴·杜宾(ArmandineL. A. Dupin) 55/乔治·桑

沁孤 117/约翰·米林顿·辛格

犬田卯 167、168

却而司·金斯勒(Charles Kingsley) 58/查尔斯·金斯利

却洛特(Charlotte Bronte) 58/夏洛特·勃朗特

却妥卜尼南(F. De Chateaubriand) 27、30、32、33、41/弗朗索瓦-勒内·德·夏多布里昂

若卜(B. Thorpe) 244/本杰明·索普

萨克莱(W. M. Thackeray) 57、58、72;撒克勒 36/威廉·梅克比斯·萨克雷

塞尔凡底斯(Cervantes) 17、18;塞夫特拉(A. De Saavedra) 41/塞万提斯·萨维德拉(Miguel de Cervantes Saavedra)

塞拉古尔（Senancour）32/埃提安·皮威尔·德·瑟南库尔

色尔格·耶塞林 126、127、128、130、135

色绯利娜女士 134

色弗尼拉 126

色克莎 191

沙儿·路易·非立（Charles Louis Philippe）160/查尔斯·路易斯·菲利普

沙士比亚 17、22；莎士比亚 91；Shakespere 13/莎士比亚

山本有三 117

舌洛法（Xenophanes）175、176/色诺芬尼

圣·伯小 55；圣伯夫 73/圣·伯夫（Charles A. Sainte-Beuve）

圣奥古斯丁（Saint Augustinus）176/圣·奥勒留·奥古斯丁

圣皮尔（Saint-Pierre）32/雅克-昂利·贝尔纳丹·德·圣皮埃尔

失勒维拉德星 30

施彭斯（Lewis Spence）173、174、175、182、187、188、189、204、216、243/路易斯·斯宾塞

施屈林堡 117/斯特林堡

叔本华 97

司卜洛希达（J. De Espronceda）41/艾斯普隆赛达

司但达尔 25/马里-亨利·贝尔

司各德（W. Scott）16、17、20、23、27、34、35、39、41、51、56、57、60；司考特 51/司各特

司可夫斯基（W. Zhkovske）39/瓦西里·茹科夫斯基

司勒格儿兄弟（Two Schlegles）30、36/施莱格尔兄弟

司那门斯基 127

司屈恩堡 77/约翰·奥古斯特·斯特林堡

司台尔夫人(Mme. De Stael) 30、32、33、36/斯达尔夫人

司梯尔(Richard Steele) 18、19、22/理查德·斯梯尔

司梯芬(H. Steffens) 40/H.斯特芬斯

司梯芬(Leslie Stephen) 22/莱斯利·斯蒂芬

司梯夫特(A. Stifter) 38/阿达尔贝特·施蒂弗特

司徒拉斯(Strauss) 59/施特劳斯

司吐活夫人(Harriet Beecher Stowe) 62、63/哈丽特·比彻·斯托

斯宾塞(Herbert Spencer) 182/赫伯特·斯宾塞

斯独洛 117

斯密司(W. Robertson Smith) 182、186、218、219;司密斯氏 183/威廉·罗伯逊·史密斯

苏德曼(Hermann Sudermann) 74/赫尔曼·苏德尔曼

苔痕(Taine) 47、73/伊波利特·丹纳

泰娄(E. B. Tylor) 175、181、182、192、193、194、195、196、197、198、203、243/泰勒

泰衣纳(Tegner) 40/泰格奈尔

汤蒙生(Thomson) 27/詹姆斯·汤姆生

唐禾色(Tannhauser) 177/汤豪舍

梯旦(Titan) 47

梯耳(C. P. Tiele) 187

屠格涅夫(Ivan Turgenev) 50、51、60、75、76、77、80、81、99、108、119、120、121/伊凡·谢尔盖耶维奇·屠格涅夫

托尔斯泰 44、50、51、60、81、108、112、119、120、121

陀司妥也夫斯基(Feodor Dostoievsky) 76、77;陀思陀也夫思奇 119;陀思妥也夫斯基 78、81;陀思妥以夫司基 60;陀氏 77/费奥多尔·米哈伊洛维

奇·陀思妥耶夫斯基

  瓦尔波儿(Horace Walpole) 23、27/霍勒斯·沃波尔

  瓦尔可斯基 77;瓦氏 77/瓦尔科夫斯基

  瓦格勒耳 97/瓦格纳

  瓦勒利·拿尔波(Larbaud) 158/瓦莱里·拉尔博

  瓦伦斯夫人 30/瓦朗夫人

  瓦司(Vas) 194

  瓦伊希(John Walsh) 141/约翰·沃尔什

  王尔德(O. Wilde) 91、92、100、141/奥斯卡·王尔德

  王尔德夫人(Lady Wilde) 141

  威尔斯 100/赫伯特·乔治·威尔斯

  维吉耶 39

  维廉·卡尔登(William Carlton) 139/威廉·卡尔顿

  维廉亚林干(Wm Allingham) 141/威廉·阿林汉姆

  维南特 35/Venante

  魏斯比耶斯基 124

  倭伊铿 93

  渥斯华斯(Wordsworth) 46/华兹华斯

  乌拉洛斯 227、228/乌拉诺斯

  乌斜司(Ushas) 194/乌莎斯

  五十公野清一 167

  武者小路实笃 117

  西村真次 172、243

  西克司特 94、95/谢德林·西克司特

  西蒙司(A. Symons) 71、84、86/亚瑟·西蒙斯

希拉(Hera) 176、231/赫拉

夏目漱石 166

夏娃 10

夏芝 89/威廉·巴特勒·叶芝

显克微支 6/亨利克·显克维支

亨利·波尔妥(Henry Bordeaux) 157/博尔多,H.

小川未明 167

谢林(F. Schelling) 178/弗里德里希·威廉姆·约瑟夫·谢林

休斯曼(Joris Karl Huysmaus) 91、95/若利斯-卡尔·于斯曼

徐而司(Jules de Goncourt) 66、67/儒勒·德·龚古尔

徐勒 39、60/席勒

徐洛姆斯基(Stephen Zeromski) 144/什罗姆斯基

徐尼(Agustin Thierry) 16/奥古斯丁·梯叶里

许俄(Victor Hugo) 20、29、33、34、37、64;嚣俄(Victor Hugo) 17/维克多·雨果

亚当 10、229、230

亚典那 223、227/雅典娜

亚尔方索旦特 22

亚尔芳司·陶特(Alphonse Daudet) 71/阿尔丰斯·都德

亚里斯多德(Aristotle) 176/亚里士多德

亚历山大仲马(Alexander Dumas) 34;大仲马(A. Dumas) 17/亚历山大·仲马

尧 232、233、234

耶尔勒斯特·伯洛容(Ernest Pérochon) 161/艾尔内斯特·佩罗雄

耶和华 229、235

耶基斯 223

耶勒克特里昂 231/Jericht Lyon

耶琪加利(Echegaray) 48/何塞·埃切加赖

耶塞林 126、127、128、130、135/谢尔盖·叶赛宁

耶妥尔·洛特(Edouard Rod) 97

伊利沙伯·加司克而(Elizabeth Gaskell) 58/伊丽莎白·盖斯凯尔

依峨斯(Eos) 194/艾奥斯

依凡乐夫 126;依凡洛夫 135/伊万诺夫

易卜生 48、146

友赫麦洛(Euhemerus) 176/犹希迈罗斯

友纽斯(Eunius) 176/尤尼乌斯

禹 232、233、234

约彭 55

约瑟·伯奎多 161/Joseph Berquito

正冈子规 165

中村星湖 3、168

周比特(Jupiter) 179、202/丘比特

宙斯(Zeus) 179、227、228、231

左拉(Émile Zola) 45、46、48、49、68、69、70、71、72、74、95、97、100、153、154/爱弥尔·左拉

佐佐木俊郎 167